D0790113

LA PREMIÈRE ÉPOUSE

DU MÊME AUTEUR

Aux éditions Julliard

L'ALLÉE DU ROI, *roman*, 1981. Repris en Pocket, n° 2227.

Aux éditions de Fallois

LEÇONS DE TÉNÈBRES, *roman* :
    LA SANS PAREILLE, 1988. Repris en Livre de Poche, n° 6791.
    L'ARCHANGE DE VIENNE, 1989. Repris en Livre de Poche, n° 6984.
    L'ENFANT AUX LOUPS, 1990. Repris en Livre de Poche, n° 7387.

L'OMBRE DU SOLEIL, *théâtre*, en collaboration avec Jean-Claude Idée, 1994.

L'ENFANT DES LUMIÈRES, *roman*, 1995. Repris en Livre de Poche, n° 14104.

FRANÇOISE CHANDERNAGOR

de l'Académie Goncourt

LA PREMIÈRE ÉPOUSE

ROMAN

Éditions de Fallois

PARIS

Il a été tiré de cet ouvrage
trente exemplaires sur vélin pur chiffon
des papeteries Lana,
dont vingt-cinq numérotés de 1 à 25
et cinq hors commerce numérotés
de H.C. I à H.C. V,
le tout constituant l'édition originale.

© Éditions de Fallois, 1998
22, rue La Boétie, 75008 Paris

ISBN 2-87706-333-X

Je suis en deuil. En deuil de mon mari vivant.

J'avais commencé à porter du noir il y a longtemps : deux ans avant nos noces d'argent. Septembre, octobre, c'est une bonne saison pour le deuil ; on a du choix dans les boutiques, on peut entrer dans le veuvage insensiblement — en suivant la mode. Une petite jupe, un tailleur ; puis toutes les jupes, tous les tailleurs.

Depuis quelques mois les vêtements tristes m'allaient bien. Pourquoi ? Je l'ignorais. Ils m'allaient bien, c'est tout. Quant aux bijoux, je n'en aimais plus qu'un : la perle noire que mon mari m'avait donnée pour mes quarante ans. « Quand même », m'ont dit mes fils un jour où je déballais mon dernier achat, un manteau couleur de suie, « tu devrais mettre là-dessus un truc qui tranche, une couleur gaie ! » Alors, « pour égayer », je me suis offert une écharpe de mousseline. Violette.

Cette année-là, j'ai passé l'hiver en noir et violet. Mon mari n'a rien remarqué ; moi non plus, il est vrai. Je portais son deuil, et je ne le savais pas : il regardait ailleurs, et je ne me regardais pas.

Avec le retour des beaux jours, quand les vêtements sombres sont devenus plus difficiles à trouver, j'aurais dû m'apercevoir que c'était du noir que je cherchais... Noirs mes shorts, ma petite robe à bretelles, et même mon bikini : « Sur un teint bronzé », m'avait assuré la vendeuse en poussant vers moi des nuisettes de nonne, des liquettes de duègne, « rien de tel que le noir uni ! Tout simple, sans chichis : c'est très sexy ! » Croyait-elle me tromper ? Ne faisais-je pas moi-même assez d'efforts pour m'abuser ?

Les plages sont de grands cimetières au soleil, où les corps de ceux qui s'aiment reposent côte à côte. Mais mon mari n'étendit pas son corps auprès du mien : il passait ses vacances ailleurs ; passerait-il sa mort ailleurs ? Les veufs d'autrefois portaient pendant des mois un crêpe à leur boutonnière ; seule sur le sable en maillot noir, j'ai porté tout un été la marque de mon malheur à même ma peau. Baigneuse en grand deuil, offerte et interdite, je refusais les regards auxquels je m'exposais.

L'automne revenu — notre dernier automne, le dernier qui fut « nôtre » —, je n'eus plus la force de courir les magasins. Je repris les mêmes habits. Chaque jour, les mêmes habits ; ceux de la veille, posés sur une chaise. Plus le courage d'ouvrir la penderie, de choisir.

Un matin, pour enfiler mon pull sans me décoiffer, je jetai sur mes cheveux l'écharpe de mousseline. Quand j'émergeai de l'encolure, je vis dans la glace — je vis pour la première fois — une femme que je ne connaissais pas : des bas noirs, une jupe noire, un pull noir, et ce foulard qui lui tombait sur le visage comme un voile... Une pleureuse, au fond du miroir, venait m'annoncer la nouvelle d'un désastre déjà vieux : j'avais perdu. Perdu ma jeunesse ; et mon mari. Oh, certes, il était encore là — nous nous croisions dans la maison, nous partagions le même lit, je pouvais le toucher du doigt —, mais il ne me reviendrait pas...

Avertie de ma souffrance, j'eus honte de mes vêtements : la vraie douleur se porte en dedans. Mon deuil m'avait échappé comme une parole maladroite. Indécente même, car je ne pleurais pas un mort, je pleurais un vivant. Je n'aurais droit ni aux condoléances, ni aux apitoiements. Qui consolerait de son veuvage la femme d'un vivant ? Surtout d'un vivant si flagrant — indiscret, amoureux, triomphant ! Je pleurais sur moi, et cela ne se fait pas. Il était temps de respecter les convenances. Pour les enfants, pour la femme de ménage.

Dans un sursaut d'énergie, j'achetai un chemisier blanc : espérais-je entrer dans le divorce en « demi-deuil » ? Cette touche de lumière, je lutte depuis, jour après jour, mois après mois, pour la faire surgir dans mon cœur et sur mon corps. Mais j'ai beau faire, le noir l'emporte.

Je suis en deuil de mon mari, et parce que ce mort vit je suis en deuil de sa famille, de ses amis.

Si j'avais perdu mon mari « dans les formes », sa famille aurait fait cercle autour de moi, elle m'aurait bercée dans sa chaleur, entourée de ses bras. Si j'avais porté mon mari en terre, avec cercueil et requiem, ses amis m'auraient soutenue, embrassée... Mais puisqu'il vit, et vit heureux, c'est moi qu'on a coupée en deux. Me voilà diminuée de son enfance — camarades de classe, médecin de famille, maison de vacances —, de toute cette mémoire qu'en m'épousant il m'apportait, avec son cheval à bascule et les chaises de son grand-père, avec les recettes de sa mère et les expressions singulières qu'il tenait de ses aïeux (« une langue à torcher Cadet », « la maladie des doigts écartés », « qu'y a-t-il à mon rôlet ? »). Locutions oubliées, objets dépareillés, qui me faisaient complice du peu d'années que nous n'avions pas partagées.

Aujourd'hui, c'est ce passé qui me renie, sa lignée qui me répudie : ses parents, frères, sœurs, cousins, voient « la nouvelle », quoi de plus naturel ? Elle est de toutes les fêtes, toutes les cérémonies ; peut-être va-t-elle sur les tombes aussi... Et ses morts à lui, ceux que j'ai connus, chéris, ensevelis — ses quatre grands-parents, ses deux oncles, sa sœur aînée —, et les fantômes de ses ancêtres, les Provençaux, les Irlandais, que j'avais ressuscités à force de les entendre évoquer, Roderick l'insurgé, Brian et Magali, Maureen et Vincent, Julie la muette, trouvent-ils, eux aussi, du fond de leur tombe, que « la nouvelle » est charmante ? Qu'ai-je été d'autre, pour cette famille, que la femme de mon mari ? « La rattachée », comme on dit dans les campagnes. Mon mari m'a détachée de lui, je dois me détacher d'eux.

Le ferai-je comme un enfant s'arrache une dent ? Ou plus doucement, comme la feuille s'envole au vent ? Vingt-cinq ans à partager le même nom, les mêmes tables, les mêmes morts, et, du jour au lendemain, plus rien de commun : « belle-sœur », « beau-père », « belle-mère », des mots auxquels je n'ai plus droit, des mots qu'une autre emploiera. Pour désigner le lien que nous avions tissé, l'amour que je leur portais, le dictionnaire n'offre pas d'équivalent : pas de pièce de rechange pour les « pièces rapportées ». Du langage de la solitude j'ai encore tout à inventer — me faudra-t-il, pour nommer celle qui fut ma sœur d'élection, dire « la femme du frère cadet de mon ancien mari » ? C'est bien long pour les effusions...

Je suis en deuil de nos amis. J'en veux à ceux qui ne m'appellent pas ; et j'en veux à ceux qui m'appellent. Parce qu'ils m'obligent à « en parler », et que je suis incapable de dire une parole vraie sans m'y blesser. J'aspire au silence, à l'exil, je voudrais m'enfuir, m'enfouir, et ils sont là, à me proposer des distractions, à me réclamer des explications !

Il y a d'abord tous ceux, les malheureux, qui « ne savent pas » et téléphonent gaiement pour nous inviter à dîner...

Je leur apprends qu'il n'y a plus de « nous », que « nous » est mort. Je dois presque m'excuser, je suis « confuse », ils sont « désolés », je finis par les consoler... Pourquoi n'a-t-on pas encore inventé le faire-part de divorce, la petite annonce qui, dans le « carnet » du *Monde* ou du *Figaro*, informerait nos relations de la mort de ce couple dont la naissance (fiançailles, mariage), puis la fécondité (un fils, deux fils, trois fils, quatre fils), avaient été célébrés en caractères d'imprimerie ? À Paris un mariage sur deux explose en vol ; pour les journaux en mal d'annonceurs n'est-ce pas une chance à saisir, un « créneau porteur » ? C'est surtout une vérité que mes amis ne se lassent pas de me rappeler. Pour me persuader que d'un malheur si banal je ne saurais faire une tragédie...

Pardonnez-moi : il meurt aussi chaque année cent millions d'hommes, mais quand je mourrai, pour moi ce sera la première fois. J'entre dans la statistique, mais la statistique n'entre pas en moi. Pardonnez-moi. J'ai connu cet homme à dix-huit ans, nous étions encore des enfants, il y a bientôt trente ans de cela ; et depuis trente ans, c'est la première fois que je m'endors sans espérer le revoir, que je me lève sans espérer l'entendre, que je découvre de nouveaux visages, de nouveaux pays, sans penser d'abord à ce que je lui en dirai, à ce qu'il répondra. Si loin qu'il fût de mon corps et de ma voix, je n'ai jamais cessé de lui parler ; en tous lieux, à toute heure, il m'accompagnait : je le portais en moi, lui donnant à goûter chaque joie, chaque peine que je vivais. Trente ans, c'est court quand on divise par deux tout ce qui passe, même le temps ; mais c'est brusquement le tiers d'un siècle quand on n'a plus qu'une vie... Et vous voudriez qu'après tant d'années je me tire de cette faillite avec grâce, en « habituée » ? Que je promette, histoire de me racheter, que je ferai mieux la prochaine fois ? Mais, pour recommencer un aussi long mariage et le conclure par un divorce aimable, je n'ai plus trente ans devant moi...

Faute de faire-part et d'annonceur, il me revient d'assurer moi-même la publicité de mon nouvel état : « séparée non divorcée », « procédure en cours »... Pour éviter les surprises pénibles, devancer les gaffes et les quiproquos, je provoque les questions, suscite les confidences pour y glisser mes aveux. Cocktails, premières, vernissages : tout m'est bon pour proclamer ma disgrâce ; quoi d'ailleurs de plus commode, s'il faut braver la pudeur, que ces rassemblements flottants d'où l'on peut s'enfuir son coup fait ? J'y trouve toujours des occasions, que parfois je n'avais pas cherchées ; ainsi, quand on m'interroge sur l'actualité et que je dois me dérober : « Je n'ai pas lu le journal depuis quinze jours. À la maison c'est mon mari qui le rapportait...

— Rapportait ? s'étonne mon voisin. Il ne le rapporte plus ?

— Si... » Je puise du courage dans mon verre de champagne et, prenant une grande inspiration : « Mais il n'est plus à la maison. Et bientôt, il ne sera plus mon mari. »

Un ange passe... Mais, à Paris, cet ange-là c'est Mercure : il a des ailes aux pieds et portera la nouvelle vite et loin. Malheureusement il n'a pas encore atteint la province quand, la semaine suivante, je croise, lors d'une inauguration, un ancien camarade de « fac » qui nous a connus, mon mari et moi, très jeunes et très amoureux. De ce garçon que je n'avais pas revu depuis vingt ans, ce héros des barricades de Mai, cet anarchiste patenté, la vie a fait un recteur pansu et respecté. Mais badin. Il me serre dans ses bras, puis recule d'un pas : « Laisse-moi te regarder. Franchement, tu es très en beauté ! » (Tu parles ! Une fois de plus je me suis jetée dans le noir et le violet...) « Sais-tu, ma jolie, que tu es encore parfaitement baisable !

— Baisable, monsieur le Recteur ? Eh bien, tant mieux ! Car, telle que tu me vois, mon mari vient de me quitter. »

À son air égaré je comprends que je viens de proférer une incongruité : j'aurais pu attendre notre prochaine rencontre — dans vingt ans — pour l'informer de mon changement d'état civil, rien ne pressait... Au lieu de cela, je lui assène ma défaite sans ménagement, je profite d'un vin d'honneur pour lui montrer mes plaies ! Après la cérémonie il me raccompagne ; et comme c'est sa semaine de bonté, je le devine qui se demande, désemparé, s'il ne devrait pas me proposer de finir la nuit avec lui... Je n'en suis pas encore à demander l'aumône au « corps de la Faculté » ! Il n'y a même rien que je supporte moins bien, ces temps-ci, que les distractions charitables, les divertissements suggérés, ce style « gay divorcee » que mon entourage voudrait déjà me voir adopter. « Ne rentre pas dans ta coquille, sors de ton trou, insiste cette amie lancée, je vais t'organiser un petit dîner : il y aura un veuf et un divorcé, un homme charmant que sa femme vient de plaquer... » Pourquoi pas un dîner de culs-de-jatte pendant qu'elle y est ?

D'autres, plus expérimentées (elles sont passées par le divorce), respectent ma déroute, ma honte : « Alors tu ne m'accompagnes pas en croisière ? Tant pis ! Je ne t'en veux pas. Normal que, pour l'instant, tu aimes mieux te cacher... » Pourtant, avant de raccrocher, la même m'assure que cette peine qui m'accable me semblera légère d'ici un an ou deux, « trois tout au plus, ma chérie, un bon divorce, ça prend trois ans » — apparemment c'est mathématique, comme une grossesse ; après quoi, elle me le jure, je ne souffrirai plus, la page sera tournée, j'oublierai...

Oublier ? Mais je ne veux pas ! La seule idée de ne plus aimer celui que j'aime me fait horreur. J'ai peur de ma douleur, mais plus peur encore de ma guérison. Je ne veux pas guérir de lui, l'amour n'est pas une maladie !

J'ai prétendu qu'il m'en coûtait, à chaque coup de fil, de devoir avertir les ignorants du malheur qui me frappait ? Eh bien, je mentais ! Je voudrais au contraire, tous les jours et toute la journée, parler de celui qui m'a quittée, écrire sur lui, pleurer pour lui ; ma tristesse m'est chère puisqu'elle est tout ce qu'il m'a laissé... Bien sûr, je deviens raisonnable : c'est une tristesse contrôlée — antidépresseurs, anxiolytiques, somnifères. Aux médecins je demande de me la rendre supportable, mais pas de la supprimer ; car elle est tout ce qui me reste de trente années de ma vie. Si je renais de l'autre côté, je renaîtrai sans passé... Laissez-moi mes regrets, qui me lient encore à lui ; laissez-moi liée, attachée — « je lui suis très attachée », « nous étions très attachés ». Laissez-moi conjuguer le conjugal à tous les temps ; veuve, veuve de la tête aux pieds, laissez-moi m'enfoncer.

Avec la douleur je n'ai jamais su négocier. Boire la ciguë à petites gorgées ? Souffrir à crédit ? Non, le chagrin, je le prends comptant.

Laissez-moi me cloîtrer : ma douleur m'est plus douce que vos consolations. Avec elle je veux m'enfermer trois cents jours. Trois cents jours sans sortir, sans m'habiller. Fermez la porte sur moi, comme on la fermait sur ces veuves qui ne pouvaient convoler avant dix mois. Le deuil comme une gestation... Pourquoi n'impose-t-on pas, dans le démariage aussi, ce délai de viduité, cette trêve que les deux parties seraient tenues de respecter ?

Mon mari a bouclé ses valises un dimanche ; le même soir il s'installait dans l'appartement d'une autre (où, depuis des mois, il habitait à mi-temps mi-cœur, il est vrai) ; le lundi il demandait à la Poste de réexpédier son courrier « pour une durée illimitée », le mardi il annonçait à nos enfants son intention de leur donner des demi-frères, le vendredi il emmenait sa nouvelle compagne passer les vacances à Aix, dans la bastide de ses parents : les armoires où j'avais laissé, l'année d'avant, quelques robes d'été, l'autre y a pendu ses robes ; la commode de mes fils, que j'avais peinte de cœurs et ornée de leurs prénoms, elle y a mis ses chemises de nuit ; puis elle a glissé ses enfants du « premier lit » dans le premier lit de mes enfants... « Elle est chez elle », m'a dit sèchement mon mari quand je lui ai demandé comment nos fils pourraient le joindre. « C'est simple, n'est-ce pas : ils passent par elle, elle transmettra. Autant t'y faire tout de suite : dans la maison de ma mère, elle est chez elle. »

J'aurais voulu — comme Didon, reine de Carthage, implore une dernière fois son amant — le supplier de ralentir le pas, de me donner, par décence, cinq ou six semaines pour m'adapter : « Je ne lui demande plus notre antique mariage, qu'il a trahi, ni qu'il renonce au bonheur qui lui est promis. Je voudrais un moment, presque rien, un peu de calme, quelques jours pour mon délire, le temps que, dans ma défaite, ma fortune m'apprenne à souffrir... » « Mais lui », ajoute le poète, « aucune plainte ne peut l'émouvoir, les mots qu'il entend ne sauraient le fléchir. Un dieu a fermé ses oreilles. »

Ses oreilles, ses yeux, son cœur. Sans doute, chez ses parents, ne verra-t-il même pas cette femme se débarrasser des babioles que j'avais récupérées pour nos enfants lorsque nous étions de jeunes mariés désargentés : les boîtes en carton habillées de papier vinyle dont j'avais fait des tables de chevet et des coffres à jouets ; les coussins retaillés dans des boutis élimés ; les lampes montées sur des bougeoirs ou des bouteilles vides ; et cette bouilloire rouge écaillée que je gardais dans un coin parce qu'elle

15

m'avait servi, il y a vingt ans, à réchauffer des biberons . Tout cela, sans valeur, sans goût, bon à jeter « Elle est chez elle. »

Ah, je ne voudrais pas qu'il meure, mais, parfois, je voudrais qu'il soit mort ! S'il était mort, je n'aurais perdu que lui...

Si mon deuil était un vrai deuil, je pourrais le pleurer sans honte, refuser les fêtes et les promesses, m'abandonner enfin à la douce douleur d'un chagrin légitime. Chacun, pour bercer ma peine, célébrerait à l'envi les mérites du disparu. Partout on m'en ferait l'éloge, et j'acquiescerais. Mon mari m'appartiendrait ; personne n'oserait plus y toucher, que pour me caresser.. On me dirait : « Est-ce qu'il ne ressemblait pas un peu à Robert Redford ? » Et je répondrais : « Si, bien sûr. Mais en mieux ! — En mieux, c'est vrai », approuverait l'interlocuteur, tout prêt, pour m'apaiser, à en faire l'Apollon du Belvédère... Je dirais : « Te rappelles-tu l'étrange couleur de ses yeux ? Ni bleus, ni verts, comme la mer en Bretagne, comme les claires de Cancale... Quand je les embrassais, j'avais envie de les gober, de les boire — boire ses yeux, ses yeux qui ne pleurent jamais. » Je dirais : « Ce que j'admirais le plus en lui, c'était sa sérénité. Toujours d'humeur égale, optimiste, généreux... Aucune épreuve ne l'affectait. Je ne l'ai jamais entendu se plaindre, jamais vu souffrir. » Cette fois, l'interlocutrice (une de ses anciennes maîtresses probablement) m'interromprait, agacée : « Serein, on le serait à moins ! Quand ton mari se déplaçait, il y avait toujours une femme devant lui pour ôter du chemin les grosses pierres et les petits cailloux ! Toujours une esclave pour lui aplanir la route, une autre pour la balayer, et une troisième en renfort, au cas où il faudrait le porter ! » Je sourirais, indulgente : « Sans doute, mais souviens-toi, il suffisait qu'il lève sur nous son regard d'enfant perdu pour qu'on lui pardonne tout... Il était tellement attendrissant, si charmant ! » Et elle, secouant ses cheveux blancs, mélancolique et résignée : « Ah, irrésistible, il l'était ! Je lui dois les heures les plus cruelles de ma vie ! Mais c'est si loin maintenant... Allez, tu as bien raison de le pleurer : on n'en fera jamais deux comme lui ! Il me manque à moi aussi... » Et nous soupirerions de concert en regardant les vieux films en « super huit » où il porte des pantalons « pattes d'éph » et des cols Mao ; je proposerais de revoir notre mariage, puis le baptême de notre premier bébé. Nos fils, curieux de leur enfance, nous rejoindraient autour de l'écran, où leur père, éternellement jeune, nous sourirait une dernière fois, en gros plan...

Je voudrais qu'il soit mort. Mort et enterré. Ce qui adoucit le vrai deuil, c'est le bien qu'on vous dit du défunt ; ce qui rend le faux deuil si amer, c'est le mal qu'on vous apprend du disparu — les fautes qu'on vous révèle, les turpitudes, les trahisons, et toutes ces haines, ces haines brutalement dévoilées.

À l'une de ses cousines, venue par hasard aux nouvelles (je dois lui offrir un café pour la « remonter »), j'explique que, les derniers temps, mon mari mentait, et, comme il mentait mal, qu'il se coupait, j'étais obligée, pour le couvrir, de mentir à mon tour — aux enfants, aux amis. Complice malgré moi... De mensonges en comédies, nous ne menions plus qu'une vie d'apparences et de faux-semblants. Soudain, la bonne cousine me toise, ironique : « Il mentait les derniers temps ? Tu dis bien "les derniers temps" ? Mais voyons, Catherine, il a toujours menti ! C'est un menteur-né ! Tu ne t'en étais pas aperçue ? Déjà à dix ans... à douze... à quinze... » Et la voilà partie à égrener souvenirs et anecdotes tandis que le sol se dérobe sous mes pieds. « Mais je n'aurais pas pu aimer un menteur ! Aimer un menteur pendant trente ans ! » J'ai crié ; elle se tait, intimidée. Nous pourrions en rester là...

Pourquoi faut-il que je poursuive, que je cherche encore à la convaincre, pourquoi, sinon pour me persuader ? « La preuve qu'autrefois il ne me mentait pas, lui dis-je, c'est qu'au début, ses "coups de cœur", ses caprices, il ne me les cachait pas : je savais quels jours il voyait celle-ci ou celle-là, dans quel "restau" il l'emmenait, quels cadeaux il lui offrait — tout, je savais tout, jusqu'au prix des cadeaux !

— Le prix des cadeaux ? Attends, je devine la suite... » Dans ses yeux une lueur de mépris, elle est en train de reprendre l'avantage : « Je parie qu'il t'obligeait à l'accompagner pour les choisir, hein, ces cadeaux qu'il destinait à d'autres ? Ou plutôt, non : c'est avec les autres qu'il choisissait des cadeaux pour toi. Ah, j'ai mis dans le mille, n'est-ce pas ? C'est un mufle, mon cher cousin ! Un mufle qui ne peut rendre une femme heureuse que s'il en fait souffrir une autre... » Encore une fois, je le défends, je me défends : « C'est faux ! Je ne connais pas d'homme plus galant que lui, plus câlin ! Toujours il m'appelait sa "douce", sa "mignonne" ; chaque matin au réveil (même quand il m'avait tirée du lit aux aurores !) "Bonjour, Cathie mignonne, mon gentil Cathou", et toujours des bouquets, des bijoux, des dîners aux chandelles, des baisers dans le cou... Pervers parfois, mais méchant, jamais. Et mufle, ça non, mufle, sûrement pas ! » Elle a un petit rire suffisant : « Allons, regarde la vérité en face : je le connais depuis plus longtemps que toi. Ton mari, ma pauvre, n'est qu'un grossier personnage, un enfant vicieux ! Quand il t'a épousée, j'ai espéré... Mais on ne change pas les rayures du zèbre ! À moins d'être complètement maso, tu ne perds rien à son départ : il ne vaut pas la corde pour le pendre ! »

Mon Dieu, elle le hait ! J'ignore pourquoi, mais elle le hait... Encore un chapitre de sa vie dont je n'ai rien su, rien compris ! Tout se disloque, s'effondre : se pourrait-il que cette harpie ait vu juste, que mon mari m'ait toujours menti ? Et depuis quand éprouve-t-il ainsi le besoin de torturer ce qu'il aime ? Menteur, vicieux ? Mais si cela est, qui ai-je aimé ? Ne suffit-il pas que je n'aie plus d'avenir, faut-il que je n'aie plus de passé ? Je glisse, je coule, je me noie...

Dire du mal de lui ne me fait pas de bien ; en entendre dire me détruit. Pourquoi, quand un couple se défait, nos amis s'imaginent-ils aider l'un en brisant l'autre ? Et que veut-on me faire admettre aujourd'hui ? Qu'au jeu de l'amour j'ai été assez bête pour miser trente ans de suite sur le zéro ? Que l'homme de ma vie ne valait pas le prix que j'y ai mis ? Comme si de ce qui le rapetisse je pouvais sortir grandie !

Je sais ce que j'ai perdu ; je n'ai pas besoin, pour me consoler, qu'on me le diminue... Comme on pose, aux beaux jours, des pièges à guêpes pour dîner en paix, j'ai mis partout dans la maison des répondeurs pour pleurer sans être dérangée. Hiver comme été, les voix — amies, ennemies, toutes dangereuses — viennent se prendre au miel de l'appareil, s'y engluer, se débattre et mourir. Je les entends bourdonner un moment, puis s'éteindre. Parfois, je me rapproche du piège pour assister de plus près à leur agonie : « Nous ne sommes pas là pour le moment, mais laissez-nous un message et nous vous rappellerons... » C'est l'appât, la confiture. Peu d'importuns y résistent ; ils se posent, se collent, grésillent, expirent. Quelques-uns, rares, hésitent d'abord, s'envolent, s'éloignent, reviennent, s'échappent. Mais à la fin, je les capture tous, et ils meurent. Je les écoute mourir, puis d'un doigt léger j'efface leur trace. J'efface ; et je ne rappelle jamais.

Dans la campagne où j'ai fui pour penser à lui, à moi, à nous deux, à « dans le temps », à « plus tard », l'hiver s'éternise et m'engourdit. Un soleil de neige, comme une fleur de givre, se déplie dans le ciel gris. Les forêts immobiles cernent des eaux sans reflets. Ce matin, j'ai trouvé un rouge-gorge gelé au pied de mon volet... Le brouillard descend, la neige tombe, effaçant jusqu'au souvenir de nos pas : je suis en deuil de mon mari. Je dois creuser seule sa tombe, et, seule, enterrer mon chagrin.

Je suis perdue. Perdue le jour, perdue la nuit.

Il m'a dit : « Choisis. Divorce ou séparation : que préfères-tu ? » Divorce ou séparation ? Je me perds le jour, je me perds la nuit.

La nuit, j'erre dans des villes glacées que je ne reconnais pas. Jusqu'au réveil je parcours des labyrinthes, m'engage dans des impasses, traverse des carrefours déserts : pas un passant, pas un panneau ; où aller ? Parfois ces rues vides me conduisent jusqu'à des gares enneigées, et je marche le long des rails : mon mari s'est trompé de train, il faut changer de quai, le rattraper, franchir les voies, courir sur le ballast en portant les valises, courir avec mes quatre enfants, si légers, accrochés à mes jupes, mes enfants qui volent au vent... Des embranchements, des aiguillages : j'hésite, des trains passent, se croisent, le temps presse. Jonctions, transit, triages : c'est sûr, je vais perdre quelque chose ou quelqu'un — mes enfants, les valises... Mon mari nous a oubliés. Le temps presse, le danger se rapproche, les trains hurlent : où aller ?

Le jour, je m'égare dans le métro. Montée à la Motte-Picquet pour descendre à l'Opéra, je sors de mon rêve à la station Bonsergent, que je visite, étonnée : depuis trente ans que je circule dans Paris je n'y étais jamais descendue, sans doute même jamais passée... Je cherche un plan : pour en arriver là il faut que je me sois écartée deux fois de l'itinéraire programmé. J'ai dû suivre les flèches « Austerlitz », descendre à Austerlitz, changer à Austerlitz : jeunes mariés, nous y habitions... Sans cesse je me trompe de direction. Mon mari m'a dit : « Divorce ou séparation ? »

J'apprends à rester sur le qui-vive, à me méfier de moi : à tout instant mon pilote automatique se met en panne, ma boussole s'affole. « Divorce ou séparation ? » Même dans cette campagne de Combrailles où je me réfugie, je dévie et déraille : il a suffi l'autre jour que je revienne dans ma vallée par un chemin que je n'ai pas l'habitude de prendre pour qu'au débouché je me sois crue en pays étranger : devant moi, à perte de vue, des collines inconnues. Des hectares de neige et de sapins.

Cherchant en vain des yeux le village de mon enfance, j'avançai avec timidité quand je reconnus, coupant du bois dans une haie, l'un des voisins avec qui j'allais garder les vaches du temps où je n'avais pas de mari, pas de métier, pas de rides ni de « notoriété » ; du temps où je n'étais encore que « la petite-fille du métayer ». Surprise mais soulagée, j'osai lui demander ma route. Il parut décontenancé : « Mais tu y es ! », et du bras il me montra ma maison. Ma maison ! J'y étais en effet : les replis du terrain m'avaient masqué le lac, les eaux gelées, les prés blanchis ; et de la hauteur où je me tenais, la bâtisse, qui domine la vallée, semblait dominée — rétrécie par la masse confuse des taillis. Il avait suffi d'un rien pour me désorienter : que j'aborde ce qui m'est cher par une voie détournée, un côté différent. Quoi d'étonnant dès lors si, voyant ma vie sous un autre angle, je ne la reconnais plus ?

Je me fourvoie le jour, je me déroute la nuit, écartée à jamais des êtres et des lieux qui m'étaient familiers. « Égarée dans ses rêves, toujours il semble à Didon qu'elle est laissée seule, toujours qu'elle marche sans compagnon sur une longue route et cherche ses amis, ses frères, dans le désert »… Mon désert à moi, c'est un quai de gare un soir d'hiver ; chaque nuit je suis seule sur ce quai, ma valise à mes pieds. Seule devant un train qui va partir et dans lequel je n'ose pas monter : j'attends mon mari. Il est en retard, mais il finira bien par arriver ; il ne peut pas m'avoir oubliée ! Je guette sa longue silhouette, ses cheveux de flamme, jaillissant de la pénombre du souterrain… Mais il ne vient pas, et l'heure avance. L'aiguille de la grosse horloge saute de minute en minute, avec un drôle de hoquet. J'ai déjà la main sur la poignée de la valise pour le cas où il courrait vers moi de l'autre bout du quai, rieur, ébouriffé : peut-être aurions-nous encore le temps de grimper dans le wagon ? Il est si jeune, si agile !… Un haut-parleur annonce le départ prochain, la fermeture des portières. Je soulève la valise ; c'est le dernier train, on ne doit pas le laisser filer ! Mais si je prends un train qu'il a raté, nous ne saurons plus où nous retrouver : je ne veux pas l'abandonner ! Pourtant si je reste, si je reste et l'attends, obstinément, dans la gare déserte et glacée, si je l'attends et qu'il n'arrive jamais, qui me recueillera ? Tous les quais sont vides. Je pose un pied sur le bord du marchepied, tournée tantôt vers le wagon, tantôt vers l'escalier souterrain d'où il devrait émerger. « Divorce ou séparation ? » Plus que cinq secondes. Une brève sonnerie avant la fermeture des portes. Un pied sur le quai, l'autre sur le marchepied, je sens le train frémir, s'ébranler. Monter ? Sauter ? Partir ? Rester ? Je vais mourir déchirée, mourir écartelée…

Rassemblant mes forces, je m'arrache d'un coup au sommeil. Trempée de sueur, recroquevillée, nouée, et pourtant soulagée ; les yeux ouverts, je n'ai plus peur, car je n'ai plus le choix : divorce ou séparation, mon mari ne reviendra pas et j'ai raté le dernier train. Mon lot, c'est pour toujours le quai vide dans une gare désaffectée.

Curieusement, l'évidence de l'échec, la certitude d'un

abandon si longtemps redouté me rendent, un moment, une paix que j'avais cessé d'espérer. Je me blottis sous la couette et me rendors, délivrée : après tant d'années passées à craindre et espérer, tant de joies inconstantes et d'élans trompeurs, tant d'angoisses dans le bonheur, je trouve la solitude clémente et le malheur douillet.

Court répit. Sans même avoir eu le temps de replonger dans mon cauchemar familier, je me réveille en sursaut, la bouche sèche : où suis-je ? Où ? À Paris ? À la mer ? En montagne ? Chez lui ? Chez moi ? À l'hôpital ? À l'hôtel ? Où suis-je ? Et quand ? En été ? Au printemps ? Ai-je vingt ans, trente, cinquante ? Moi qui ai toujours su, avant même d'ouvrir les yeux, dans quel décor je me trouvais couchée et quelles tâches, quels amours, m'y attendaient, voilà que, dix fois par nuit, je tâtonne en cherchant les contours de ma maison et l'interrupteur de ma lampe de chevet : je tends le bras vers le fil électrique, mais ma main glisse sur un meuble inconnu, s'appuie contre des murs qui me fuient. Car tandis que, du bout des doigts, j'explore le vide d'une chambre incertaine, ce sont d'autres chambres, plus anciennes, que me propose tour à tour ma mémoire — chambres d'enfant dans des maisons disparues depuis longtemps, mansarde de notre premier baiser, chambre verte de notre premier appartement, chambre rose du deuxième, alcôve d'un hôtel romain, cabines de bateaux... Je me perds dans l'espace et dans le temps.

Abus de somnifères ? Peut-être, mais surtout pléthore de lit : notre « lit matrimonial », trop étroit quand nous le partagions, est devenu immense, surabondant... Dans les grands lits que nous occupions, en quelque lieu que ce fût, je prenais depuis dix mille et une nuits (c'est le compte, je l'ai fait) le même côté, couchée sur le flanc droit. Maintenant que je dispose des deux rives pour moi seule, que j'ai récupéré l'îlot entier, je roule d'un bord à l'autre, je me trompe d'oreiller et finis toujours par chercher à gauche ce que je ne peux trouver qu'à droite : on m'a rendu ce que j'avais donné ; on m'a restitué, comme un paquet de linge sale, cette moitié de moi-même dont j'avais abdiqué le contrôle, cédé l'usage ; m'en voilà tout encombrée...

Chaque nuit donc, ayant reconquis mes deux jambes, mes deux bras, et annexé deux oreillers, je me perds dans mon lit trop vaste, de même que je m'embrouille chaque jour davantage dans nos maisons — les siennes, les miennes, celles qui furent nôtres — et m'empêtre dans nos adresses et nos noms : le sien, le mien, le sien qui fut mien, celui qui sera leur...

Il m'a dit : « En Provence elle est chez elle. » Elle est chez elle dans mes placards, dans le lit de mes fils ? Dans mes meubles, dans mes draps, elle est chez elle ? Bon. Il m'a dit : « Pour l'instant tu peux rester ici, à Neuilly, avec les garçons. Elle vient de prendre un appartement au Champ-de-Mars, je m'y installe, j'y ferai suivre mon courrier. » Soit. Quelques semaines plus tard j'apprends par des amis communs (les langues se délient depuis qu'il est parti) que cet appartement-là avait été loué dix mois avant que nous ne nous séparions — au temps où il me jurait encore qu'il ne me quitterait jamais... Passons : est-ce qu'il n'avait pas déjà acheté à Saint-Cloud, trois ans plus tôt, un « atelier d'artiste », une garçonnière qu'il avait louée sur-le-champ à l'élue de son cœur ? Pour que chez lui elle soit chez elle... Jusqu'ici je peux les suivre, mais leur parcours se complique : mes amis m'apprennent que ce grand appartement du Champ-de-Mars où mon mari, « la dame » et ses deux fillettes ont transporté leurs pénates, ce n'est pas elle qui en avait signé le bail, mais lui ; aux yeux du propriétaire, à ceux de la concierge, le locataire en titre c'était lui, depuis toujours : il m'a dit « Je vais chez elle », mais « chez elle » c'était chez lui... Je commence à m'y perdre, et voilà que, pour compliquer les choses, il ajoute : « Cette maison

25

que tu occupes avec les garçons, j'en suis propriétaire comme toi ; tant que nous ne l'aurons pas vendue, j'en garde les clés, j'y passe quand je veux. » En effet : quand je suis à Neuilly, il vient jusque dans la salle de bains, jusque dans la chambre à coucher — chez moi aussi, il est chez lui. En somme il est chez lui partout, chez elle comme chez moi ; même, et surtout, quand elle est « chez elle » chez moi. Et moi là-dedans, où me met-on ? J'ai de la peine à m'y retrouver ! La Poste aussi : les lettres jouent à la marelle, sautant d'une case à l'autre, d'une adresse à la suivante, surtout celles qui portent la mention « Monsieur et Madame ». Devant « Monsieur et Madame », le facteur reste perplexe : il n'a plus d'instructions. Les « Monsieur et Madame » se baladent à travers Paris, rebondissent de la Combrailles à la Provence, de la Provence à la Combrailles, puis finissent par s'évaporer. « Monsieur et Madame » est une entité disparue. Comme l'a dit un de nos jeunes neveux auquel sa mère apprenait notre accident de parcours : « Ils doivent en avoir, du chagrin, mes cousins, que leurs parents sont morts ! » En tant que famille, nous sommes morts en effet. Les lettres qui s'égarent, il faudrait les renvoyer aux expéditeurs avec la mention « Décédés » : « Monsieur et Madame Kelly décédés ».

« Toujours il semble à Didon qu'elle marche sans compagnons et cherche sa route dans un désert... » Moi, je marche le long d'un chemin de pluie dans un pays tout gris, je fraye ma route dans la neige épaisse d'un précoce hiver, et personne ne me ramènera à la maison puisque je ne suis plus sûre de mon adresse et que je ne sais même pas mon nom.

J'ai porté le sien pendant plus de vingt-cinq ans, dans la vie quotidienne comme dans mon métier. À la faculté où j'enseignais l'Histoire (« cultures populaires et mentalités dans la France moderne »), je suis, j'étais Madame Kelly — spécialiste en chimères du temps passé : contes et légendes, ouvrages de colportage, images d'Épinal, chansons de bergères... Madame Francis Kelly, professeur de rêves oubliés.

Mon nom de jeune fille n'ouvrait que mon jardin secret. Celui où je cultivais les mots ; pas ceux de l'Histoire, véridiques et sérieux ; les miens : mots du mensonge, du mirage. Mon nom, Catherine Lalande, mon nom « d'avant », ne couvre, tel un pseudonyme, que de la marchandise de contrebande — scénarios, nouvelles, romans, « de la littérature » comme disent avec mépris mes collègues de l'Université : mon vrai nom n'est plus qu'un nom de plume... Pour la vie autorisée, la vie normale, celle de la « prof », la contribuable, la maîtresse de maison, la mère d'élève et l'abonnée au téléphone, j'ai troqué depuis longtemps ce nom de laboureur contre un nom de marin, de rebelle, d'Irlandais, proue d'un vaisseau qu'escortent des O'Brien, des O'Malley, des Flaherty, des Connally. Ce nom de brume et d'algues que m'offrait l'homme aimé, je l'avais espéré cinq années ! Bien avant le mariage je l'avais apprivoisé, apprenant en cachette à le signer, puis le répétant sur tous les tons : Catherine Kelly. Un beau nom à porter, le jour venu, sur un tailleur de tweed ou un pull torsadé : à la fois « sport » et classique. Un nom clair, doux, fier, qu'on aimerait léguer à ses enfants et aux enfants de ses enfants... Il me l'offrait ? Je le pris dans la foi, comme d'autres prennent le voile. D'un même élan j'acceptai de lui sacrifier mon prénom — une pratique des familles bourgeoises (et bourgeois, Dieu sait s'il l'était, ce clan d'armateurs mi-dublinois, mi-marseillais), « Madame Francis », disaient les employées de ma belle-mère ; « les Francis », disaient mes beaux-parents ; « Young Mrs Francis », susurraient, condescendantes, les douairières anglaises qui fréquentaient la maison. Telles ces moniales qu'on ne connaît plus que sous leur nom de religion, j'avais rompu avec mon ancienne identité.

Docilité d'un autre âge qui me vaut aujourd'hui de

devoir changer en hâte tous mes papiers, faire modifier les annuaires, les chéquiers, corriger les formulaires ; mon mari emporte avec lui le nom qu'il m'avait donné ; finalement, ce n'était qu'un prêt et il en a meilleur usage : « Madame Francis », « Madame Kelly », ce sera elle — l'Autre.

Tant mieux ; car, à l'heure qu'il est, je ne sais trop comment désigner, quand j'en parle, le nouvel objet de sa flamme ! Faut-il se résigner à l'imprécision (« cette personne », avec un geste vague), à l'erreur (« sa maîtresse », alors qu'elle est plus que cela) ou à la vulgarité (« la dame », « sa poule », sa « pouffe », « sa nana »). À tout prendre, c'est encore « l'Autre » que j'aime le mieux. L'Autre : ainsi les moines nommaient-ils le démon... Mais foin des exorcismes, l'heure en est passée ! Et va pour « Madame Kelly », un nom qui lui ira parfaitement, d'autant mieux qu'ayant déjà servi il a la patine d'un vêtement chic : ce nom-là, je l'ai usé pendant vingt-cinq ans, à la manière dont les valets anglais portaient les costumes de leurs maîtres — afin d'en ôter l'apprêt et le clinquant. Comme une chaussure neuve, je l'ai brisé. Pour le confort d'une autre : « Madame est servie » !...

Dès que je parle d'eux je deviens grinçante, acide, tout ce qu'on déteste chez les malheureux. La noblesse de Bérénice, la retenue d'Ariane, voilà ce qu'il faudrait imiter ! Ou bien se jeter d'un coup dans l'abîme : le suicide, le meurtre, comme Didon, comme Médée. La tragédie, plutôt que la scène de ménage : à moi « l'Orient désert », et ces rivages où l'on meurt « d'amour blessée » ! À moi les « C'en est fait ! », les « Souviens-toi ! », les couronnes, les pleureuses, les bûchers...

À défaut d'un tel appareil, qu'on ne trouve plus qu'au théâtre, je devrais au moins me comporter en femme moderne, responsable, me tenir bien, « me tenir » enfin (« tiens-toi ! » s'exclamait ma grand-mère quand, à la messe, j'essayais, petite fille, de ramasser à quatre pattes les images pieuses qui avaient glissé sous son prie-Dieu,

28

« tiens-toi ! »). Me tenir, oui, mais me tenir à quoi ? Je n'ai plus d'avenir, plus de passé ; j'ignore ce que demain me réserve, et je ne sais même plus de quoi hier était fait : on m'apprend tant de choses depuis qu'il m'a quittée ! Je n'arrive pas à remettre en place les années écoulées, j'essaye de les ranger, mais elles m'échappent, basculent : mon passé dégringole par pans entiers.

Je ne peux même pas, dans cette débâcle, m'accrocher à mon état civil : trop fragile désormais, trop flou... À une nièce qui m'avouait les avoir aperçus tous deux, tendrement enlacés, j'ai demandé, troublée, à quoi ressemblait « la femme de mon mari ». Aussitôt, j'ai cru entendre ma grand-mère : « Mais tiens-toi donc, voyons ! Qu'est-ce que ça veut dire, ça, la femme de ton mari ? Soit il est ton mari, et elle n'est pas sa femme ; soit elle est sa femme, et il n'est plus ton mari ! » Logique... Seulement, pour l'heure, le droit est si peu d'accord avec les faits, et mon cœur si peu d'accord avec le droit, que je m'y perds.

Et lui, quand les juges auront tranché, que « sa femme » s'appellera Kelly pour de bon, lui, comment devrai-je l'appeler ? Dans mes rêves je l'appelle encore « Francis », mais dans mes rêves, il est toujours jeune, ou toujours absent — je l'attends, je l'attends... Dans la vie je n'ai plus à l'attendre — il ne viendra pas —, mais je peux encore lui téléphoner. Pour l'instant, quand je m'adresse à sa secrétaire (la même depuis vingt-cinq ans), je lui demande (comme chaque fois depuis vingt-cinq ans) : « Voulez-vous me passer mon mari ? » Mais « dans un mois, dans un an », qu'aurai-je le droit de lui dire : « Passez-moi mon ex » ? Ce n'est pas le genre de la maison ! « Pouvez-vous me passer Monsieur Kelly ? » Elle me prendra pour une étrangère et me « filtrera » sans pitié. Alors quoi ? « Je voudrais parler au père de mes enfants » ? Là, je n'y arriverai pas, je vais éclater de rire : en ai-je entendu de ces stupides « la mère-de-ma-fille », de ces grotesques « papa de mon premier

29

garçon » ! Ah, ces familles désarticulées, éclatées, où le seul énoncé des parentés vous donne la migraine !

Donc je ne l'appellerai plus : je ne pouvais déjà plus l'appeler chez lui (puisque « chez lui », c'est chez elle aussi), et je ne l'appellerai plus à son bureau, faute de pouvoir dire « mon mari ». Car il est mon mari : comment me reconstruire un passé dans lequel il n'aurait été qu'un ami, un copain de « fac », un compagnon de voyage ? Il est mon mari, la moitié de ma mémoire, les deux tiers de mes jours, et mes dix mille nuits. Il est mon mari, il m'a trahie, il est parti ; il ne me mentira plus, j'en suis ravie, je suis perdue.

Perdue dans l'espace et perdue dans le temps : je ne sais même plus conjuguer correctement ! À quels temps, les verbes ? Quand je parle de ses goûts (et je m'aperçois que, dans la conversation, je fais souvent référence à lui — plus qu'avant ?), quand je le cite, et je le cite à tout bout de champ, je dis : « mon mari *aimait* ceci, il aimait cela »... Pourquoi « aimait » ? Il aime toujours ! Il aime tout, sauf moi. Parce qu'il n'est pas mort « pour de vrai », pas même « mort-pour-moi », parce qu'il s'ingénie à m'envoyer sans cesse des nouvelles de l'au-delà (une petite rue tranquille près du Champ-de-Mars), je ne sais comment tourner mes phrases. Qui m'autorise, d'ailleurs, à parler de lui comme je le fais ? Il ne m'appartient plus... Mon royaume a rétréci ; je ne connais pas ses nouvelles limites ; je tâtonne en cherchant la lumière. À ma droite l'avenir : un océan sans routes. À gauche mon passé : un champ de ruines. Je vis entre brouillard et néant, au milieu d'un présent vague, « vague » comme l'est un terrain vide.

Six mois ont suffi pour mettre trente ans de décembres entre nous. Plus un souvenir qui nous soit commun : il y a les siens, il y a les miens, et ils coïncident rarement. Comme si nous avions fait chambre commune, mais passé « à part »...

Nos mémoires, qu'hier encore j'imaginais si bien accordées, sont séparées désormais. Séparées par le mensonge, le soupçon. Ainsi, j'ai cru longtemps que, n'étant ni sotte ni bégueule, j'avais fait le tour des bonnes fortunes de mon Irlandais : bon sang ne pouvait mentir ; comme ses aïeux il était nomade, coureur, conquérant, batailleur... De son goût pour le jupon j'avais pris mon parti ; et nous en plaisantions entre amis, en famille même : n'étions-nous pas une « génération libérée » ? Sommée de faire la part du feu, et l'ayant faite, je n'ai jamais pensé qu'il pût me tromper — ne m'avouer certaines passades que pour cacher des liaisons, et multiplier les petites histoires pour me dissimuler les passions. Le sang qui coule dans mes veines est celui de ces paysans un peu niais pour qui un marché est un marché ; une parole donnée, une parole tenue ; et un mariage, l'affaire de toute une vie. Aussi, pendant des années, ai-je plaint sincèrement mon mari lorsque, bravant le mauvais temps, il emmenait une fois de plus son jeune filleul au Parc Astérix... De même que je l'admirais sans réserve quand, au cours de ses voyages d'affaires, il acceptait de passer le week-end à l'étranger pour travailler...

Avec la liste de mes naïvetés on remplirait plusieurs volumes ! Mais pouvais-je douter d'un homme qui, du bout du monde, entre deux trahisons, m'expédiait des cadeaux exotiques et des déclarations passionnées, « parce que tu es ma vraie femme, ma vraie compagne, ma Katioucha, celle que j'ai choisie et que je choisis toujours, chaque matin, chaque soir, avec amour ». J'y croyais. Malgré toutes les autres. Et même malgré l'Autre, dont je connaissais maintenant l'existence ; oui, malgré son « atelier d'artiste », ses jours réservés, et nos vacances en « multipropriété », j'y croyais. Ou je croyais encore y croire. Tout habillée de noir... Depuis qu'il est parti, on m'a ouvert les yeux : « À Rio ? En 93 ? Mais voyons, ma pauvre Cathou, il n'y était pas seul, à Rio ! » Ah bon. « Et à Deauville, l'an dernier, au Festival du film américain... Il ne t'en avait pas parlé ? Comment ça, "il n'y était pas" ? Mais, ma vieille, depuis quinze ans, ce festival, il ne l'a jamais manqué ! Au début il y allait avec l'une ou l'autre, à la fin toujours avec l'Autre... »

Sans cesse je découvre derrière moi des paysages surprenants. Et à chaque pas mon humeur change : triste hier, aujourd'hui amoureuse, folle de rage demain. Je ne me prévois plus ; et je n'ose pas me souvenir. Pourtant j'écoute, j'apprends, avidement ; la blonde, la brune, la rousse, « la citadina, la contadina », désormais j'ai besoin de savoir « quand », de savoir « où » : dans quels ports mon navigateur au long cours a fait escale, sur quels bancs de sable notre couple s'est échoué, sur quels écueils il s'est brisé. Même si maintenant que le naufrage est consommé l'exercice n'a plus d'intérêt, je veux, moi, dresser la carte de mes infortunes et connaître enfin, connaître exactement mon passé. Il me faut des précisions, des noms surtout, ces noms que mon mari camouflait derrière ceux qu'il me lâchait. Marie-Sol, par exemple... Ce tanagra aux allures de danseuse « flamenco », cette croqueuse d'hommes que j'ai vue tourner autour de lui avec gourmandise, Marie-Sol a-t-elle été sa maîtresse ? Elle semble si provocante, si délurée. Assurément, ils étaient faits pour se rencontrer ! L'amie à qui je confie mes doutes éclate de rire : « Marie-Sol ? Ce petit bout de réglisse ? Ce pain d'épices ? Mais non, voyons : ton mari n'aimait que les grandes blondes ! »

Voilà une réflexion qui m'ouvre de nouveaux — et larges — horizons. Les grandes blondes... En effet, sa « nouvelle » (qu'on me pardonne, mais légalement elle ne s'appelle pas encore Kelly), sa « nouvelle » est grande aussi, à ce qu'on m'a dit, et blonde. Enfin, blonde... De la manière qu'elle l'est, je pourrais l'être aussi ! Mais avec moins de chances de tromper le monde : à cause de ma peau. Trop sombre, ma peau. Je suis brune. Petite et brune. Très brune. Un teint de gitane.

À vingt ans déjà, Francis soulignait, comme par jeu, à quel point nous appartenions à des espèces différentes ; il me disait : « Tu sais, je ne nous vois vraiment pas faire des enfants ensemble. Ce mélange de sangs, de tons, de lait et de safran... Pouah ! Il n'en sortirait rien de bon ! » Une autre fois, il prit ma main, ma petite main brune, et la posa sur la sienne, large et rose : « Tu vois ? » Je voyais : séparées, nos deux mains n'étaient pas laides ; réunies, le contraste des peaux choquait...

Tout cela, pourtant, ne m'inquiétait qu'à moitié ; je le prenais à la plaisanterie : un enfantillage, le mouvement de recul qu'éprouve devant le mariage n'importe quel garçon de cet âge. Mieux : plus je nous voyais différents, plus j'étais sûre que nous nous aimions. Aujourd'hui, je ne sais plus... Toutes ses maîtresses, celles du moins qu'il m'a avouées, étaient blondes, inutile de le nier. Blondes comme les héroïnes des contes et des chansons : c'est auprès d'une blonde « qu'il fait bon dormir » ; prétendais-je l'ignorer, moi, la spécialiste de la pastourelle, de la peinture naïve, du cliché ? Une blonde... Se peut-il que mon mari ne m'ait jamais trouvée à son goût, jamais aimée ?

Je suis perdue dans le temps, un temps qui a cessé d'avancer et reflue vers sa source. Tout s'inverse : ce n'est plus mon passé qui commande mon futur, c'est mon futur (ce que je saurai demain) qui gouverne mon passé, le réoriente, opère le tri. Le film de ma vie, pour qu'il retrouve un semblant de continuité, il faut que je le projette en « retour-arrière » : que la pomme remonte sur l'arbre, que la flèche retourne à l'arc...

On m'a dit : « Voyage ! Pour te changer les idées, ne plus ressasser les mêmes histoires. Ce qui est fini est fini... Voyage ! » J'ai voyagé. Et je me suis perdue dans l'espace comme je m'égarais dans le temps.

À Pompéi, dans la Villa des Mystères, je me suis rappelé

ma première visite, quand j'étais guidée par lui : pour moi il déchiffrait les symboles, les inscriptions. Quand tu t'en vas, je ne sais plus lire... À Tunis, je me suis souvenue du thé que les vendeurs de la Médina nous offraient : dans les souks, malgré sa peau claire et ses yeux bleus, il obtenait toujours les meilleurs rabais. Quand tu t'en vas, je ne sais plus compter... À Alger, où il a vécu six mois, j'ai marché, pour retrouver sa trace, jusqu'à son appartement ; mais les rues avaient changé : sans mari, sans voile, je n'ai pas osé demander mon chemin. Quand tu t'en vas, je ne sais plus parler... À Cythère, où je n'étais jamais venue, où il n'a jamais mis les pieds, à Cythère, même à Cythère, je n'ai vu que lui ! Embarque-t-on pour cette « île d'amour » sans compagnie ? Je n'étais accompagnée que d'une demi-préface et d'un quart de scénario. Occupée à poursuivre un fantôme d'homme sur le port et les rochers, je n'ai pu aligner trois mots sur le papier. Quand tu t'en vas, je ne sais plus écrire...

Partout je me heurtais à son absence. Partout où ensemble nous étions passés, partout où il allait sans moi, où j'allais sans lui, et où pourtant nous allions ensemble puisque toujours je lui parlais, toujours je l'emportais. Il me faudrait explorer le Spitzberg ou la Terre Adélie pour trouver un lieu où je n'aie pas de souvenirs de lui ! Et encore ! Quand je ne l'y « revois » pas, je songe que j'aurais aimé l'y voir ! Là où je suis, s'il n'est pas, la conscience de ce vide m'emplit : pour l'oublier, il faudrait que je m'oublie. Trente ans durant il fut mon port d'attache et mon seul paysage : n'ai-je pas déjà, entre mes quatre murs, assez d'occasions de me sentir exilée sans en chercher de nouvelles ? Mon lit, mon lit lui-même, suffit à me dépayser ; et ma chambre, depuis qu'il en est parti, me paraît plus éloignée de moi que le Kamchatka... J'ai rangé mes valises.

« Il n'est pas d'amour qui s'égare », dit la chanson. Sans doute un de ces vieux chants du folklore auxquels j'avais consacré autrefois ma thèse d'État, « Chansons populaires et image de la femme dans la France du XVIIe siècle », douze cents pages... De ces milliers de notes et de mots enfouis dans ma mémoire remontent parfois des bribes de strophes, des refrains tronqués : « Si mon ami ne revient pas, non, personne ne me mariera, car je vivrai dans le veuvage, amant, amant, amant volage », ou sur un air plus guilleret, presque le tempo d'une bourrée, « Je vous aimais tant, tant, tant, je vous aimais tant, mon mari »... Donc, pas d'amour qui s'égare. Vraiment ? Alors je voudrais bien trouver la raison de cet amour-là : à quoi fut-il bon ? « Il est le père de tes enfants », me répond-on. S'il ne s'agit que de cela, le mérite n'est pas grand ! À vingt ans, les « candidats à la paternité » ne me manquaient pas ! C'est pour lui-même que je l'aimais, comme j'aime mes fils pour ce qu'ils sont, et non parce qu'ils sont nés de la rencontre improbable d'un descendant des bardes et d'une fille de croquant...

Entre les fils et leur père je m'embrouille, néanmoins. Les temps, les êtres, les sentiments, se superposent étrangement. L'autre nuit, j'ai rêvé que, visitant un pays neigeux, j'étais abordée par des passants qui venaient de croiser mon mari : « Ce Kelly, Francis Kelly, ne serait-il pas de votre famille ? Votre grand garçon, peut-être ? » Je les regarde, choquée de la méprise ; mais ils me désignent, sur le fond bleuté du décor, un jeune homme dont les cheveux couronnent la tête d'un halo rouge : avant que les années ne donnent à la chevelure de mon mari la belle patine d'or terni qu'on admire aujourd'hui, ses boucles étaient rouges en effet, rouge sang ; je les faisais glisser entre mes mains, un anneau de rubis à chaque doigt... Cette nuit-là, le mari de mon rêve avait vingt ans ! Aux personnages qui me question-naient j'ai dit pourtant : « Non, ce jeune homme n'est pas mon fils... C'est mon mari. » Aussitôt, j'ai craint de choquer : un si jeune homme, à l'âge que j'ai ! Et, comme s'il suffisait de cette précision pour corriger l'incongruité de la situation, «pas mon mari, ai-je rectifié, mon ex-mari. Ex». Une fois réveillée, sais-je ce qu'il m'est ?

Dans ma première nouvelle j'avais fait de lui le frère de l'héroïne, dans mon premier roman son amant. Lui, à cette époque, répétait, à qui voulait l'entendre, que j'étais son âme sœur. Il a grandi, il n'a plus besoin de sœur. Plus besoin d'âme non plus : un corps lui suffit...

Mais moi, le jeune homme de mon rêve, j'ai continué à le bercer, j'ai dorloté son souvenir. Le temps du mépris, celui de l'indifférence, viendront peut-être ; pour le moment, je baigne dans la confusion des sentiments. Que dis-je, baigner ? je m'y vautre : si j'apprends brusquement une ancienne trahison, s'il tient sur moi des propos blessants, si on me le peint s'exhibant au bras de sa jeune compagne, mon premier mouvement est de l'appeler, de courir vers lui, de me réfugier dans ses bras, pour lui dire ma peine et m'en faire consoler. Je voudrais cacher mon visage contre son épaule et pleurer, espérant, contre toute espérance, qu'il guérira les plaies qu'il a causées : «Viens dans mes bras, mon petit cœur, ma Cathie, ma Katioucha, viens dans mes bras ! » Il fut mon amant, mon ami, contre lui je ne cherche de secours qu'en lui...

Dieu merci, le contraire n'est pas moins vrai ! Je puis toujours compter sur son aide pour m'arracher du cœur cet amour qui s'entête à repousser ! Mensonges, humiliations : il collabore activement à la ruine de mes dernières illusions, et son aptitude à la trahison finit toujours par l'emporter sur mon penchant au pardon. Mon meilleur recours contre lui, c'est lui.

Il suffit que je me souvienne. De ce jour, par exemple, où il m'avait invitée à dîner pour célébrer notre anniversaire de mariage — le vingt-cinquième... À ce moment-là, je ne connaissais pas encore l'existence de l'appartement du Champ-de-Mars ; mais je voyais bien que je ne le voyais plus : les « missions », les « dîners » et les mensonges se succédaient à un rythme si rapproché qu'il ne passait plus une soirée à la maison. D'ailleurs, trois mois avant cet anniversaire, profitant de ce que nous étions sur un quai de gare et que mon train démarrait, il m'avait dit après un dernier baiser : « Il faudra peut-être envisager des solutions... Que préfères-tu : divorce ou séparation ? » On fermait les portières : avais-je bien entendu ? Non, sûrement... Mais dans les gares, dans les rues, dans les couloirs du métro je me trompais de direction ; je me perdais dans la campagne à deux pas de ma maison.

Divorce ou séparation ? Plusieurs semaines étaient passées sans qu'il revînt sur la question. Dans le monde nous faisions encore figure de couple, nous sortions ensemble, je portais son nom ; mais nous avions déjà des « domiciles séparés », et je l'ignorais... Nous allions fêter nos noces d'argent. D'argent, comme les larmes des tentures mortuaires. Je ne m'habillais plus qu'en noir. Bal funèbre, noces de deuil : je pleurais avant de savoir pourquoi.

Quand il me proposa de dîner dans un grand restaurant, je ne pus cacher ma surprise : nous avions eu, ces derniers temps, si peu d'occasions de nous trouver en tête à tête ! Sans un public à qui donner la comédie, nous ne serions dupes ni l'un ni l'autre. C'est donc moi qui repris la conversation là où, sur le quai de la gare, elle en était restée : je lui demandai pourquoi il tenait tant à commémorer son union avec une femme qu'il se disposait à quitter (j'avais tort de m'inquiéter : c'était déjà fait !). Il insista. Je crus qu'il voulait se donner bonne conscience. J'acceptai.

À table, sitôt notre commande passée, il attaqua. Il n'attendit pas le hors-d'œuvre, ni le plat principal comme dans ces dîners où l'on parle affaires. Il était pressé ; ce soir, il avait résolu ma mise à mort ; dès l'entrée. À peine le garçon s'était-il éloigné qu'il se pencha vers moi avec un demi-sourire. Le sourire discret du chasseur quand il s'apprête à exécuter, silencieux, la perdrix qui vole encore, le sourire de l'examinateur qui pose au candidat médiocre une « question de rattrapage » pour l'enfoncer : « Tu ne me regardes plus, Catherine, ou si peu que tu n'as même pas remarqué qu'il me manque quelque chose depuis plus d'un an... Dis-moi ce que j'ai de changé. J'attends. »

Et toujours ce sourire. Ni doux ni cruel. Le sourire de la supériorité sans bienveillance, la politesse du mépris. Ce fut ce sourire, plus que la question, qui me bouleversa : je me sentis gagnée par la panique, ma bouche était sèche, mon cœur s'affola tandis que, les yeux plissés (je suis tellement myope !), j'essayais de le dévisager. Il ne bougeait plus, posant devant moi comme pour une photo d'identité. Je remarquai qu'il avait mis une chemise bleue assortie à ses yeux ; je le trouvai beau. En général je le trouvais beau ; il était même infiniment plus séduisant qu'à dix-huit ans : quand nous allions dans des cocktails ou des soirées, je le comparais à nos anciens camarades, aux hommes de son âge, et je me disais que oui, décidément, je le préférais à tous. Je me félicitais de ma perspicacité : adolescente, j'avais distingué un garçon inachevé, maintenant j'étais mariée à un homme dont l'allure juvénile, l'aisance rayonnante, laissaient peu de femmes insensibles — il vieillissait bien... Ou, plutôt, il vieillissait peu.

Ce soir-là au restaurant, alors que je cherchais dans l'affolement ce qu'il pouvait avoir de différent, je dus constater, une fois de plus, que, s'il avait changé — légèrement, très légèrement —, c'était en mieux. J'aimais la nouvelle couleur de ses cheveux, moins roux que blond vénitien, leur éclat assourdi depuis que des fils blancs s'y mêlaient. À la distance où j'étais — séparée de lui par la table du restaurant —, ces rais d'argent si fins qu'ils ont la fugacité d'un reflet, je ne les distinguais plus ; mais j'avais eu, ces derniers mois, assez d'occasions encore de l'embrasser, de le serrer dans mes bras, pour savoir qu'ils étaient là, discrets messagers de sa mort prochaine perdus dans sa chevelure d'enfant. Il y avait aussi ces rides que ma myopie gommait, mais dont je me rappelais le réseau fragile au coin de ses yeux, de sa bouche. Comme tous les blonds, tous les roux, il se craquelait : sa peau, si fine qu'elle laissait voir en transparence les cernes mauves de ses paupières et le courant bleu de ses veines, cette peau douce se parcheminait. Quand il avait la tête posée sur l'oreiller, j'aimais effacer d'un doigt léger ces marques légères que les années creuseraient...

Les rides, les cheveux blancs, voilà ce qu'il avait de changé, mais c'était un changement par addition, quelque chose que le temps lui faisait gagner ; or il avait parlé d'une perte.

De l'autre côté de la table, immobile et muet, il continuait à sourire, d'un sourire raide de justicier, qui se figeait à mesure que les minutes passaient. Je profitais de ce sourire pour constater qu'en tout cas il ne lui manquait aucune dent ! Et il avait toujours deux yeux... Mais de toute façon, j'étais trop loin : je ne voyais rien. Ou plutôt je n'y voyais que du feu — celui, joyeux, de ses cheveux ; je n'y voyais que du bleu — le bleu de sa chemise, de ses veines, de ses yeux. « Francis, fis-je d'une petite voix étranglée, je ne peux pas vraiment savoir ce que tu as perdu. Parce que je n'ai pas mes lunettes, tu sais... »

Ma défense fut jugée pitoyable, et le sourire s'agrandit franchement : « Même une aveugle saurait ce que je n'ai plus ! Elle l'aurait lu du bout des doigts ! C'est la première chose que remarque une femme aimante ! » L'examinateur, sadique, se payait le luxe d'élargir la question : « Savez-vous seulement, Mademoiselle, ce que regarde d'abord une amoureuse chez l'homme qu'elle aime ? Qu'auriez-vous regardé vous-même si vous étiez une femme, une vraie ? »

Mon angoisse s'accrut. Plus moyen de lui prouver que je l'avais aimé : j'étais recalée. Toujours souriant, le chasseur eut enfin pitié de sa victime à l'agonie : il l'acheva. Posant ses coudes sur la table, mon mari pencha son buste vers moi de manière à amener ses deux mains levées à hauteur de mes yeux, presque contre eux, et là, comme on fait pour s'assurer que le regard de quelqu'un vous suit bien, lentement il les croisa : il n'avait plus d'alliance...

L'homme qui m'a frappée est celui même qui avait juré de me protéger ! Et il a agi sans colère : son crime, il l'avait médité. Il l'a mis en scène, sans rien laisser au hasard — le symbole, la date, le lieu.

Ce fut notre dernier anniversaire de mariage, ce sera mon dernier repas dans ce restaurant où, en un quart de siècle, nous avions célébré tant de succès et d'amitiés : je n'aurais pas la force aujourd'hui d'affronter le jugement des serveurs qui ont vu cette dame « entre deux âges », cette bourgeoise en tenue de soirée (velours noir, satin violet), pleurer pendant une heure, pleurer sans vergogne, se dissoudre dans les larmes, se répandre sur la nappe, se répandre sur la banquette, pleurer comme on saigne, sangloter, hoqueter, renifler, pendant que ses voisins de salle se détournaient, gênés ; des serveurs qui ont vu son compagnon — le même depuis un quart de siècle — la considérer d'un œil froid, sans esquisser un geste pour sécher ses larmes, prendre sa main, l'apaiser...

Tu poursuivais, imperturbable, ton réquisitoire si brillamment commencé. Tu n'as pas « gémi quand je pleurais », tu ne m'as pas, vaincu, « donné tes larmes ni pris en pitié celles que je versais ». Au contraire, tu as très bien dîné. Du repas de fête que tu avais commandé je n'ai pu avaler une bouchée, mais toi, je l'ai remarqué, tu n'as rien laissé : même ton gâteau, tu l'as mangé jusqu'à la dernière miette... Tu ne cessais de mâcher que pour me gronder, m'accabler : un professeur face à une élève collée — ne m'as-tu pas reproché, d'ailleurs, de n'avoir jamais su t'écouter ? Mais, cette fois, je ne risquais guère de t'empêcher de parler : j'étais incapable d'articuler ; j'avais la bouche pleine moi aussi, mais pleine de larmes, mes yeux coulaient, mon nez coulait. J'ai dû mendier un kleenex car je n'avais pas de mouchoir ; ce chiffon de papier — ton dernier don après trente ans d'amour —, tu me l'as tendu du bout des doigts. Ce soir-là, ce fut ton seul geste d'humanité.

Plus de « Katioucha », en effet, plus de « mon petit cœur », de voix doucereuse, d'air innocent, de caresses menteuses. Tel un procureur, tu requérais... Tu as bien fait d'en profiter : pour une fois que tu avais la parole et que ta mauvaise épouse ne risquait pas de t'interrompre, il fallait y aller ! Je n'avais rien à t'opposer : le chagrin m'étouffait — le chagrin de me trouver en même temps trahie, coupable, et humiliée. Coupable surtout.

Car j'étais coupable, n'est-ce pas ? Tandis que tu m'accusais, je me demandais en effet comment j'avais pu ne pas remarquer que l'homme que j'aimais avait, depuis si longtemps, retiré l'anneau qu'il portait. Je suis myope, mais je vois de près : y avait-il donc tant de mois que je n'avais plus embrassé ta main, tant de mois que je ne l'avais pas caressée ? Et toi ? N'avais-tu plus jamais approché tes doigts de mon visage, posé ta main sur la mienne ? Étions-nous déjà si distants l'un de l'autre ?

Gravement, entre deux bouchées de magret, tu m'as dit : « Regarde les choses en face » (c'est cela qui m'est difficile, et tu le sais !), « regarde les choses en face : tu m'avais abandonné longtemps avant que je ne t'abandonne ». Je ne t'ai pas abandonné « avant », non, mais « à mesure », c'est vrai. À mesure que ta « nouvelle » s'installait dans nos vies, je pliais bagage. Coupable en effet — de désertion devant l'ennemi. Plus tu aimais l'Autre, plus je m'éloignais ; et plus je m'éloignais, plus tu l'aimais. Ta maîtresse s'offrait, ta femme se retranchait : je m'enfermais dans une forteresse à laquelle tu n'avais plus accès — je vivais en moi. L'âme raide, cuirassée. À la fin, tu passais d'une odalisque à un samouraï. Un samouraï avec ses balafres et ses plaies. Tiens, en voici une qui n'est pas refermée : rappelle-toi, quand tu partais avec elle en « voyage de noces », tu ne me laissais aucun moyen de te joindre en cas d'urgence ; à cause des enfants j'ai fini par te supplier de me téléphoner une fois, une seule par voyage, pour t'assurer au moins qu'à la maison — ta maison —, tout allait bien. Te souviens-tu de la manière dont tu l'as fait ? Tu m'as appelée un samedi après le déjeuner, et tandis que tu me demandais des nouvelles de nos fils, j'ai entendu derrière toi quelqu'un parler en italien ; pour répondre à ton interlocuteur (tu n'appelais donc pas d'une cabine) tu as posé un moment ta main sur le combiné, puis tu as repris la ligne avec un petit rire : « Excuse-moi, Cathie chou. C'est le service des chambres, ils insistent pour faire le ménage : il est trois heures de l'après-midi, et nous sommes encore au lit ! »...

À ton avis, que doit-elle faire, la femme à qui tu dis ces mots-là ? Si elle n'est pas ta mère, si elle n'est pas ta sœur, que doit-elle faire ? Hurler ? Mettre le feu à sa maison ? Se tuer ?

Ou se taire, bien sûr. Je me suis tue. Comme d'habitude. Mais je me suis calfeutrée : dans ma citadelle je n'ai plus rien laissé passer. Puisque la douleur pouvait à tout instant m'entrer dans l'âme par les oreilles, les yeux, le nez, j'ai tout verrouillé. Les « neuf portes de mon corps » dont je t'avais donné les clés, une à une je te les ai fermées. Je ne cherchais même plus — où que tu ailles — à avoir des nouvelles de toi, puisque les nouvelles de toi finissaient, tôt ou tard, par être des nouvelles de vous...

Et malgré tout, tout ce que j'avais vécu, vu, entendu, je ne pouvais, jusqu'à ce dîner d'anniversaire, me convaincre que tu avais cessé de m'aimer : parce que je t'aimais encore, je me croyais aimée... Même aujourd'hui, il m'arrive de penser que si tu me blessais, ce n'était pas pour me voir souffrir, mais pour me posséder — tu voulais que, de ton passage dans ma vie, je garde une trace indélébile, que je reste « marquée ». Tienne jusqu'au dernier jour... Tu as gagné : le geste de tes mains, lentement croisées et décroisées devant mes yeux, n'est pas de ceux qu'on oublie — c'est par cette blessure ouverte que je sortirai de mon amour. Si j'en sors jamais.

Ce soir-là, pendant que je pleurais, pendant que mon mari souriait, j'avais compris que nous avions atteint le bout du chemin, que nous n'irions pas plus loin. Et pourtant nous sommes rentrés à la maison. Sagement. Il ne m'a pas quittée sur le seuil, je ne lui ai pas claqué la porte au nez. Je n'ai même pas protesté. Je suis allée coucher sur le divan du bureau, c'est tout. Un matelas de soixante-dix : à lui le grand lit, à moi le châtiment.

Écrasée par la douleur, je l'étais aussi par le poids du péché : « une femme aimante », une femme aimante aurait-elle vu ce que je n'avais pas remarqué ? Est-il vrai qu'une femme aimante cherche des cheveux blonds sur le col des vestons, et des préservatifs dans les poubelles ? Envoie-t-elle l'huissier pour vérifier que celui qui lui a juré sa foi garde toujours sa bague au doigt ? Doit-on vivre avec son mari comme s'il devait, un jour, être un ennemi ? Je ne savais pas, je ne savais plus, j'étais en deuil, j'étais perdue...

Admirable, le tour de passe-passe qui consiste à reporter sa faute sur celle qu'on a trompée ! Il avait suffi que mon bourreau proteste de son innocence, de sa souffrance (« Tu ne me regardes plus, Catherine ») pour que je plaide coupable : de sa trahison, je fus sur le point de lui demander pardon ! Je me serais accusée d'avoir volé la tour Eiffel pour retrouver l'asile de ses bras ! Puisque je n'imaginais pas de chercher refuge ailleurs que là... Du temps où nous nous aimions, il m'arrivait souvent de l'appeler au bureau pour lui confier les petits soucis de la

journée : « S'il te plaît, Francis, remonte-moi le moral ! »
Lui seul savait trouver les mots qu'il fallait.

Mais au restaurant, alors que j'allais m'attendrir une fois
de plus, et une fois de plus le supplier, j'ai brusquement
pensé que, s'il me serrait contre lui, je verrais enfin — et de
près ! — sa main nue. Je ne verrais même que cela : le cercle
blanc que l'anneau, longtemps porté, avait dû laisser sur son
doigt... L'idée que cette main sans alliance, insolite, inquié-
tante, pourrait me toucher me souleva le cœur — comme
si l'on m'avait ordonné d'embrasser un homme édenté !
À travers le brouillard de mes larmes je devinais un tueur
aux mains nues, aux doigts blancs, obscènes : des larves, des
vers qui rampent. Une pieuvre. Un ténia. Il me dégoûtait.

En même temps, je le désirais — si bleu dans cette
chemise accordée à ses yeux, si habile dans sa façon de
retourner les situations, si cruel et émouvant lorsqu'il
parlait de ce dont je l'avais privé et du calvaire qu'il avait
enduré : je ne saisissais pas toutes ses paroles (je pleurais
trop), mais je croyais voir se succéder dans ses yeux
douceur et douleur, et, sur ses paupières, se former ces
rides fragiles que j'aimais, toutes ces ravines, ces ruisseaux
qui m'irriguaient — mon seul paysage, mon dernier
voyage... « Je t'aimais inconstant, qu'aurais-je fait, fidèle ? /
Et même en ce moment où ta bouche cruelle / Vient si
tranquillement m'annoncer le trépas, / Ingrat, je doute
encore si je ne t'aime pas... » Eh bien moi, je ne doutais
pas ! Au moment où mon mari me poignardait, je l'aimais.
« Tu sais comment ça s'appelle, une femme qui aime un
sadique ? » m'a lancé un jour sa « méchante cousine »,
excédée que je tente encore de le justifier.

« Une femme qui aime un sadique », cela s'appelle *aussi*
une femme amoureuse. D'ailleurs, « sadique », il ne l'a pas
toujours été : je me souviens d'un homme capable de
renverser les murailles pour voler à mon secours. Rien ne
l'arrêtait : ni les lois ni les serrures. Nous pouvions être

séparés par des millions de kilomètres, si j'avais besoin de lui, il surgissait ! Dans les hôpitaux, par exemple, il apparaissait à mon chevet au beau milieu de la nuit. Mordue par une vipère au fin fond de la Combrailles alors qu'il se trouvait dans le Midi, j'eus le bonheur de le voir ainsi « se matérialiser » dans le service des urgences de Clermont à quatre heures du matin, les bras chargés de cadeaux ! Je me rappelle aussi qu'après mon premier accouchement, comme il m'avait trouvée déprimée à l'heure où s'achevaient les visites, il retourna à l'appartement pour me préparer un lait au miel qu'il transporta dans un thermos à travers Paris et introduisit de nuit dans la maternité, en dépit des gardiens et des règlements ! Mes compagnes de chambre en étaient éberluées : « On dirait Arsène Lupin », remarqua l'une d'elles. Et c'était vrai : pour avoir tout à fait l'air d'un gentleman-cambrioleur ou d'un magicien, il ne lui manquait que la cape et le chapeau ! « Comme il vous aime ! » soupira une autre, que ce réveil en sursaut n'avait pas fâchée.

Comme il m'aimait, en effet ! Ce n'était pas un bon mari pour l'ordinaire ; mais pour l'extraordinaire, il était doué...

Mes larmes coulent comme le vin et je m'enivre de chagrin. La tristesse est un vice dont on ne devrait pas abuser ; mais je ne veux me priver de rien. Chaque fois que le téléphone sonne, par exemple, je m'autorise à espérer que c'est mon mari, qu'il va me demander pardon, « Cath, Cathou, Katioucha », prétendre qu'il y a eu un malentendu, que l'Autre, sa « future », n'existe pas, n'existe plus...

Pourtant, s'il m'appelait, il ne me trouverait pas : je suis injoignable, hors d'atteinte de ses coups de griffes comme de ses caresses. Hors de portée de sa voix. J'ai même apporté au supplice du répondeur quelques améliorations qui me réjouissent : sous prétexte de mieux distinguer les communications professionnelles des communications privées, j'ai fait installer dans la maison une deuxième ligne qui aboutit à l'étage en dessous, dans son ancien bureau que je tiens désormais fermé comme un tombeau. Aux voix importunes mes répondeurs indiquent ce numéro inutile, avec beaucoup d'amabilité.

Les intrus se jettent sur l'appât : j'entends, en bas, le téléphone sonner longuement, rageusement, dans la pièce vide et glacée. N'est-ce pas le leurre parfait ? Laisser croire à la bête piégée qu'elle va pouvoir s'échapper, lui laisser espérer qu'elle pourra vous toucher, vous blesser peut-être... Quelques gêneurs (mon mari lui-même ?), après s'être débattus en vain dans l'obscurité, reviennent au répondeur : peut-être ont-ils mal compris ? Mal noté le numéro que j'indiquais ? De nouveau ils écoutent, confiants, mes conseils et mes promesses, puis, de nouveau ils appellent en bas ; et de nouveau « on » ne leur répond pas. On ne répond jamais. La sonnerie insiste, insiste, s'exténue, puis s'évanouit. Morte, enfin...

Seuls mes enfants échappent à cette torture : mes répondeurs comportent un signal d'appel particulier, un code secret que je leur ai donné. Eux seuls connaissent les quatre chiffres qui ouvrent mon cœur à toute heure. Des dates, bien sûr. Prises dans l'Histoire, évidemment. Par hasard, je n'ai retenu que des dates de mort : famines, défaites... La mort comme passe-partout. La mort pour entrer dans l'oubli, parcourir à tâtons, aveugle et sourde, les lents corridors de mon hiver.

Il règne sur ma vie cette lumière de neige qui baigne la campagne alentour : une lueur de petit jour en plein midi... Ciel pâle, terre gelée, vent de glace. Je trace ma route entre deux murs de brouillard. Effacées les allées, les marches de l'escalier, effacés les montagnes, la chaussée du lac et le petit pont de bois. Plus de formes : des buées.

Je suis perdue : de tout ce qui fut mon domaine, ma propriété, ne me reste qu'un long chemin vers le rien... Y a-t-il encore une chose au monde qui mériterait d'être vue ?

Je suis aveugle. Neige, candeur, vue basse, tout concourt à m'égarer. Je ne vois rien.

Le soir de leur première rencontre (un dîner chez des amis), j'étais là ; mais la belle inconnue qui allait bouleverser ma vie, je ne l'ai pas vue, et je n'ai pas vu non plus avec quels yeux mon mari la regardait. Je ne remarque rien de ce qui se dit sans mots. Cet « autre qu'on devinait au détour d'un regard », jamais je ne l'ai deviné ; et je n'ai jamais surpris, entre deux battements de cils, cette lueur amoureuse, langoureuse, dont nous parlent tous les livres ; je ne peux même pas l'imaginer.

« T'es myope ou quoi ? » Combien de fois m'a-t-on tancée de la sorte alors que je cherchais quelque chose que j'avais sous le nez, ou que je persistais à nier ce que tout le monde tenait pour évident : « Ils s'aiment, ça crève les yeux ! T'es myope ou quoi ? » Je le suis, oui ; et à quel point, seuls mes proches le savent : myope à ne pas reconnaître mes propres enfants à un mètre ; myope à ne pas distinguer un arbre d'un poteau, une femme d'un homme ; myope à confondre, quand j'entre dans une pièce, les êtres et les objets ; myope à faire une même masse — grise, informe, pâteuse — de tout ce qui m'entoure : les beaux, les laids, les amis, les ennemis, les vivants et les morts...

Des coups de cœur des autres, de leurs amours, je ne vois rien ; à peine si je distingue les miens !

Quand j'ai connu Francis (sur le « Victory », un rafiot panaméen qui nous emmenait avec un groupe d'étudiants vers l'Australie), je venais de perdre mes lunettes. Je ne l'ai pas vu avec les yeux de l'amour, je l'ai vu avec des yeux de myope. Le résultat fut le même : je l'embellis. Je ne remarquai pas sa maigreur d'adolescent monté en graine, sa bouche trop large dans un visage trop mince. Je ne distinguai que sa haute taille, la clarté laiteuse de sa peau, et ses cheveux de feu : avec une myope, on est toujours assez loin des yeux pour être près du cœur !

Je ne me vis pas non plus tomber amoureuse. C'est à Sidney seulement que je m'en avisai : pourquoi diable me donnais-je tant de mal pour me trouver, comme par hasard, assise à côté de lui dans les bus, les bars, les amphis ? J'eus le courage de ne pas différer la réponse : je l'aimais. Très vite, je passai de « l'amour de loin » à l'amour de près ; mais, même de près, un amant reste assez loin de moi pour être adoré : ou bien nous étions séparés de cinquante centimètres et je ne le voyais pas, ou bien nous avions aboli toute distance et je ne le voyais plus, sauf par morceaux. Jamais je ne pus le contempler clairement et tout entier. On me refit des lunettes à mon retour en France : c'était trop tard...

Je continuai de lui être d'autant plus attachée qu'il était le premier homme que, même sans lunettes, je parvenais à repérer de loin : au milieu des foules les plus confuses je le reconnaissais — à son panache rouge. Pendant trente ans je me suis guidée sur sa chevelure de cuivre et d'or comme le voyageur égaré se guide sur le soleil. Toujours, en tous lieux, je parvenais à fendre le brouillard qui m'environnait pour le rejoindre et m'arrimer à lui.

Depuis qu'il est parti, je m'arrête, effarée, au seuil des cocktails et des soirées : leurs groupes opaques, leurs agglomérats nébuleux m'effraient ; j'ai perdu le fanal qui éclairait ma nuit. « Mais... vos lunettes ? » Dans la voie des aveux j'irai jusqu'au bout : je ne souffre pas seulement de myopie, mais d'un « défaut de convergence oculaire » — terme noble pour désigner le strabisme, la loucherie, cet « œil qui dit zut à l'autre », celui « qui joue au billard pendant que son copain compte les points »... Je ne perçois bien ni les volumes ni les distances, et ne sais jamais où situer exactement les objets : les deux yeux ouverts je déplace à volonté les tableaux sur un mur, les livres sur une table, et les marches dans l'escalier. Tout dépend de l'œil qui conduit, et il m'arrive de changer brusquement de chauffeur en route...

Jusqu'à dix ou douze ans, je fus le souffre-douleur des cours de « récré », la « loucheuse » qu'on est trop heureux de rejeter, d'écarter des confidences et des jeux, parce qu'elle n'a pas « le regard franc »... Je n'osais pas regarder en face, c'est vrai : je ne dévisageais personne, et n'envisageais rien — « inopérable », avait-on dit à ma mère dans les hôpitaux où elle m'avait traînée. Puis, d'un coup, le miracle : la myopie, ce voile merveilleux qui tombe entre le monde et moi, efface les choses et les gens, les bons comme les méchants, et leur cache mes tares puisque mes yeux retrouvent un parallélisme apparent. Apparent seulement : les images que chacun d'eux m'envoie, je ne les superpose toujours pas ; sur les volumes, les longueurs, les limites, les bordures, l'emplacement exact des routes et des fossés, des clous et des tableaux, du ballon qu'on me lance, du panier que je vise, je n'en sais pas plus qu'avant ; mais de ces brusques changements d'axe, rien ne transparaît plus à l'extérieur... Tant, du moins, que je ne corrige pas la myopie ! J'ai donc appris, sur le conseil des médecins, à user de mes lunettes comme d'un face-à-main : quelques secondes pour déchiffrer le nom d'une rue, quelques minutes pour suivre les informations télévisées. De mes verres je me sers aussi brièvement qu'un capitaine de sa longue-vue : le temps de faire le point, de fixer, une fois pour toutes, un visage, une silhouette, de deviner un paysage, une île au loin — rien de plus, sous peine d'être, comme dans les contes, rendue à ma première condition, sirène redevenue poisson, princesse redevenue souillon.

Condamnée à voir sans me montrer, ou à être vue sans voir, j'ai choisi la seconde solution, qui me livre aux autres désarmée ; mais j'ai mis tous mes soins à dissimuler ma faiblesse ; c'est avec une fausse assurance que je traverse un monde incertain, fluide, décomposé, un brouillard si dense que les peintres impressionnistes me semblent réalistes à l'excès : avec leurs effets de brume et leurs taches de lumière, leur flou, leur tremblé, leur pointillisme, leurs « vibrations colorées », voilà des gens qui ne m'épatent guère — j'ai toujours vu la nature comme ils la peignent ! Seuls les hyper-réalistes me font rêver : leurs lignes nettes, leur pinceau précis, leurs perspectives minutieuses, leurs détails léchés, me donnent à voir un univers fantastique dont j'ai à peine idée — des objets qui ont un contour, des êtres qui ont un visage.

« Mais alors, dans vos romans, les descriptions... ? » Je les invente.

Comme j'ai dû, aveugle, inventer le corps et les traits de celle que mon mari m'a préférée, imaginer ses charmes, ses sortilèges, ses mystères. Jamais je n'ai vu cette femme en effet, je n'ai même pas cherché à la voir. Pourtant j'ai toujours su, quoique avec un temps de retard, où ils installaient leurs garçonnières et leurs « petits nids ». Rien de plus simple que de les guetter depuis le trottoir d'en face, mes lunettes sur le nez. J'aurais pu aussi les attendre, cachée derrière un pilier, dans une gare ou un aéroport, l'un de ces jours — de plus en plus nombreux — où ils rentraient d'un voyage au soleil...

De la myopie involontaire — celle de cette unique soirée où, me dit-on, je l'ai croisée — à la cécité délibérée des dernières années il n'y a qu'un pas, que je n'eus pas de mal à franchir : j'avais l'habitude de fermer les yeux ! Je croyais (mon mari m'en avait persuadée) que, dans une vie de couple, il est sage de ne pas tout voir... Et puis, nos enfants étaient si jeunes, il ne fallait pas faire d'histoires. Se taire donc, s'aveugler, s'oublier, et patienter.

Plus tard, le soir de nos noces d'argent, il m'a reproché de ne plus l'avoir regardé depuis des années : il est vrai que, détournant mon regard de ses blondes amies, j'avais fini par détourner mon regard de lui. Il m'interdisait la jalousie. J'évitais donc de l'imaginer avec d'autres, d'imaginer leurs baisers, leurs nuits... À la fin, quand cette femme inconnue occupa la plus grande partie de sa vie, quand je dus réprimer, à longueur de journée, mes élans, mes colères, et censurer mes rêves, c'est lui que je cessai d'imaginer, lui auquel j'évitai de penser.

Qu'il soit entré dans cet aveuglement autant de fierté que de soumission, c'est possible. Lui, en tout cas, se montrait assez sûr de cet orgueil, de mon amour ou de ma clémence, pour tout laisser traîner — photos, notes d'hôtels, factures de bijoutiers. Les preuves de ses galanteries, il les entassait pêle-mêle dans les tiroirs de son bureau, qu'il ne se donnait même pas la peine de fermer à clé. Il savait que je ne m'abaisserais pas à fouiller. Jamais je ne lui ai « fait les poches », jamais je ne l'ai suivi, jamais je ne lui ai demandé de comptes, jamais je ne l'ai espionné. À défaut d'être la seule dans son cœur, ne m'y croyais-je pas la première ?

Excès de confiance que rien ne vint entamer. Pas même ces quelques lettres que mon fils aîné m'apporta un jour, indigné : cherchant une gomme, il était tombé, dans les tiroirs de son père, sur un gisement épistolaire... Barbe-Bleue ne se résignait pas à enterrer le corps de ses épouses assassinées, mon mari garde toutes les lettres de ses conquêtes. En Provence, dans l'armoire de sa grand-mère, les souvenirs les plus anciens de ses plus anciennes maîtresses reposent, soigneusement étiquetés, dans de grands fichiers. De A (Adeline) à Y (Yolaine). Pas de Z : il n'a pas rencontré de Zoé. Parfois — puisque j'étais sa favorite — il m'invitait à ouvrir l'armoire pour faire la connaissance d'une de celles qui m'avaient précédée ou, même, « accompagnée » ; mais c'est lui, lui seul qui choisissait celle qu'il m'offrait... Curieuse, malgré tout, je finissais par accepter ; pire, je prenais plaisir à parcourir ces lettres qui, toutes, me parlaient de lui ; aux signataires je savais gré d'avoir chéri les mêmes défauts, les mêmes gestes, les mêmes mots que j'aimais chez mon infidèle ; d'ailleurs, jaunies par les années, ces pages qui racontaient des passions mortes me rassuraient : ne me laissaient-elles pas espérer qu'un jour, moi aussi, je n'éprouverais plus pour lui qu'un amour fané, qui aurait cette douceur soyeuse des mouchoirs que les larmes ont usés ?

Si ses vieilles maîtresses étaient reléguées dans l'armoire de « la bastide » — archivées, en somme —, les plus récentes occupaient, en grand désordre, une petite annexe parisienne : son bureau. Depuis quelques mois (quelques années ?), ce secrétaire débordait : billets d'avion, cartes postales, dépliants touristiques, fleurs séchées, tombaient des tiroirs dès qu'on en approchait... Les lettres que mon fils me remit, écrites sur beau papier (vergé bleu-mauve), émanaient d'une certaine Laure. Je rassurai le garçon, que la découverte de ces « cadavres » avait troublé : j'étais parfaitement au courant, lui dis-je, il ne s'agissait, comme d'habitude, que d'une aventure sans importance, « tu connais Papa ! » ; qu'il ne s'inquiète pas, son père n'aimait que moi et je n'aimais que lui — n'avais-je pas justement trouvé, le matin même, un petit billet sur ma table de chevet, un de ces acrostiches comme il s'amusait à m'en laisser quand nous étions jeunes mariés : « CATHIE, Coquine, Ardente, Tendre, Habile, Irrésistible Enjôleuse... » Avant de remettre le paquet de lettres bleues à la place qu'il n'aurait pas dû quitter, je cédai tout de même à la tentation d'en lire quelques lignes : le style était moins riche que le papier, même si de gros baisers dessinés au rouge à lèvres venaient, çà et là, pallier les insuffisances du discours. La dame faisait d'ailleurs tant de fautes d'orthographe que je ne me crus pas menacée... Vanité d'écrivain, suffisance imbécile ! Mais comment croire que des pensées vulgaires, vulgairement exprimées, pourraient séduire l'homme que j'aimais ?

Aveugle, j'étais aveugle ! Non, je ne le regardais plus, c'est vrai, car si je l'avais regardé, j'aurais vu tout de suite qu'il l'aimait — Elle, « la dame sans orthographe ». Mais je préservais soigneusement ma myopie, qui préservait ma tranquillité. J'ai fui les images trop précises, qui m'auraient foudroyée : eux deux côte à côte, eux deux enlacés. Je n'ai pas voulu les attendre dans leur rue, surprendre leurs gestes, leurs habitudes, et voir s'éteindre, une à une, les verrières de leur « atelier ».

J'ai préféré souffrir sans me l'avouer ; j'ai dépéri sans un cri (pas de scandale, surtout pas de scènes — mon mari a horreur du bruit, d'ailleurs il est très gentil, et puis il y a les enfants, n'est-ce pas ? « Tiens-toi ! ») ; j'ai succombé sans lutter tandis qu'il s'éloignait d'un mouvement lent, discret, irrésistible et régulier : tel « le chat du Chester » qui se dissout dans l'air peu à peu, il s'est effacé de ma vie morceau par morceau. D'abord les yeux... Ses yeux, je m'en rends compte aujourd'hui, ses yeux bleus m'ont quittée les premiers : quand il me regardait encore, c'était avec des yeux décolorés, presque transparents. Puis ses bras... Ses bras ont disparu puisqu'il ne s'en servait plus. Son corps tout entier s'est délité : il n'avait plus ni surface ni forme, ses traits se sont brouillés, son odeur s'est éventée, il s'évanouissait — une enveloppe vide, un songe, un flocon de neige qui fondait... Enfin l'esprit, l'esprit à son tour s'enfuit : il n'entendait plus ce qu'on lui disait, il était « ailleurs » — avec elle toujours, avec elle sans cesse ; il allait d'une pièce à l'autre, tout imprégné d'elle, imprimé d'elle avec tant de netteté que, si je n'avais choisi de m'aveugler, j'aurais pu la déchiffrer sur lui... Parfois, il dînait encore avec nous, mais c'est à elle seule qu'il parlait : entre deux plats on le retrouvait dans l'escalier de la cave, collé à son téléphone mobile, en train de l'appeler. Il traversait la maison comme une ombre, un zombie, un sourire vague aux lèvres, ce sourire suspendu que laisse derrière lui, comme une ultime politesse, « le chat du Chester » quand le reste de son corps s'est éclipsé. C'est ce gentil sourire, peut-être, qui m'a trompée, et sa chevelure — cette chevelure rouge qui flottait au-dessus du corps disparu, du corps noyé, comme une touffe de roseaux à laquelle je m'accrochais, sa chevelure dans la nuit, allumée comme un brasier auquel je voulais encore me fier, encore me chauffer, sa chevelure, qui s'est éteinte en dernier...

Je suis aveugle : dans les foules où il n'est pas, dans la maison qu'il a quittée, je ne vois plus que lui.

Mais elle, non, je ne l'ai jamais vue. À quoi ressemble-t-elle ? À une « grande blonde », je le sais. Pour le reste, il me faudrait imaginer... Un ami, qui les a aperçus au théâtre au début de leur liaison, m'a dit en plaisantant : « Elle est très CPCH ! » Un synonyme de BCBG, en plus précis : « Collier de perles, carré Hermès ». Pour le carré, cela ne m'étonne pas, car, sans vouloir compromettre la réputation de cette honorable maison, je dois dire que la boutique Hermès a joué dans notre histoire un rôle peu reluisant. D'abord il y a eu les cravates. Je suis aveugle, mais pas au point de ne pas voir des cravates qui me pendent sous le nez : il les avait accrochées à la porte de la penderie, et quand la porte restait ouverte je pouvais, assise derrière mon bureau, les contempler toute la journée — rien que des Hermès, une collection qu'elle lui constituait peu à peu : des imprimés couverts de petites bêtes (grenouilles, lapins, poneys, coloriés comme des personnages de dessins animés), tous parfaitement ridicules ; mais il ne voulait rien porter d'autre : il rajeunissait... Ces cravates qui me narguaient, je sentais monter en moi, au fil des jours, des mois, des années, l'envie de prendre des ciseaux pour les couper, les châtrer ! Lui en laisser juste ce qu'il faut pour un nœud papillon, un seul, et très petit !

Combien de fois même ai-je dû résister au désir de dévaster sa penderie entière ? Par exemple, quand il partait avec elle pour plusieurs jours, sa valise bourrée de maillots de bain... Je savais qu'il ne repasserait que le lundi matin — en coup de vent — pour changer de vêtements avant d'aller au bureau. Ces week-ends-là, une fois les enfants couchés, je devais me tenir à quatre pour ne pas m'emparer des cisailles et élaguer : attaquer méthodiquement ses costumes, couper les jambes des pantalons juste au-dessus du jarret, les transformer en bermudas — des bermudas de flanelle, des bermudas prince-de-galles, des bermudas en fil-à-fil, des bermudas d'hiver et d'été, de bureau et de cérémonie, des « bermudas d'homme d'affaires » pour chaque circonstance de la vie ! À l'idée de le rhabiller en culottes courtes, lui qui n'a plus l'âge de son état civil, je jubilais ! De ce saccage et de ses suites, je jouissais par anticipation ; il m'arrivait même de rire aux éclats ; car je le voyais très bien, le retour du mari prodigue : il pose, en entrant, un baiser distrait sur les cheveux de sa « légitime » (« Tout va bien, mon minou ? »), jette en hâte sur la console deux ou trois souvenirs de voyage, coquillages, cartes postales, tissu à boubou, puis se dirige d'un pas pressé vers sa garde-robe... Ah, l'ouverture du placard ! Spectaculaire, l'ouverture du placard ! D'abord un long silence (l'infidèle a le souffle coupé), puis un hurlement de cochon qu'on égorge, enfin les injures et les imprécations : « Mais elle est folle, cette bonne femme est folle à lier ! Qu'est-ce que je vais me mettre ? J'ai un petit déjeuner avec le ministre des Finances ! Dans un quart d'heure ! Qu'est-ce que je vais mettre, bon Dieu, qu'est-ce que je vais mettre ? » Et moi, de loin, très suave : « Mais c'est tout simple, mon amour : tu vas lancer une nouvelle mode — le bermuda du P-DG... »

Rêveries ! Pour céder à de telles fureurs j'ai toujours été trop raisonnable ; et si je verse aujourd'hui des larmes, c'est sur tout ce que je n'ai pas détruit ! Mon principe, c'était — encore et toujours — « pas de vagues », et mon horizon, du 1er janvier au 31 décembre, deux rangs de cravates Hermès...

Il y avait les chemisiers aussi, les chemisiers du même fournisseur, ses châles, ses draps de bain — tout ce que je recevais pour mes Noëls et mes anniversaires. Hélas, la première qualité de cette boutique pour touristes rentées n'est pas la sobriété : fers à cheval, étriers, cravaches, crinières (parfois même le cheval entier), guirlandes, zébrures, arc-en-ciel, damiers, blasons bigarrés, le client en a pour son argent... L'ennui c'est qu'avec un chemisier Hermès, moi, la petite brune, j'ai l'air d'un baba au rhum garni de fruits confits !

Mais était-ce bien moi qu'il s'agissait de parer ? J'étais prise dans le circuit de leur amour : elle lui offrait de l'Hermès, il lui offrait de l'Hermès, ils s'entr'offraient de l'Hermès, et en bout de chaîne il arrivait que j'hérite d'un Hermès aussi... Ces chemisiers, ces châles, si peu faits pour moi, je ne les portais pas, et mon mari s'étonnait, protestait même. Un long peignoir de satin blanc acheté aux « Nuits d'Élodie », un peignoir à cent boutonnières, qu'il fallait l'aide d'une habilleuse pour enfiler, finit lui aussi dans un coin d'armoire : c'était un cadeau désiré pour ou par une autre, une femme de satin qui se déshabille quand elle reçoit, une femme de miel et de soie, une femme de perles qui attend, couchée, le retour du bien-aimé — un bien-aimé qui n'exige pas d'elle qu'elle sorte aussi la poubelle, répare la chasse d'eau, grimpe sur l'escabeau pour changer les ampoules ou raccrocher les rideaux, récure la poêle et passe la serpillière... Ce déshabillé de star, qui ne pouvait être déboutonné qu'à deux, je l'aurais gardé pour ma nuit de noces s'il me restait des noces à espérer. Aujourd'hui je le mets de côté pour la seule nuit qui puisse encore compter : la nuit de ma mort. Quand je retomberai sur l'oreiller, quand mes mains ne s'agripperont plus au rabat du drap, attachez les cent boutons et couchez-moi sans me froisser ; couchez-moi dans ma boîte comme une poupée, cette poupée qu'il aurait tant souhaité faire de moi, cette poupée qu'il ne verra pas. Car il ne me verra pas « retomber sur l'oreiller ». Cette nuit-là, il sera loin, avec une autre, dans un autre pays peut-être, dont je ne saurai ni le jour ni l'heure ; et sous ce ciel étranger, ma dernière nuit ne sera pour lui qu'une belle matinée... Jamais il ne saura que, dans la tombe, j'emporterai, malgré lui, un souvenir de lui. Quand à son tour il dormira auprès d'une autre épouse pour l'éternité, moi, sa seule fiancée, je dormirai, sans qu'il le sache, dans la robe blanche qu'il m'a donnée.

Je veux aussi qu'on laisse à mon cou sa perle noire, à mon doigt sa bague d'émeraude, à mon poignet la montre en plaqué qu'il m'offrit au nom des enfants, pour une fête des Mères — même si, le même jour, j'avais trouvé sur notre table de chevet la facture de la montre en or qu'il venait de lui acheter. Ainsi vont les présents des amants inconstants : deux par deux, en boitant... N'ai-je pas fredonné dès l'enfance une ritournelle qui aurait dû m'éclairer ? C'est l'histoire d'un amant volage et généreux, incapable de traiter ses maîtresses sur le même pied : « Fleur à Chine, fleur à Dine, fleur à Claudine et Martine, fleur à Suzanne et Suzon, à la duchesse de Monbazon, bouquet à la Du Maine », « Bague à Chine, bague à Dine, bague à Claudine et Martine, diamant à la Du Maine ». Jeunes mariés, nous aimions reprendre ce refrain que je lui avais appris et dédié, puisque, n'est-ce pas, je me croyais la mieux-aimée... Sa « Du Maine », la nouvelle, la vraie, saura-t-elle finir ma chanson ?

Car c'est elle, l'invisible, que j'essayais encore de deviner derrière ces cadeaux malheureux. Je la parais de tous les charmes dont j'étais privée : blonde, belle, élégante, futile, fantasque, mondaine, éthérée, optimiste, et aimante surtout, aimante puisque mon mari m'assurait maintenant que je ne savais pas aimer. « Bon, tu aimes tes enfants, concédait-il parfois, et mieux que Laure n'aime ses deux bouts de chou, elle n'est pas bonne mère. Mais un homme, non, tu ne sais pas l'aimer. Elle m'admire, comprends-tu ?, elle m'adore ! Devant moi elle se tient toujours dans une attitude de... d'orante, tiens ! Voilà ce qu'elle est : une orante. »

Le mot était fort, et il m'a frappée. Une orante ! C'était sainte Thérèse devant l'autel, Marie au pied de la Croix, la génuflexion permanente, les mains jointes, la prosternation du corps et de l'âme. Contre « une orante », et, qui mieux est, une jeune orante, comment pouvais-je faire le poids ? Comment vivre prosternée devant un homme qu'on a connu adolescent, mangeur de caramels et de mi-chokos, un homme qui a été votre « camarade de classe », votre danseur de rock favori, un homme enfin qu'on a aimé « tout petit » ? Et comment s'agenouiller devant celui dont on partage le quotidien depuis trente ans, dont on lave les chaussettes sales, dont on soigne les lumbagos, celui à qui on passe toutes ses manies, toutes ses bêtises — manger dans le plat avec les doigts, brûler les feux rouges, rater les trains ? Si je n'étais pas la béate dont il rêvait, c'est peut-être qu'il n'était pas le prince charmant...

Quoi qu'il en soit, « l'orante » m'impressionna : l'Invisible était blonde, sur-le-champ je lui octroyai des cheveux longs, la chevelure de Mélisande : quand elle était nue, à genoux devant lui, ses cheveux d'or coulaient jusque sur le parquet, qu'ils couvraient comme un tapis... Mais, à part cette chevelure de légende, je ne parvenais à voir nettement ni son corps ni ses traits ; faite de tous mes manques, l'enchanteresse ne m'apparaissait qu'en creux : une trace ; un pointillé.

Ce flou persista jusqu'à notre séparation. À partir de ce moment, je dus au contraire endiguer un flot d'informations. « Elle est très tarte, me dit une amie que le nouveau couple avait invitée à déjeuner, c'est la plus vieille petite fille que j'aie rencontrée ! » Je la suppliais de m'épargner les détails. Je voulais bien recouvrer la vue, mais par degrés. De toute façon, avec cette « vieille petite fille », j'avais du grain à moudre : en hâte je recoupai les cheveux de Mélisande, lui fis des couettes et lui enfilai une jupe plissée ; je lui essayai même, pour l'été, un pantalon taille basse et une brassière qui lui découvrait le nombril... « Écoute, me dit une autre amie chez qui ils venaient de dîner, c'est difficile à expliquer, mais cette bonne femme n'a pas l'air vrai. Ce n'est pas une femme réelle, tu comprends : on la croirait déguisée. C'est une sorte de... support à fantasmes ! Tu vois ce que je veux dire ? » Non, je ne vois pas, mais j'imagine. Plus de choupette ni de socquettes blanches. Une minijupe de cuir. Des bas noirs avec le porte-jarretelles assorti. Un généreux décolleté. Une chevelure de lionne, crêpée, ébouriffée. « Et avec ça ? » Avec ça vous me mettrez, sur les lèvres de l'orante, une tartine de rouge épais, du luisant, du gras, qui déteint sur les dents, les mouchoirs, et sur le papier à lettres distingué ; vous lui barbouillerez les ongles d'un vernis violet ; et vous m'arroserez le tout de parfums bien capiteux, patchouli, muguet. Ne regardez pas à la dépense : c'est ma tournée !

Ah, je la croyais fée, je l'habillais de nuages, de cheveux d'or et de mousseline froissée ! Je la croyais Mélusine, je lui distribuais, sans compter, grâce et sensualité, délicatesse et pureté ! Et à qui avais-je affaire en fin de compte ? À une vulgaire putain ! Cette hypothèse me fit du bien. Pendant deux jours.

Après quoi, je m'avisai que le cuir noir allait mal avec le collier de perles, et qu'il fallait choisir entre le « CPCH » et le vernis violet... Peut-être mes informateurs bénévoles n'avaient-ils pas rencontré la même personne ? À mesure que certains détails se précisaient (« Elle est très mal teinte, on voit ses racines ! », « Elle a de belles jambes »), je perdais de vue l'ensemble. En hâte je retouchais, échangeant un cheveu bouclé pour un cheveu lisse, des yeux noirs pour des yeux bleus ; mais toujours elle m'échappait.

Pourtant je m'entêtais, quémandant à droite, à gauche, des jugements, des descriptions. Non plus pour la combattre (il était trop tard de plusieurs années !), mais pour m'associer une dernière fois à ce que mon mari aimait, épouser sa volonté, et faire mien son désir au-delà même de la douleur qu'il me causait — partager avec lui quelque chose encore, fût-ce ce qui me détruisait. Joindre son âme par où elle m'échappait.

On me raisonnait : « Laisse tomber ! Votre histoire est banale à pleurer. Dans nos milieux, un quinquagénaire qui divorce, tu sais... Tu l'as écrit toi-même dans un de tes bouquins, "les hommes changent de femme comme les postillons changeaient de chevaux — pour terminer le parcours sur une bête plus fraîche ". Pourquoi ne reconnais-tu jamais dans la vie ce que tu décris dans tes romans ?

— Mais parce que je suis myope ! Je peins sans voir ! Je

rêve, je suppute, je brode ; souvent même je pousse au noir. Pour conjurer le sort, tu comprends ? Alors, quand j'ai enfin la catastrophe sous le nez, je ne peux pas y croire...

— La politique de l'autruche ! Mais sur ta rivale tu pourrais ouvrir les yeux : ce n'est pas Vénus ! Bon, elle est très bien faite » (ah, tout de même ! Tout de même...), « mais pour le visage, elle repassera ! Les dents surtout ; une horreur, ses dents de devant : tout écartées !

— Les dents de la chance...

— En tout cas, ce ne sont pas les dents de la beauté ! »

À quoi bon m'obstiner ? Sa laideur, si elle m'était prouvée, m'accablerait plus que les grâces dont je l'ai dotée : si elle est laide, si elle est bête, si elle est vénale et vulgaire, il faut donc qu'il l'aime, et comme il n'a jamais aimé !

Longtemps je n'ai voulu voir en elle que la sorcière ou la fée. Lutte-t-on contre les fantômes, les elfes, les ondines ? Je n'ai pas lutté... Aujourd'hui, je pressens que ses sortilèges sont ceux d'une femme ordinaire ; je n'exclus même pas qu'elle soit, en tout, pareille à moi — ni meilleure, ni pire. La seule différence entre nous deux, c'est mon mari qui la crée — en l'aimant et en ne m'aimant pas : « Bague à Chine, bague à Dine, bague à Claudine et Martine, diamant à la Du Maine »...

Hier, j'ai rêvé d'eux, et c'était la première fois que, même en songe, je les voyais ensemble. Elle marchait dans la rue, et ne ressemblait à rien de ce que j'avais imaginé. Elle avait les cheveux courts, bruns, frisés — comme moi... Et mêlés de gris, par-dessus le marché ! Pas « une jeunesse », tout compte fait. D'ailleurs, sans être mal habillée, elle portait un pantalon, il a horreur des pantalons ! Pourtant, du bout de la rue il courait vers elle ; sous mes yeux ils s'enlaçaient. Et moi, je restais là, plantée, à les contempler, et à regarder, dans la glace d'un magasin, mon reflet qui m'étonnait : j'avais de longs cheveux blonds, d'un blond exagéré ; la chevelure platine, apprêtée, d'une poupée Barbie. Et tandis qu'ils s'éloignaient main dans la main, j'essayais d'arracher cette coiffure ridicule. Impossible : ce n'était pas une perruque... J'avais échangé mon corps contre le sien. En vain.

Je suis aveugle, mais ce que mes yeux ne m'apprennent pas, quelquefois mon cœur l'aperçoit. Je vois bien par exemple que mon mari a été l'homme de ma vie, le seul qui ait compté, et que je n'ai jamais, jamais été la seule femme pour lui : depuis le premier jour j'ai partagé... Quand je regarde la vérité en face, je sais aussi qu'être choisie, puis rejetée, m'a toujours paru la blessure suprême ; qu'être comparée, seulement comparée, m'est déjà une souffrance intolérable.

À l'école, dans les années cinquante, les petites filles jouaient à un jeu affreux — une ronde que les adultes, de loin, devaient juger charmante : comptines, jupettes, marelles, roudoudous, nattes, tartines, rubans, l'innocence même ! Placée au centre du cercle, une fillette à jupette et rubans, innocente forcément, choisissait dans la danse deux enfants, qu'elle prenait chacune par une main ; là, feignant de les cajoler, elle commençait à chanter : « Entre les deux mon cœur balance, je ne sais pas laquelle aimer des deux... » Puis, brusquement, elle embrassait l'une des prétendantes, « c'est à Sophie (ou Annick, ou Marie) la préférence, et à Catherine (ou Annick, ou Marie) les cent coups de bâton ! » Joignant alors le geste à la parole, elle tapait avec véhémence sur le dos de la réprouvée qu'elle expulsait du cercle, pendant que toutes reprenaient d'une voix stridente : « Ah Catherine, Ah Catherine, si tu crois que je t'aime, mon p'tit cœur n'est pas fait pour toi — il est fait pour celle que j'aime, et non pas pour celle que je n'aime pas ! » En une seule récréation la même enfant pouvait subir vingt ou trente fois le même affront, car, à chaque tour, l'exclue devait reprendre sa place dans la ronde afin qu'on puisse, le cas échéant, la choisir de nouveau et, de nouveau, la rejeter...

La férocité du jeu ne tenait pas tant, d'ailleurs, à l'exil final et aux paroles cruelles, cruellement répétées, qui l'accompagnaient, qu'aux cajoleries qui le précédaient : à « celle qu'on n'aime pas » on donnait juste assez d'espoir pour qu'elle souffre bien quand on le lui ôterait.

Pour moi, j'aurais été ravie de n'être jamais choisie : je n'aspirais ni au triomphe ni à l'humiliation. Seulement voilà : bigleuse — et première de la classe, en plus ! —, je ne risquais pas de passer inaperçue ; les douces fillettes me distinguaient entre toutes pour mieux m'éliminer. J'essayais de rester à l'écart, de me cacher, mais on finissait par me découvrir et, avec mille caresses, mille compliments (« T'es ma meilleure copine, tu sais »), on m'invitait à jouer. Si je refusais, on me tirait les cheveux, on me tourmentait jusqu'à ce que, de guerre lasse, j'accepte d'entrer dans la danse...

Bientôt les avances, les promesses, me parurent autant de menaces. Quand je fis la connaissance de mon futur mari, je découvris que ces frayeurs pouvaient être partagées : à la « récré » les petits rouquins (« roux, tête à poux ! ») ne sont pas mieux lotis que les jeunes loucheuses. Mon amour s'augmenta d'une sympathie de réprouvé : j'eus pitié de lui... Mais lui n'eut pas pitié de moi : je rêvais d'être son Unique ; et jamais je ne fus unique dans sa vie. Malgré ce qu'il savait de mes angoisses, il m'a sans cesse menacée, sans cesse comparée : « C'est à Catherine la préférence »... Puis un jour, passé quarante ans, la comparaison n'a plus été à mon avantage : il m'a rejetée du cercle, et je n'irai plus danser.

Il est vrai que, dans le mariage, il ne m'avait jamais promis l'exclusivité ; le voyage serait long, il réclamait le droit aux escales : il embarquerait des « passagères ». Mais je serais son seul équipage. D'ailleurs, pour me prouver la force de ses sentiments, il promettait d'interrompre, à la première injonction, tout badinage dont je prendrais ombrage. Je crus que, faute de régner seule sur son cœur, je saurais me contenter d'y être la mieux placée... Ayant ainsi défini ce qu'il entendait par « fidélité », il jura de m'être fidèle. J'eus foi en sa parole : pourquoi eût-il rompu un engagement qu'il avait si précisément négocié ?

Plus que la myopie, ce qui m'aveugle, c'est la candeur : dans mes romans j'invente le noir, dans la vie je ne vois que le blanc.

Parce qu'en matière de parole donnée je suis moi-même blanche comme neige et bête comme une oie, je crédite la terre entière de ma bonne foi ; incapable de faire faux bond, de manquer un rendez-vous, d'arriver en retard, de violer un serment, je ne peux même pas concevoir que d'autres le fassent. Confiante parce que fiable, je suis, pour les tricheurs, la proie rêvée ; eux-mêmes doivent s'étonner qu'il me faille si longtemps pour me désabuser ! Mon menuisier, par exemple... Depuis trois semaines j'attends qu'il vienne changer une porte ; tous les jours je l'attends, tous les jours il m'annonce sa venue. Pour l'accueillir je me lève plus tôt ; pour ne pas le manquer j'annule des réunions, renonce à des sorties, traverse tout Paris pendant le déjeuner : jour après jour, je suis là à l'heure exacte qu'il m'a fixée, et je reste à l'attendre sans oser m'éloigner d'un pas. Évidemment, il ne vient pas ; et il se donne rarement la peine de me téléphoner. C'est moi qui finis par le rappeler ; jamais gêné, il me propose un nouveau rendez-vous : « Mais ce coup-ci, Monsieur Lambert, vous viendrez, n'est-ce pas ? — Ah ça, vous pouvez compter sur moi. À sept heures, je suis chez vous ! Préparez-moi le café ! » Et je prépare le café, et de nouveau je l'attends. Comme la première fois... À la confiance que je renouvelle ainsi à un homme qui ne m'est rien, on jugera de celle que je pouvais accorder à l'homme qui m'était tout !

Voilà pourquoi je n'ai pas soupçonné les progrès de leur liaison : au fil des mois ils ont migré de la chambre d'hôtel au studio loué, du studio loué au deux-pièces acheté, et du deux-pièces acheté au six-pièces loué ; aux rencontres occasionnelles ont succédé les rendez-vous réguliers ; puis le rythme de ces rendez-vous s'est accéléré, passant d'un week-end par mois à cinq fois par semaine, sans que jamais j'aie découvert la vérité que de manière imparfaite, indirecte et tardive.

Chaque fois que leur amour s'augmentait d'un degré, qu'ils franchissaient une nouvelle étape, je sentais ma vie changer, mais la cause de ce bouleversement me demeurait cachée : j'étais seulement agitée, remuée comme l'est la mer au bord des plages lorsqu'un bateau passe trop près du rivage. Quand, dans l'ombre, ma rivale avançait, je croyais entendre le clapotis du ressac sur le sable ; ou sentir sur ma peau un frisson léger, comme si l'on avait ouvert une fenêtre quelque part, mais où ? Peu à peu je cessai de m'interroger : je m'habituai à vivre dans les courants d'air...

Si par hasard, en tâtonnant, j'approchais de la vérité (une vérité toujours dépassée), si une fois de plus, lui rappelant nos accords anciens, je suppliais mon mari « d'arrêter », il jurait qu'il ne voulait pas me quitter (« je t'aime toujours ! »), me promettait que les choses avec Laure allaient « se tasser », il ne pouvait pas rompre sur-le-champ, mais pour ce qui était des week-ends (ou des appartements, ou des cravates, ou des vacances, ou des bagues, ou des soirées), « promis-juré » on s'en tiendrait là. Là ? À vrai dire, on en était déjà plus loin ! Sur le chemin de la vérité, j'avais toujours un train de retard, lui un mensonge d'avance. Il mentait, mentait ; et moi, de même qu'on porte des lunettes noires pour cacher ses larmes, je m'aveuglais pour ne pas donner à voir mon chagrin...

Mais dans mon cœur, pour lui rester fidèle, « fidèle encore quand je n'espérais plus », comment faisais-je ? Comment faisais-je, pendant tout ce temps, pour l'aimer et pour m'en croire aimée ? Simple affaire de vision : je ne superpose pas les images... Le frère-amant, je l'avais coupé en deux — d'un côté le gentil frère, de l'autre le vilain amant. Effacé l'infidèle, le zombie qui errait dans la maison comme une âme en peine, les yeux dans le vague et les mains vides ; envolé par la cheminée comme une fumée : c'est le gentil frère que j'avais gardé, et que j'emmenais partout avec moi, le jeune homme brillant, troublant, rencontré trente ans plus tôt sur un bateau ; c'est au tout jeune père de mes jeunes enfants, au premier lecteur de mes premières nouvelles, à l'auteur d'acrostiches, au compagnon de voyage, au danseur de twist, au petit rouquin des cours de « récré », que je continuais à parler, c'est sur lui que je m'appuyais. Les yeux résolument croisés, je continuais à me croire accompagnée.

Je n'ai pas été trompée par mon mari, je me suis trompée sur lui. Aujourd'hui si je le rencontrais, ni mes yeux ni mon cœur ne le reconnaîtraient. Il a éclaté en gerbes d'étincelles, s'éparpille, se disloque, tourne sur lui-même comme une boule à facettes. Comme un prisme il dévie les regards, diffracte la lumière ; il m'éblouit et m'effraie. Il n'est pas un, il est mille. Quel est cet étranger que j'ai tenu dans mes bras, cet étranger que j'ai serré trente ans contre moi ? Je suis aveugle.

Aveugle sur mes sentiments, aveugle sur notre avenir : il ne suffit pas de le haïr, il faudrait ne plus l'aimer... Quand retrouverons-nous la paix ? Supporterai-je de le revoir, ailleurs qu'au tribunal ? Accepterai-je un jour de rencontrer l'intruse, la voleuse, me condamnera-t-on à la saluer ? « Il y a des moments où il me semble que j'aurais assez de soumission pour servir celle que vous aimez... Je crois que

je me résoudrais à consentir que vous fussiez heureux. »
Le sublime de la Religieuse portugaise me pique au vif. Je
ne voudrais pas être en reste.

J'imagine des scènes où j'accueille ma rivale à la maison
sur fond de charité chrétienne et de réconciliation. Un
grand dîner... Je me vois très bien : souriante, indulgente,
compréhensive, complice même. Je n'écrase pas la dame de
mes mépris, je l'écrase de ma générosité. Mais l'essentiel,
c'est de l'écraser. Je triomphe dans la soumission, je
m'affirme dans le sacrifice. Mon humilité en impose : on ne
voit plus que moi... Et elle, la pauvre petite ? Pulvérisée,
réduite à néant ! Ah, dans le pardon, je suis implacable !...

En vérité, mes sentiments sont trop nombreux pour ne
pas se bousculer, se contredire, se gêner. Pourtant j'essaie
de toutes mes forces d'imaginer cet « après » dont il a
toujours rêvé, cet « après » où nous bavarderions tous les
trois autour d'un verre, décontractés.

Tous les trois, ou tous les sept ; tous les neuf peut-être
— mes fils, les filles de Laure. Tous les dix même :
combien d'enfants veut-il lui faire, combien va-t-elle lui en
donner ? Il écrit à son notaire, m'envoie un double :
« Mon ex-épouse vous adressera dans les plus brefs délais
mes actes de propriété. » Les plus brefs délais ? Il est donc
si pressé ! Et son « ex-épouse » ? Nous ne sommes pas
divorcés, que je sache ! Pas encore ! Pas avant longtemps !
Pourquoi ne lui parle-t-il pas de sa « défunte épouse », à ce
notaire, pendant qu'il y est ! Il dit bien déjà « ma femme »
quand il emmène Laure dans le monde, je le sais, on me
l'a répété, « vous connaissez ma femme ? » Il me blesse, il
m'assassine ! Je voudrais l'absoudre, être bonne, être
noble, nous réconcilier ; mais, loin de se montrer contrit, il
multiplie les avanies. Mon ex-épouse, ma femme, notre
futur bébé... Il faut être deux pour pardonner : comment
excuser celui qui ne s'accuse jamais ? Puisqu'il n'exprime
ni tristesse ni regrets, qu'il proclame son bonheur en tous

67

lieux, de quoi pourrais-je le consoler ? Je suis seule jusque dans le pardon. Les yeux crevés.

Aveugle, mais c'est vieille que je voudrais être. Sans attaches, sans désirs, sans souvenirs. « La vieillesse est une voyageuse de nuit » : parce qu'elle ne voit plus la terre, on lui donne en partage le ciel étoilé... J'aimerais être cette voyageuse enchantée à qui sa mort dévoile les cieux. Mais, demi-vieille, je chemine encore par une nuit sans lune : la nuit obscure, la nuit des âmes. Aveugle aux choses d'ici-bas, je n'aperçois pas non plus celles d'en haut : dans ces passions qui nous déchirent, Dieu, le dieu des chrétiens, n'a plus sa place.

Celui devant qui mon mari m'a juré fidélité, si je devais L'implorer, je prierais pour qu'Il les tue ! Qu'Il leur donne des noces sanglantes et une mort de chiens ! Comme Médée bafouée, je voudrais « voir mon époux écrasé avec sa femme sous leur demeure détruite », comme Hermione trompée, « quitter cette terre, m'envoler, oiseau aux ailes noires, être la barque de pin qui, pour son premier voyage, franchit la passe couleur de nuit »... Me venger. Me venger ou mourir. Me venger et mourir : mon dieu n'est plus celui de l'Évangile, qui rendait la vue aux aveugles et la vie aux morts — je suis aveugle et je suis morte, on m'a tout pris et rien rendu ; mon dieu est le Dieu des armées, le secours de Samson aveuglé, Samson humilié, qui secoua les colonnes du Temple pour écraser ses ennemis et s'ensevelit lui-même sous les ruines.

« Tu m'as abandonnée, mon père, abandonnée comme un bateau sans rame échoué sur la rive »... Mes yeux s'éteignent, mon cœur est noir. La seule lumière que je distingue encore est la lumière de la terre : c'est la neige seule qui m'éclaire. Les étangs scintillent comme des lacs de sel, et les forêts tombent en cendres sous un vent chauffé à blanc. La neige me brûle, la nuit m'enfonce.

Je suis brisée. Séparer ce que trente années avaient uni, démêler nos vies enchevêtrées, mon mari n'a pu le faire sans me rompre. C'était notre première scène ; ce fut la seule.

Comme il y a une fatalité de l'attachement, il y a une fatalité de la rupture. En retirant son alliance, mon mari avait enclenché la mécanique qui devait me broyer. Dans les jours qui suivirent notre « dîner d'anniversaire », je ne cessai plus en effet de jouer avec mon propre anneau : je me demandais si je trouverais le courage de l'ôter. En vingt-cinq ans, cette alliance n'avait jamais quitté mon doigt ; elle y était gravée. Pour couper le lien, il aurait fallu couper l'anneau, et pour couper l'anneau, couper le doigt.

La vie, à la maison, avait repris cahin-caha. Curieusement, mon mari n'était toujours pas parti, même s'il n'était plus là... Le mois de juin, chez nous, est un mois d'anniversaires : il y eut celui de notre plus jeune fils. Quinze ans, cela se fête : « Crois-tu, Francis, pouvoir nous consacrer ton dimanche ? Exceptionnellement. » Bon prince, il accepta. Mais, au jour dit, comme je l'avais prié d'aller chercher le gâteau commandé chez le pâtissier du coin de la rue, il disparut. Il disparut quatre heures d'affilée, au moment précis du déjeuner. Quand il revint, insouciant et joyeux, je ne pus m'empêcher de l'interroger : « Où étais-tu ? — Chez le pâtissier... »

Il m'avait souvent menti, mais sans jamais aller si loin dans le mépris. Je suis montée dans notre chambre, j'ai retiré mon anneau.

Mais je ne l'ai pas jeté par la fenêtre : je lui ai choisi un écrin. En l'y couchant, j'avais l'impression de me mettre au tombeau... C'est alors seulement que je me suis demandé ce qu'il avait fait, lui, de son alliance. J'aurais aimé la réunir à la mienne ; peut-être, un jour, les attacher à une même chaîne, que je porterais au cou... Mais je n'osai le questionner, par peur de m'entendre dire que cette preuve de notre amour passé, il l'avait donnée à sa maîtresse en gage de son amour présent. Comme un trophée pris à l'ennemi.

Après avoir rangé l'écrin, je ne gardai au doigt que ma bague de fiançailles : je m'aperçus, alors, que, n'étant plus retenue par mon anneau de mariage, elle tombait jusque dans le sillon qu'avait creusé l'alliance ; là, se trouvant trop au large, elle tournait. Il faudrait voir un bijoutier. Mais plus tard : je ne voulais pas me séparer de la bague de nos premières promesses avant de m'être habituée à la disparition de l'anneau... D'ailleurs, la gêne que me causait la pierre en se coinçant entre mes doigts, cet embarras soudain dans mes gestes qui me rappelait, de manière discrète mais insistante, l'alliance perdue, ne me déplaisaient pas. Au contraire : je trouvais dans cette incommodité légère l'écho de l'amour douloureux qui nous avait liés.

Bien entendu, la réalité n'était pas si romantique : l'engrenage qui m'avait happée quinze jours plus tôt venait, tout bêtement, d'avancer d'un cran...

Il s'écoula encore une semaine. Puis, un soir où nos quatre enfants étaient sortis (c'était la fête de la Musique), mon mari rentra inopinément au moment où, par une imprudence de sa secrétaire, je découvrais un nouveau mensonge. Il arrivait la bouche en cœur ; je l'accueillis fraîchement ; il se défendit mal ; et, pour la première fois en trente ans, je laissai déborder ma colère : j'étais dans mon bureau, j'avais ses cravates sous le nez, je les lui lançai à la figure : « Je te méprise ! » Les cravates Hermès étaient tombées sur le parquet, je les piétinai : ratatinés les éléphants de soie, écrabouillées les grenouilles, déchiquetés les chameaux, les oies, les poneys — tout ce zoo ridicule, cette basse-cour de luxe, qui m'avait si longtemps défiée ! Fut-ce de me voir fouler aux pieds des présents qui lui étaient chers, ou de s'entendre dire que je le méprisais (c'était notre première scène, il manquait de pratique, je manquais de vocabulaire), il devint rouge, et même violet. Brusquement il se jeta sur moi, je levai les bras pour me protéger, il m'attrapa les mains... Et ma bague de fiançailles tourna.

À l'instant précis où il me saisissait la main, en effet, la pierre verte se plaça entre deux doigts. Il serra. Je poussai un hurlement ; il me regarda, hébété : ma main gauche enflait à vue d'œil ; il venait de me briser les doigts.

Ma main est nue désormais, comme l'était la sienne le soir de notre anniversaire ; mais elle est plus laide encore — une araignée ! —, et me répugne davantage...

À l'hôpital où il m'avait conduite (« ma femme est tombée dans l'escalier »), et où il fut aussitôt écarté par des infirmières inquiètes, on décida de m'opérer sans tarder. Avant l'intervention on dut scier la bague d'émeraude que l'enflure du doigt ne permettait plus d'ôter : elle s'était incrustée dans la chair. Une jeune radiologue féministe me fit la leçon du haut de ses vingt-cinq ans : « J'en ai marre, moi, de voir arriver à l'hosto des femmes "tombées dans l'escalier" ! Il ne vous a pas cassé la main,

71

ce con : il l'a broyée ! Mais vous supporterez tout, n'est-ce pas ? Pourquoi ? Pourquoi ? »

Plus tard, le bras plâtré, je songeais à l'enchaînement de circonstances qui m'avait amenée là : parce qu'il avait retiré son alliance, j'avais enlevé la mienne ; parce que j'avais enlevé la mienne, il m'avait blessée à l'endroit où elle manquait... En somme, j'étais punie par où il avait péché !

Je trouvais ma peine injuste, mais logique la succession des faits : que pour s'enfuir l'infidèle eût dû trancher le lien qu'il ne pouvait dénouer, briser l'anneau et la main qui le retenaient, rien de plus normal. Il fit ses valises pendant qu'on cisaillait ma dernière bague... Cette fois, dans la chambre blanche qui sentait la teinture d'iode et l'eau de Javel, il n'apparut pas en pleine nuit ; il ne m'apporta ni fleurs ni douceurs ; il ne me téléphona même pas.

Il avait honte. Sa honte bue (en moins de trois semaines : il a une « bonne descente » !), il prit de mes nouvelles. Quand je l'eus au bout du fil, il insista seulement sur le partage des responsabilités. Pas question que je me pose en victime : « Dans un divorce, on est deux à avoir échoué. Deux fautifs... » Sans doute. Mais si je suis en faute, ne suffit-il pas que je souffre aujourd'hui, dans ma chair comme dans mon âme ? Et pourquoi, s'il a péché, ne s'étonne-t-il pas de n'avoir rien à expier ? Est-il juste que je souffre par lui, et par lui seul, quand lui ne souffre pas ?

Une fois la part faite à la fatalité, je n'ai pourtant pas conspiré contre moi-même ; ni fui « les remèdes désirés » : pour guérir, effacer, j'ai tenté pendant des mois de rééduquer ma main blessée — « la gauche heureusement », disait mon mari, pour minimiser la portée de « l'incident »... Mais j'eus beau faire : deux de mes doigts restent paralysés, tordus, recourbés comme des crochets. L'émeraude de mes fiançailles, que le bijoutier a ressoudée, j'ai dû la mettre à la main droite...

La gauche ne portera plus de bijou. Mais elle attire l'œil tout de même : l'anneau qu'en s'enfuyant mon mari m'a passé au doigt est un anneau qu'on n'enlève pas.

Je ne réparerai pas ma main cassée, je ne réduirai pas la fracture qui a coupé en deux mon passé. Dans la faille, trente années de ma vie : comment rapprocher les deux bords d'une si large plaie ? Devrais-je, aujourd'hui, coudre mes dix-huit ans avec mes cinquante ? Faire comme si, entre les deux, il ne s'était rien produit, comme si j'avais dormi ? Suturer à points serrés cette vie déchirée en laissant dessous le pus, les esquilles ? Il faudrait au moins nettoyer ! Comprendre le passé pour s'en débarrasser : qui avais-je épousé ? Qui étais-je moi-même pour l'aimer ?

Peut-être, avec un peu de chance, découvrirais-je alors que la blessure est moins profonde que je ne craignais ? Une éraflure. Comme ces traces légères, dansantes, que mon mari laissait en slalomant dans la poudreuse et que je m'efforçais, maladroite, de suivre en virant au plus près. C'est cette trace-là — celle de nos routes confondues — qu'il faut effacer. En laissant l'hiver venir et la neige tomber... J'ai tant lutté pour le suivre que je suis épuisée : trop de hors-piste, et par temps d'avalanche ; trop de défis ! Maintenant qu'il a disparu de ma vue, que je suis sûre de l'avoir perdu, que je descends seule une pente inconnue, j'ai envie de m'arrêter. De me glisser sous un édredon de flocons, pour m'y fondre, pétale parmi les pétales, m'abolir, m'oublier. Reposer enfin, comme cet anneau qu'il a quitté, sur un oreiller blanc.

Car j'ai retrouvé son alliance. Il l'avait jetée dans un tiroir de son bureau sous une pile de prospectus. Après son départ, je l'ai jointe à la mienne, je les ai mises ensemble dans une boîte ancienne que j'ai posée sur ma commode. À travers le couvercle et les parois de verre on aperçoit, sur un capiton de satin blanc, les deux anneaux côte à côte. On dirait un cercueil de glace. Triste et beau.

Que mon mari n'eût pas livré à sa « nouvelle » l'anneau que je lui avais donné, sur le moment je m'en crus soulagée ; plus tard, je fus frappée que cet anneau, il ne l'eût pas caché sur lui, au fond d'une poche, d'un portefeuille, d'un étui à lunettes. Gardé, enfin. Que craignait-il ? De conserver chez elle une trace de moi ? Mais il y avait chez moi tant de traces d'elle !... C'est à cette sorte de scrupules que je reconnais qu'il l'aime et qu'il ne m'aimait pas.

En vérité, si j'ai longtemps espéré lui plaire, le garder, c'est qu'il ne traitait aucune femme mieux que moi : « Bague à Chine, bague à Dine »... Ses maîtresses d'un moment, je les plaignais. Je me croyais sa préférée : « Bonjour, ma mignonne, ma gentille. » La première épouse... Combien d'années m'a-t-il fallu pour comprendre que si je triomphais de toutes, ce n'est pas parce qu'il m'aimait davantage, mais parce qu'il ne les aimait pas non plus. Non plus... Du jour où cette femme est entrée dans sa vie, tout a changé : il était amoureux. Il est devenu méchant. Et ridicule. Pour la première fois.

Dans leur cercueil de verre, je regarde nos anneaux morts. Mal assortis, en vérité : l'un en or blanc, l'autre en or jaune, l'un minuscule, l'autre trop épais. Aussi mal appariés que l'étaient nos deux mains lorsqu'il les superposait — l'une rose, l'autre si brune. Les contempler côte à côte serait encore plus choquant maintenant : contre sa main jeune et ferme, mieux vaut que je ne pose pas la mienne, déformée comme une main de vieille... Heureusement, nous n'aurons plus beaucoup d'occasions de les rapprocher !

Rien donc, ni nos alliances ni nos vieux films ni nos photos, mon mari n'a rien emporté de ce qui pouvait lui rappeler notre vie commune (je ne compte pas comme des souvenirs sentimentaux la moitié de la porcelaine et les deux tiers de l'argenterie...). Le dernier cri de toutes les amantes délaissées — « Avez-vous bien promis d'oublier ma mémoire ? », « Au moins souvenez-vous de moi ! », « Remember me » —, ce dernier vœu ne sera pas exaucé. Pourquoi serait-il fidèle à un passé où il me fut toujours infidèle ?

Pendant des années j'ai lutté contre la douleur, comme on s'encourage, dans un accouchement, à tenir encore une demi-heure avant de crier. Et la demi-heure écoulée, on s'impose, l'œil sur l'horloge, de tenir dix minutes de plus. Jusqu'au moment où l'on ne peut plus exiger de soi qu'une ou deux minutes de patience, où l'on sent qu'on n'aura pas la force de mentir davantage ; jusqu'à cette ultime seconde, enfin, où, vaincue, on s'autorise à gémir, et où, sitôt lâché, ce soupir devient cri, hurlement, tempête...

Longtemps, contre son Invisible, j'ai joué la montre : elle se lasserait, il s'ennuierait. Leur amour, mieux valait l'ignorer, comme on ignore ces « douleurs de l'enfantement » qu'il est malséant d'éprouver et plus inconvenant, encore, d'exprimer (« Une femme moderne, voyons ! Un peu de décence ! Nous ne sommes plus au Moyen Âge ! »). L'œil rivé sur le calendrier, la bouche close, je tiendrais. Pour « l'entourage », pour nos amis, pour mes enfants. Ma première scène ? Un gémissement. Un gémissement qui a mal tourné... Que m'importaient, au fond, ses cravates d'arlequin ? Mais quand la douleur ouvre une brèche, elle emporte la digue entière. Longtemps retenu, le flot m'a submergée. Et roulée dans la vague, meurtrie par les coups, blessée dans ma chair, j'ai souffert bien davantage que lorsque je « me tenais » ! Pourquoi me suis-je souvenue si tard de ce que les sages-femmes nous répétaient à la maternité ? « Il faut vous taire, Mesdames. Pas pour le confort des médecins, mais pour épargner vos forces. Hurler, se débattre, tout ça ne sert à rien, qu'à consommer de l'oxygène. Vos muscles se tétanisent, et la douleur augmente au lieu de diminuer. Alors, Mesdames, quand vous souffrirez, du silence et du sang-froid, s'il vous plaît ! Tout le monde y gagnera ! »

J'avais eu tort d'oublier la leçon... Pourtant, même les douleurs que nous avons nourries de nos cris arrivent un jour à leur terme : la naissance, la guérison, la mort — j'ai espéré le divorce comme on espère la délivrance. J'ignorais que les couples qui meurent accouchent de leur mort deux fois : d'abord la séparation des corps (si lente, si poignante, qu'à peine la porte refermée, les valises bouclées, on veut croire l'épreuve finie) ; puis le divorce, le vrai — qu'on ne sort qu'aux fers, dans les plaintes et les cris, et qui vous déchire du haut en bas.

Sur l'échelle des traumatismes les assureurs, quand ils évaluent les risques de mortalité, placent la rupture du mariage plus haut que le déménagement, le deuil ou l'incendie ; c'est qu'avec le divorce on a tous les malheurs en un : le deuil (on perd son mari), le déménagement (on perd sa maison), l'incendie (on perd ses meubles), et la guerre en prime — avocats en embuscade, tirs croisés, offensive d'huissiers, mines cachées, ambulance, hôpital... Depuis que nous divorçons (je m'autorise le présent d'habitude, car c'est une œuvre de longue haleine), depuis que nous divorçons, je n'arrive pas à « me remettre » : ni à guérir, ni à me reconnaître. Mon mari perdu, c'est moi que je ne retrouve plus ; je ramasse ici ou là des fragments, des débris, mais je suis trop cassée pour pouvoir me recoller. Brisée, fracturée, divisée contre moi-même.

Mes morceaux ne tiennent plus ensemble : j'aime l'homme que je hais ; « sa prochaine femme », je souhaite qu'elle vive heureuse et je souhaite qu'elle crève ; je veux en même temps que les juges tranchent et qu'ils traînent ; je désire hâter la fin et recommencer le commencement... Seulement séparée de lui, je suis divorcée d'avec moi !

J'entends d'ici le chœur des amis : « La belle affaire ! Tu n'as qu'à fuir ! Voyager ! Te projeter dans le futur ! Anticipe, bon sang ! » L'avenir ? Parlons-en ! Que de riantes perspectives ! La vente de « notre » maison de Neuilly, le départ des enfants, la mort de mes parents, ma vieillesse, ma mort... Bon, ralentissons le mouvement, restons-en au futur immédiat, aux quatre ou cinq années d'avant la pente fatale. Prenons simplement le mariage de nos aînés. Question : sera-t-elle à nos côtés lorsque nous les marierons ? Exigera-t-elle de figurer sur les faire-part de nos enfants ? De me gâcher ma dernière joie, mon ultime fierté, en recevant pour eux avec moi, avant moi ? « Monsieur et Madame Francis Kelly ont le plaisir de vous annoncer... »

Lui me traite déjà en vieille fille — quand il m'écrit, il me « sucre » le Madame : il adresse ses lettres à « Catherine Lalande » ; bientôt il me donnera du Mademoiselle ! Comme si son départ m'avait rendu ma virginité !... Passe encore pour le libellé des enveloppes ; mais si dans les cérémonies il impose cette étrangère, je n'irai pas ! Je partage tout — le mari, les maisons, les meubles ; mes fils, non ! Je ne les partage pas ! Elle ne va pas me voler tout ce qui m'aime, tout ce que j'aime, tout ce que j'ai ! Pas mes enfants ! Elle a toujours voulu me les prendre, il a toujours voulu les lui donner ! Quand il emmenait nos fils au théâtre ou au cinéma, il s'arrangeait pour qu'elle les rencontre ; je ne l'ai compris que le jour où, en rentrant, les deux plus petits m'ont dit : « Il y avait encore ton amie, Maman. Cette dame... Une jeune dame... Madame Casa. Non, pas Casa : Casalet, Casale, tu vois qui ? Elle vient toujours quand tu n'es pas là... On s'ennuie : Papa lui parle tout le temps ! » Si l'un de mes fils partait pour un séjour à l'étranger — loin de mes yeux —, mon mari se débrouillait pour lui rendre visite avec elle, « l'amie de Maman »... Je l'apprenais après coup, trop tard pour agir, mais assez tôt pour souffrir, assez tôt pour avoir envie de tuer, envie de mourir !

L'amour que mes enfants me portaient, il cherchait sans cesse à le détourner vers elle. Moi qui n'ai été unique pour personne — ni pour mes parents, ni pour mes amis, ni pour mon mari —, j'espérais l'être pour mes fils. On peut avoir plusieurs femmes, plusieurs enfants, mais on n'a qu'une mère. Mes fils ne me compareraient pas ; « entre les deux » leur cœur ne balancerait jamais. De cette dernière illusion il a fallu qu'on me prive aussi ! Que mon mari, mon amant, mon frère, m'en dépouille ! Qu'il m'humilie, me mette à nu, me mette à genoux ! Lorsque je l'implorais de ne pas mêler nos enfants à ses amours, de respecter la tendresse qu'ils avaient pour nous deux, lorsque je voulais lui faire jurer de ne plus les réunir à sa maîtresse, lorsque je luttais enfin (mais comme la chèvre de Monsieur Seguin, qui sait bien qu'elle périra au matin), il haussait les épaules : « Que les garçons rencontrent Laure, rien ne me paraît plus naturel ! Où est le problème ? »

Le problème, c'est que je suis un animal, moi ! Je suis une sauvage, une cannibale ! Si mes petits portent sur eux l'odeur d'une autre, si elle les marque de son empreinte, je ne les reconnaîtrai plus pour miens. Je les chasserai comme des étrangers ! Comme des imposteurs, je les déchirerai !

Pour avoir la paix (pas de scènes, tiens-toi, « Chut ! Les enfants vont t'entendre ! »), le lâche finissait par jurer tout ce que je voulais ; de nouveau rassurée par ses promesses et ses baisers, ses protestations d'amour, ses « Cathie chou », ses « Katioucha », de nouveau je m'aveuglais ; et, parjure, il recommençait...

« Monsieur et Madame Francis Kelly ont le plaisir de... » Non ! Ce genre de viol, sûrement « le monde » ne le permettrait pas ! Même dans le divorce, il doit y avoir des usages ! Malheureusement, ces usages, je ne les connais pas : notre séparation est « une première » dans ma famille — dans nos deux familles, même ! De ce démembrement sans principes et sans précédent j'aimerais chaque jour m'éveiller, comme on s'éveille d'un cauchemar, doucement secouée par une main amie...

Mais de mes cauchemars non plus, nul ne m'éveille aujourd'hui. Cette nuit, le rêve qui m'agite est un « cauchemar avec belle-mère » (un genre récurrent) : la mère de mon futur ex-mari (n'est-ce pas ainsi qu'il faut dire ?), la mère de mon futur ex-mari se tient sur le pas de sa porte, dans sa bastide du Midi — elle m'apprend qu'« ils », « ses enfants » précise-t-elle, Laure et Francis, se marieront au printemps : « Francis Kelly et Laure Casale ont la joie de vous faire part de... » Dorénavant, me précise la vieille dame, par égard pour le « jeune couple » sa piscine m'est interdite. Même endormie, je sens l'absurdité de cette défense, mais elle est assez blessante pour n'être pas invraisemblable : tant de choses, en si peu de temps, m'ont été retirées... Alors, plus de piscine ? Eh bien, tant pis, je plongerai dans sa cour, sur le pavé, du haut de ses tours ! Il y aura des éclaboussures plein le décor ! Sitôt dit, sitôt fait : je me jette dans le vide, je tombe, tombe, et, sur le point de m'écraser, soudain j'ai peur, je ne veux plus mourir, je crie !

Dans la panique je cherche l'interrupteur. À gauche. Il est à droite... Et quand enfin, renversant la carafe d'eau, les livres, la lampe, j'ai réussi à rallumer, quand j'ai reconnu ma chambre, rien de changé : le cauchemar continue ! Ils vont se marier, en effet. Ils vont se marier ! Pas au printemps, mais qu'importe ! Ils vont se marier. Abolir mon passé, rétrécir mon avenir. M'enfermer dans le provisoire, l'étriqué : tout ce qui n'est pas éternel, je le compte pour rien ! Et lui le sait, il le sait...

Je voulais d'un amour plus long que nos vies mêmes. Un amour que nos enfants, mes livres, la mémoire d'autrui, prolongeraient à l'infini. Il ne m'aime plus, et me voilà mortelle... Ma seule chance de durer, durer malgré eux, serait de rester fidèle à celui qui m'a trahie. Fidèle comme Pénélope le fut à Ulysse infidèle ; fidèle à la mémoire d'Ulysse, quand même il n'aurait pas retrouvé la route d'Ithaque ; fidèle à la place vide d'Ulysse dans son lit. Fidèle à l'autre Ulysse, l'Ulysse d'antan...

Mais il n'y a pas d'autre Francis. Exilée d'un homme que j'aimais, j'espérais le garder en moi comme le souvenir d'un pays natal — doux, lumineux, plus parfait qu'il ne fut jamais. Impossible : je ne sais même plus s'il existait — dans quel temps ?, sur quelle carte ?, et ses frontières, où s'arrêtaient ses frontières ? « Ton mari, moi, je ne le trouvais pas intelligent ! » m'objecte une sotte. « Ton mari : un pervers, un menteur-né ! » me serine la cousine hystérique. « Un séducteur, ton mari ? Mais, ma pauvre fille, il aurait baisé une chèvre ! » m'assure une vieille copine, qui s'y entend pour me réconforter. Du reste, elle n'a pas tort : si mon mari est tout ce que m'en disent ses procureurs, je suis une bête !... Seulement, le Francis dont tous me parlent, c'est le dernier : le tricheur. Peut-être n'ont-ils pas vraiment connu mon mari « d'avant » ?

D'avant quoi, au fait ? D'avant qu'il n'ait rencontré Laure ? Il faudrait au moins savoir de quand date cette rencontre-là... Lorsque après sa fuite j'ai rassemblé sur quelques étagères, à Neuilly, les vieilleries qu'il avait laissées, j'ai retrouvé, dans une boîte à cigares, une pochette de photos : une femme blonde que je ne connaissais pas posait en souriant dans toutes les pièces de notre appartement... Sur la pochette il avait lui-même inscrit une initiale (« L. ») et une date — de beaucoup antérieure à leur première rencontre supposée ! Plusieurs mois avant le fameux dîner, ils se connaissaient donc, et assez bien pour se retrouver chez moi quand je n'y étais pas...

Comment se défendre contre un ennemi si mobile ? Dans le présent comme dans le passé, leur couple ne tient pas en place, insaisissable, fuyant... J'ai bien essayé de me raconter leur histoire en changeant de point de départ ; de m'inventer une explication ; de me souvenir de mon mari à cette époque, déjà lointaine, de nos vies : rien ne cadrait. Alors pour ne pas être tentée de regarder ces vieilles photos à longueur de journée, je les ai déchirées. Mais j'avais pris le temps d'y jeter un coup d'œil : puisque je tenais le portrait de l'Invisible, je n'allais pas me gêner ! Belle ? Non, plutôt une de ces filles dont on dit qu'« elle n'est pas laide ». Elle portait un tailleur rouge vif, assorti à ses lèvres, enduites de vermillon frais. Une erreur, bien sûr : quand on a ces dents-là, on ne souligne pas sa bouche... Il me semble, je le dis avec timidité, il me semble, je dois me tromper, que j'avais à son âge des traits plus doux qu'elle, plus réguliers... De corps, en revanche, elle est mieux que moi. Plus longue, plus élancée. Mais on ne va pas l'élire Miss Monde pour autant !

Inutile, en tout cas, de remonter plus loin dans le temps, à la recherche du mari perdu : sa « nouvelle » — plus ancienne que je ne croyais — remonte le temps avec lui. Il n'y a pas d'« avant Laure ». La femme de sa vie existait de toute éternité. Ce qu'il cherchait en moi, c'était elle. Peu importe où il l'a trouvée, peu importe quand : il l'attendait.

S'il existe un Francis « d'avant », ce ne peut être déjà qu'un homme partagé, partagé entre celle qu'il connaissait trop et celle qu'il ne connaissait pas, un homme qui me trahissait avec constance, avec persévérance, mais n'avait pas encore trouvé sa voie. Quand donc s'est-il évanoui, ce mari-là ? Lorsqu'il est passé du bouquet de maîtresses à la

concubine en soliflore, de la garçonnière au grand appartement, ou après, quand il a jeté notre anneau de mariage au
fond d'un tiroir ? Au restaurant il m'avait dit : « Tu n'as
même pas remarqué qu'il me manque quelque chose.
Depuis plus d'un an... » Plus d'un an ? Cela nous reportait
au temps de nos derniers voyages en duo : Bruges, Vérone
(oui, il m'avait emmenée à Vérone — « Roméo et Juliette »,
la scène du balcon, un an avant de me quitter !) ; il ne
passait plus avec moi ses vacances d'été, ni la plupart de
ses soirées, mais en voyage il se montrait encore tendre,
joyeux, prévenant : avait-il déjà ôté son alliance ? J'interro-
geai mes proches — même nos enfants, même la « vilaine
cousine » :

« Toi, les hommes que tu croises, tu regardes leur
alliance ?

— Mais non, voyons ! C'est un truc de coureuse, ça !
Ou pire : de femme qui cherche à se recaser ! Est-ce que
ce n'était pas justement le cas de la petite amie de ton
mari ?... Non, la bague au doigt, ça ne m'obsède pas. Et
pourtant je ne suis pas myope, moi : pour voir la main
d'un homme, je n'ai pas besoin de gros plan ! Mais
attends... Attends : en juin il t'a bien laissée entendre qu'il
avait quitté son anneau depuis plus d'un an ? Oh, le sali-
gaud ! Tu te souviens qu'en mars on a fêté la Saint-Patrick
ensemble ? Avec des bouquets de trèfles, comme il se doit,
et beaucoup de whisky. À minuit — sous prétexte d'honorer son saint... et d'honorer les miens ! — Francis a glissé
une poignée de luzerne dans mon corsage ; il m'a prise
sur ses genoux, et les O'Neill nous ont tiré le portrait : eh
bien, ces photos, je les ai, et je suis prête à parier qu'il
portait encore son anneau ! »

Nous voilà parties à feuilleter les albums de famille. La
dernière fête où nos deux « branches » se soient encore
trouvées mêlées : ses frères, le mien, sa mère, la mienne.
Et moi, déjà telle qu'en veuve le divorce va me figer :

tailleur noir, mousseline violette... Mes mains en revanche, jamais on ne les reverra comme on les voit là : posées sur l'épaule d'une nièce rieuse ou le bord d'une nappe de dentelle, tendues au-dessus d'une bougie, repliées sur le pied d'une coupe de champagne, ces mains sont mes mains d'autrefois — fines, élégantes, ornées —, des mains douces, chargées des bagues qu'il m'offrait...

J'ai examiné aussi les mains des autres : les « solitaires » des femmes, leurs « cabochons », leurs « navettes » (« Tu savais, toi, qu'Hélène avait un saphir ancien ?... Et Rosa-leen ? Dis donc, c'est un rubis ! ») ; puis les alliances des hommes, toutes leurs alliances — les jaunes, les roses, les blanches, les or, les platine, les argent, toutes ! Et il n'en manquait pas une... Non, pas même celle de mon mari ! Sur la photographie, il replie la main gauche contre le bras de sa cousine ; on distingue mal ses deux derniers doigts ; mais on devine, à la base de l'annulaire, un reflet métal-lique qui ne trompe pas... Pour mieux voir, j'ai pris une loupe : sur sa première phalange (et Dieu sait si je m'y connais maintenant, en fait de phalanges et de doigts !), on remarque en effet une ombre, une tache, un éclat. Aucun doute : cette main-là est encore à moi !

Plus tard, beaucoup plus tard, un jour qu'il me télépho-nait gentiment, j'ai profité de sa bonne humeur pour tâter le terrain : « À propos... Ton alliance, ce n'est pas un an avant que nous ne nous séparions que tu l'as retirée : je l'ai vue sur les photos de la Saint-Patrick...

— Oh, c'est possible... Je la remettais de temps en temps... »

Truqueur ! Faussaire ! Voleur de chagrins ! Avec un tel homme, inutile de vouloir démêler l'avant de l'après : tout est fondu, estompé, brouillé. La fuite, le flou, l'esquive, le doute : autant courir derrière le vent !

Une seule chose est claire, finalement : je me suis cassé la main pour rien.

Il m'a brisée. Trompée sur ses trahisons mêmes ! Mais je veux encore savoir comment, savoir pourquoi, savoir jusqu'où… Alors, je débride la plaie. Croûtes, sanies : ma disgrâce, je la dissèque à vif. Je cure, je creuse. Rouverte, ma blessure saigne encore. Saigne toujours.

« Hôpital-silence. » J'ai branché tous mes répondeurs. Les voix, les draps, la neige, autour de moi tout est blanc. De mon lit, je regarde l'hiver s'étaler, prendre ses aises : les sapins s'arrondissent sous le poids de la glace, les ifs se courbent, et les cèdres blancs, en s'entrouvrant, déploient leurs branches comme des ailes de mouettes… Plus question de sortir : la neige est tombée en couches si épaisses qu'elle bloque les portes. Les routes sont impraticables. Avec un peu de chance les lignes téléphoniques, surchargées de givre, finiront par céder. Alors, je pourrai, rassurée, me gorger de silence, m'enivrer d'absence, et dans ce monde à l'envers où, soudain, le ciel est terreux, le sol bleu, et la nuit plus claire que le jour, reconnaître la femme inverse — contraire à elle-même, à sa vie, à sa foi — que je suis devenue : une femme sens dessus dessous, qui ne retrouve un semblant d'équilibre que dans des pays renversés. Une femme qui penche, qui tombe, et ne se croit d'aplomb que lorsqu'elle est couchée…

Oh, ne plus me lever, vieillir dans mon lit, vieillir et oublier ! Et dans l'oubli, enfin, me réunir à moi-même ! Sans miroir, sans projet, sans lumière, dans la clarté polaire de la neige…

Mais il n'est pas temps encore. Il faut inciser, aviver. Rouge sur blanc, c'est mon sang, poisseux, épais, qui tache la neige et souille la page. Aussi répugnant qu'un caillot grumeleux, écarlate, tombé dans une coupe de lait.

Je suis salie. Barbouillée de sang caillé, vieux sang, sang de vieille — vieille femme, et vieilles batailles. Le divorce, c'est la guerre ; pas une guerre de « pros », de mercenaires qui expédient l'adversaire sans bavure et sans colère : une guerre d'amateurs.

Du militaire, dans les combats, rien à craindre que la mort. Mais le civil ! Ah, le civil ! C'est qu'il prend l'affaire à cœur, l'imbécile ! Excès d'ardeur plus redoutable encore dans les guerres intestines que dans les guerres étrangères ; les luttes fratricides, voilà où il donne sa mesure : celui qu'il tient au bout du fusil, il l'a si longtemps caressé qu'il sait où viser pour faire mal ; les crachats, les viols, les lentes agonies, c'est lui. Le plaisir d'avilir, de voir souffrir et ramper, est un plaisir de proximité... Le divorce ? Une guerre civile que se livrent deux amateurs — brûlure pour brûlure, blessure pour blessure, meurtrissure pour meurtrissure. Une longue, interminable guerre civile, où tout est défaite.

Car la souffrance n'excuse rien, ne rachète personne ; même une immense souffrance n'est qu'un petit sentiment — douleur physique ou douleur morale, toute douleur ramène à soi, qui n'est pas grand-chose...

Je ne partage plus les joies des autres, je ne partage plus

leurs peines ; je ne pense qu'à « ça », je ne pense qu'à moi. Plus grave : le bonheur d'autrui m'afflige. Devant ceux qui semblent s'aimer je n'éprouve ni nostalgie ni envie, mais une angoisse, un dégoût : hier soir, dans un ascenseur, j'ai vu monter l'une de ces familles sur lesquelles on s'extasie ; un jeune père, une jolie maman, et leurs deux enfants — un lutin roux de deux ou trois ans, mignon à croquer dans son pyjama bleu, et un nouveau-né endormi, si petit que son père le portait replié entre le coude et la main, niché au creux de son bras. J'ai eu un haut-le-cœur : ce père, où serait-il dans quinze ans ? J'en ai tant vus, de ces jeunes hommes fiers d'engendrer, qui promenaient leur bébé tout neuf comme le saint sacrement, ou bien lançaient en l'air, à grands cris, des bambins blonds qu'ils rattrapaient en riant. J'en ai tant connus, de ces hommes-là, qui sont partis avant que les enfants soient grands ! Rien ne me paraît plus inquiétant désormais, plus mena-çant, plus menacé, plus poignant, que le spectacle du bonheur. Je ne peux plus passer devant les vitrines de Pronuptia, ni assister au mariage des filles de mes amies : toutes ces robes blanches couleur de deuil, tous ces sourires comme des grimaces...

Le bonheur m'attriste, le bonheur m'effraie. La beauté, la bonté, la joie : ma souffrance a tout contaminé ; parce qu'elle m'oblige à ne parler que de moi, de lui, de nous, et à voir ce « nous » partout. Exclusif et dégradant comme une maladie, le deuil m'a rétrécie.

Même les clochards, les drogués, les mendiants, aujour-d'hui je m'en fous ! Rien n'éloigne autant des malheureux que le malheur, et de tous les malheurs, le plus égoïste : le chagrin d'amour. C'est aussi le moins digne de pitié : il doit si peu à la fatalité ! Coupable, l'exclue, la répudiée ! Coupable (« Voyons ! S'il la quitte après tant d'années, il doit avoir de bonnes raisons... »). Coupable, et justement condamnée à cette souffrance qui brûle, réduit, consume, cette torture dont il n'y a rien à espérer : ni rédemption ni miséricorde.

En fait de miséricorde, ai-je parlé du regard fuyant des infirmières, à l'hôpital ? De leurs chuchotements, « encore une qui est tombée dans l'escalier ! » ? Et de ce léger mépris, cet air de supériorité qui succéda vite aux premiers soins empressés ? Sans oublier le sermon de la petite radiologue, si sûre, à vingt-cinq ans, d'en savoir plus long sur les femmes, l'amour, le mariage, les familles et le bien des enfants, que cette dame mûre, cocue, battue, et qui — comble de la faiblesse — pleurait comme une fontaine, pleurait à s'en défigurer...

Ce soir-là, j'ai pu mesurer tout ce qui sépare la commisération de la pitié, et la pitié de la compassion. Commisération efficace et sans indulgence de la radiologue : de ma main blessée elle a tiré d'excellents clichés, et, sur mon amour mort, donné, en cinq minutes, d'énergiques conseils — que j'aurais suivis certainement si j'avais eu vingt ans... Pitié moins lointaine, moins désincarnée, des infirmières. Entre le mal et elles, plus d'écran ; elles touchent et ne photographient pas. Les gestes se font doux, les paroles, apaisantes, parfois même les yeux s'embuent. Sauf pour les femmes battues. La douleur des femmes battues blesse les infirmières dans leur dignité : dans la déchéance des autres on n'entre pas sans s'abaisser. Alors, elles reprennent leurs distances ; les gestes restent doux, mais les paroles deviennent rares, et le regard, plus distrait, se charge de condescendance. Sur ces cas-là elles ne s'attendrissent pas ; elles se bornent à « prendre en pitié », de cette pitié qui rend piteux celui qui en est l'objet, et misérable, le malheureux.

La compassion vraie, je ne l'ai trouvée qu'auprès d'une aide-soignante des Urgences qui attendait avec moi l'arrivée du chirurgien. Elle s'appelait Kim, était Philippine, parlait mal le français ; bientôt, elle ne s'est plus adressée à moi qu'en anglais ; elle m'avait prise dans ses bras, la tête appuyée contre sa grosse poitrine, et, tout en me donnant de gentilles tapes dans le dos (comme on fait, désarmé, pour endormir la souffrance d'un bébé qui pleure), elle me répétait : « Cry, cry, cry, honey... » Pour soulager ma douleur, elle est allée jusqu'à me faire absorber une tisane de sa fabrication, bien chaude et bien sucrée — prémédication singulière à quelques heures d'une anesthésie... Souffrant pour moi, avec moi — et, au-delà de moi, avec toutes celles qu'à ses yeux je représentais ce soir-là —, elle m'a donné sa tisane et son amour cuillerée par cuillerée, comme si j'étais son enfant blessé. Puis tandis que, de nouveau, la tête posée sur sa blouse blanche, juste au-dessous du badge qui portait son nom, je pleurais, elle m'a confié qu'elle élevait seule ses filles, mais qu'elles auraient un bon métier pour ne pas dépendre d'un homme qui les tromperait, d'un homme qui les battrait : « Cry, cry, honey ! »

Sa tendresse, je l'ai bue comme du lait, mais sans cesser d'éprouver l'impression honteuse que je l'abusais : sa sympathie tombait à faux puisque je n'étais pas « une femme battue », une femme habituellement battue — je n'étais qu'une femme habituellement trompée, une femme humiliée, et trop soumise pour qu'on ne fût pas, un jour de colère, tenté de taper dessus !

Mon mari, lui, ne s'y est pas mépris : quand il me demande (de plus en plus rarement) des nouvelles de mon état, il ne parle même plus, comme au début, de « l'incident » ; il dit « ton petit accident ». Trois mots, et chacun d'eux compte. Il ne m'a pas touchée : c'est un « accident ». Et, qui plus est, « petit » : voilà qui ramène mon « incapacité permanente » à de justes proportions ! Ce petit accident, enfin, est le mien ; là-dessus pas de discussion : « ton petit accident » s'entend de la même manière que « tes enfants » ou « ta voiture » — c'est « l'accident dont tu es responsable », « ton affaire » en somme. Bon. Peut-être, finalement, suis-je tombée dans l'escalier ?

Mais dans la guerre que nous nous livrons il y a pire que ce mensonge par omission : la rumeur. La rumeur malveillante, salissante. Je tombe sur la rumeur à l'angle du rayon Parfumerie d'un grand magasin : « Catherine ! Ça, pour une surprise... Où étais-tu passée ? J'ai appelé chez toi des dizaines de fois ! Toujours des répondeurs... J'ai laissé des messages... Mais personne ne m'a rappelée, jamais ! — J'étais en voyage. Et puis, maintenant que j'ai démissionné de la Fac, je vis beaucoup à la campagne. Pour écrire. » (Personne n'ira vérifier qu'en fait d'écriture, depuis le départ de mon mari je ne mouds que du vent ! Ma maison de Combrailles, c'est le moulin de Maître Cornille !) « — En tout cas, ma minette, c'est une veine que je tombe sur toi ! Parce qu'il est temps que tu te montres, tu sais, grand temps ! D'abord, on rencontre ton mari partout, avec sa pin-up aux cheveux jaunes... Pas gênés, tous les deux. Heu-reux ! Et, petit à petit, on se demande pourquoi, toi, tu nous fuis. Tu leur laisses le champ libre, tu comprends, ta disparition accrédite ces bruits qui... Non ? Ne me dis pas que tu ne sais pas ce qu'on raconte ?! Peut-être que je ne devrais pas... Les gens sont tellement méchants, ma pauvre chérie ! Il y en a qui sont allés jusqu'à prétendre que tu es une vraie sangsue, que tu veux mettre ton mari sur la paille, que tu as toujours été intéressée, que tu vas le plumer... Mais ce n'est pas le pire ! Il paraît que tu serais aussi une grande dépressive, une malade. Avec des accès d'hystérie, des crises de violence, de violence physique... — De violence ? Moi ? Moi ? » Ma voix s'étrangle, le chagrin me remonte à la gorge, je pleure, je pleure, et brusquement je vomis, là, au milieu du rayon Parfumerie. L'homme que j'aime ose m'accuser du mal qu'il m'a fait ! Me salir quand, à tous, j'avais caché ma blessure pour l'épargner ! J'ai menti pour le protéger — chute dans l'escalier, accident de voiture —, et il ment pour m'enfoncer ! Je n'ai plus la force de m'indigner, j'achève moi-même le sale travail qu'il a commencé ; je me souille de larmes et d'ordures, dans l'allée de la propreté. Tout glisse à l'égout : le démenti que je devrais donner, la dignité que j'aurais dû garder, et les flacons enrubannés, les vendeuses trop suaves, leurs clientes sucrées, ces clientes qui s'arrêtent, soudain choquées, dans la lumière rose de l'allée... Heureusement, mon amie a gardé les yeux secs : elle m'entraîne vers la première sortie, me propulse dans le premier café, me pousse dans les toilettes, nettoie ma bouche, mes yeux, mon manteau, me mouche d'autorité, enfin éponge tout ce qui dégouline avant de choisir, dans la salle, le coin le plus sombre pour nous commander deux thés.

Incapable de parler, je me borne, une fois affalée sur la banquette, à sortir de ma poche gauche ma main blessée, cette main recroquevillée que je ne peux plus ni poser à plat ni fermer, cette serre d'oiseau de proie, ce fantôme de main prisonnier d'une orthèse de plastique blanc avec extenseurs de fil de fer et, sans un mot, je secoue cet instrument de torture sous le nez de l'amie — comme autrefois, devant mes yeux, mon mari silencieux secoua sa main sans anneau... « Quelle horreur ! Mais qu'est-ce qui t'est arrivé ? — C'est lui, finis-je par gémir entre deux hoquets, lui qui m'a fait ça... Sans le vouloir, mais... — Oh, l'ordure de mec ! Et dire qu'il se balade maintenant dans les dîners en insinuant que tu casses la vaisselle ! Mais, ma petite chérie, tu ne vas pas le laisser faire, non ? Il faut réagir ! Bon, ne t'affole pas, c'est simple : un cocktail, tu vas organiser un cocktail de soixante personnes ; soixante, bien choisies, c'est suffisant pour retourner l'opinion de nos amis... » Mes larmes recommencent à couler : « Par pitié, Elizabeth ! J'ai plus envie de me pendre, de me noyer, plus envie de crever que de faire des mondanités !... Tu me vois donner un cocktail dans l'état où je suis ? Bourrée d'antidépresseurs, et loque quand même ? Et ma main de plastique, tu la trouves présentable, ma main de plastique ?

— Mais bien sûr ! D'ailleurs, tu n'aurais à t'occuper de rien : les invitations, le traiteur, la décoration, je me charge de tout ! Il te suffira d'apparaître...

— Ah oui ? Et sous quel prétexte, s'il te plaît ? Fêter mon divorce ? Exhiber ma main ? Prononcer un petit discours pour expliquer que nous divorçons "par consentement mutuel", mais qu'entre nous plus rien de "mutuel" ne se passe bien ? À moins que nous ne "consentions" pas vraiment ? Je ne veux pas qu'il en épouse une autre, lui ne voulait pas me quitter : la voilà, la vérité !... Non, ne proteste pas, je sais ce que je sais : au fond il hésitait. Aucun de nous deux n'a expressément consenti à ce qui nous arrive aujourd'hui — "invitus invitam dimisit"...

— C'est quoi, ce machin-là ? Du latin ? (Elizabeth est attachée de presse, pas agrégée de lettres.)

— Oui : Bérénice, Bérénice et Titus, "il la renvoya malgré lui, malgré elle"... C'est cette femme qui a obligé Francis à me larguer, tu comprends ? Elle l'assiégeait, nous asphyxiait... Tout le mal vient d'elle ! Et c'est elle aussi, je parie, qui répand ces saletés ! »

« Maman, tu la diabolises, me dit toujours mon fils aîné, tu la diabolises pour épargner Papa... »

J'ai été trahie, blessée, salie par l'homme qui m'avait promis son secours et son appui : est-ce là ce qu'on **veut** me faire admettre ? Est-ce là ce qu'il me faut avouer ? Mais quand on m'en aura bien persuadée, à qui pourrai-je encore me fier ? Quel ami, quel parent, oserai-je aimer ? Mes fils, mes fils eux-mêmes me deviendront suspects...

« Que la dulcinée de votre charmant époux l'incite à répandre dans Paris ce genre de bruits, c'est possible, convient ma jeune avocate, amusée (depuis le début, mon histoire la ravit : elle trouve nos mésaventures de "quinquas" très rigolotes). Après tout, cette "dame de cœur" est elle-même divorcée, n'est-ce pas ? Elle connaît la musique... et la procédure ! Elle sait sûrement qu'en vous expédiant à l'hôpital Monsieur Kelly s'est mis dans un très mauvais cas : si vous portez plainte, c'est la correctionnelle, et, pour lui, le casier judiciaire — parce que "la chanson de gestes", les tribunaux n'aiment pas ça ! Voilà pourquoi la bonne dame prépare le terrain : en insinuant que vous êtes une furie, et "Rambo", avec sa carrure de sportif et son mètre quatre-vingt-cinq, une petite chose terrorisée, elle s'apprête à lui faire plaider la provocation... »

Mon avocate s'assied sur un coin de son bureau, souriante, décontractée ; elle allume une cigarette ; aspire une longue bouffée ; ôte ses boucles d'oreilles ; les pose près du cendrier ; puis, attrapant l'épais dossier dans lequel s'entassent pêle-mêle certificats médicaux et notes d'hôtel, lettres, contrats, attestations, factures : « Seulement nous, chère Madame, nous avons un dossier en béton ! Et puisque "Monsieur" ne montre aucune bonne volonté dans le règlement de notre affaire, qu'il redouble même d'agressivité, nous allons changer de braquet : plus de consentement mutuel. Ter-mi-né ! Une bonne plainte au pénal, avec dommages-intérêts, et un divorce pour faute : croyez-moi, il va comprendre sa douleur ! Première étape : le constat d'adultère. Si vous êtes d'accord, demain dès la première heure l'huissier débarque chez nos tourtereaux et les chope au nid... »

Un constat d'adultère, à la fin du vingtième siècle ? D'ailleurs, ce n'est pas seulement l'idée qui me choque, c'est tout le langage qui l'accompagne, qui l'amène : « chanson de gestes », « dulcinée », « Rambo », « tourtereaux », ne me semblent pas moins déplacés que

« sangsue », « hystérique » ou « intéressée », que nos amis mettent dans la bouche de mon mari pour me qualifier. Je ne reconnais, dans ces mots-là, ni notre amour passé ni mon chagrin présent. Tout est abîmé...

J'en veux à mon avocate, qui ne cherche pourtant qu'à me rassurer. Je lui en veux de son vocabulaire, de ses familiarités, de sa désinvolture, qui me rabaissent, me dégradent, non moins sûrement que le regard gêné des infirmières à l'hôpital. Je lui en veux du titre qu'elle a inscrit sur mon dossier (et qu'elle porte en référence sur toutes les lettres qu'elle m'adresse) : « Madame Kelly contre son mari. » Aurais-je mieux aimé « Madame L. contre Monsieur K. » ? En tout cas je ne puis lire « contre son mari » sans me croire pervertie, dégradée. S'il était mon mari, mon mari d'autrefois, je ne serais pas son adversaire. Mon Francis, celui que j'aimais, ne peut être mon ennemi...

À tous ces tabellions — notaires, huissiers, avocats — j'en veux, au fond, de m'offrir de quoi me venger, de me fournir des armes contre lui, de me tenter ; bref, de faire leur métier. Ils sont dans leur rôle. Serais-je encore dans le mien si j'envoyais en correctionnelle le père de mes enfants, si je le « plumais », comme il dit, si je le faisais condamner, fût-ce avec sursis ? Or, voilà bien où le bât blesse : si je n'ai jamais sérieusement songé à l'attaquer pour ses fautes et ses « délits », jamais songé, pour de bon, à déposer contre lui, à l'accuser, à le poursuivre, j'y ai tout de même songé... Certains soirs, il me semblait qu'une procédure pénale avec plainte, « coups et blessures », commissaire de police, procureur et partie civile, ou un divorce pour adultère, trahison et bigamie, n'importe quoi enfin qui ne fût pas cet échange à fleurets mouchetés, ce constat de fin de bail, propre et glacé, m'aurait soulagée. Une plainte, oui, j'aurais voulu pouvoir me plaindre puisque je souffrais ; et au « consentement mutuel » — cette mascarade ! —, à ces discussions de marchands de tapis, ce démariage à la sauvette, j'aurais préféré un divorce solennel où le juge, en robe rouge, aurait désigné un coupable et une victime. J'avais soif de justice et de réparation, soif de rites, de principes, de sacré : pour défaire ce qui fut plus qu'un contrat, un contrat ne suffit pas... Mais la mode est au transitoire, au consensuel ; on normalise, on banalise, on minimise : « c'est mieux comme ça », « pense aux enfants ». Des amis me recommandent la lecture du *Divorce en douceur*, un manuel à l'usage des gentils divorceurs. Psychologues, sociologues, journalistes, nous le répètent à l'envi : « Une relation paisible entre les ex-conjoints, le respect qu'ils se portent, la coopération dont ils font preuve, accélèrent le processus de "réparation", néantisent le "trauma" de la séparation »...

Un drame, le divorce ? Allons donc ! Nous avons changé tout cela ! Respect mutuel, coopération, dépassement du conflit, sublimation, sourire : pour bien divorcer, aujourd'hui c'est facile — il suffit de s'adorer !

« Comme vous avez de la chance, ma petite », me dit une très vieille voisine, divorcée aux temps héroïques, « c'est si commode maintenant de se séparer : une formalité ! Nous, dans le temps, nous étions bêtes : nous nous battions, nous nous déchirions... Ah, je peux dire que j'en ai versé, des larmes !... Et les injures, les coups, les mensonges, les brouilles ! Même nos amis, tenez, et nos familles... Nous étions bêtes, mais bêtes ! » Ce mot, qu'elle répète, honteuse, en fixant le bout de ses souliers, réveille soudain un souvenir lointain : la naissance de mon premier fils. L'une de mes grands-tantes était venue de Combrailles pour me rendre visite à la maternité. Elle était là, assise près de mon lit, un petit bouquet de jonquilles dans ses mains ridées : « Alors, ma cocotte, il paraît que ça s'est bien passé ? Tant mieux, tant mieux ! Oh, aujourd'hui, vous, les jeunes femmes, vous êtes gâtées : avec l'accouchement sans douleur on ne sent rien ! Le bébé passe, pfuit, comme une lettre à la poste, pas vrai ? Tout ça parce qu'on vous a appris à respirer... Crois-tu que nous étions bêtes, nous autres, à souffrir comme on souffrait ! »

Je ne l'ai pas détrompée. À quoi bon ? Et puis, j'étais fière, au fond, d'avoir « tenu », d'avoir souri, d'avoir menti... Aujourd'hui, je ne suis plus si fière. Plus si fière d'avoir joué ma partie dans ce jeu de dupes, de m'être bien comportée, de n'avoir pas « dérangé ». Je veux déranger. Dire, par exemple, qu'il n'y a pas de « divorce sans douleur », et qu'à supposer qu'on accouche d'une « nouvelle vie », cela ne se fait pas sans cris...

D'ailleurs, parlons-en de cette nouvelle vie : un leurre de plus ! Quelquefois je fais semblant de m'y laisser prendre, pour le confort des autres ; pourtant je sais, malgré ce que j'en écris, que le divorce n'est pas un accouchement : c'est la mort. « Chut ! », « Tais-toi ! », « Ça ne se dit pas ! » On farde le divorce comme on farde la mort. Dans les « funeral homes », des cadavres aux pommettes rosies, aux lèvres peintes, nous accueillent avec le sourire. Eux aussi commencent une « nouvelle vie »... Ces fausses promesses, ce travestissement que les vivants destinent aux vivants, sont, pour les morts, une souillure de plus.

Cette pâleur de cire, ces reflets putrides, cette impudeur de la mort, laissez-les sur mon visage quand vous les verrez : ils sont vrais. Et ne m'obligez pas non plus à entrer dans mon divorce maquillée. Pas de « rose à joues », ni de demi-deuil. Je veux vivre et mourir dans la vérité. Dépouillée des apparences. Nue, lavée.

Mais aujourd'hui, je suis salie. De sentiments troubles, de mesquineries. Nous ne sommes pas dans la tragédie ; nous sommes dans le drame bourgeois ; le vaudeville, même. Tout finit par des caleçonnades, des trous de serrures, et des additions. Je passe mes journées dans les chiffres, les relevés bancaires, les actes de propriété ; il me faut fournir en hâte des factures, des budgets, des munitions à nos deux avocats qui, tels les Grecs et les Troyens, s'insultent du haut des murailles pour se donner du courage : la bataille, la vraie, n'a pas encore été livrée, ils n'en sont qu'aux invectives. « Mais, croyez-moi, nous allons le faire payer ! » jubile mon avocate. « Le faire payer » ? Pourquoi pas, en effet ? Il craint d'être « plumé » ? Il va l'être : quand on ne compte plus pour l'autre, on l'oblige à compter... Et je divise, je multiplie, je ressors les déclarations d'impôts, les reconnaissances de dettes, je me renseigne sur ses « espérances ». Ses espérances ? Mais oui, son patrimoine virtuel, ses héritages futurs, comme au dix-neuvième siècle ! Le constat d'adultère, l'estimation des espérances — deux survivances du divorce à l'ancienne dans nos divorces édulcorés. D'abord, je me suis indignée : « Mais je ne sais pas, moi, de quoi mon mari héritera ! Je ne l'avais pas épousé pour ça ! » Mon avocate m'a grondée : « Si vous ne voulez pas lutter contre lui, luttez contre elle ! Dites-vous que vous vous battez pour vos fils ! Est-ce que vous avez envie de laisser tous leurs biens à cette intrigante ? »

Non, certainement ; je ne serai donc pas généreuse, pas bonne perdante, pas bonne joueuse ; il est vrai que, dans cette affaire, moi, je ne jouais pas... Et je m'en vais à Marseille, à Paris, la bouche amère et l'œil mauvais, mesurer sur les trottoirs la longueur des immeubles de la famille Kelly, compter les fenêtres, interroger les concierges sur les superficies...

Mon défenseur me félicite : ma moisson est bonne. J'ai honte : avocats du divorce, « juges aux affaires matrimoniales », tous des éboueurs de l'amour ; ils ont vu tant d'ordures qu'à la fin ils ne les voient plus.

Au tour des retraites maintenant : combien mon mari touchera-t-il ? Il nous faut des informations, me voilà chargée d'une nouvelle mission. Je téléphone à l'un de ses amis, agent de change comme lui ; ce « raider » au cœur de pierre a toujours eu de l'affection pour moi ; pourtant, cette fois, il ne me cache pas qu'il est choqué : « Le montant de nos retraites ? Le calcul de ses espérances ? Mais c'est sordide, tout ça ! » Sordide, en effet. Comment croit-il qu'on fait la guerre ? En gants blancs ? Et l'adversaire, s'imagine-t-il que « l'adversaire » me fait des cadeaux ? Non seulement il ne m'en fait pas, mais il songe à reprendre les anciens : l'autre jour il est passé à la maison pour récupérer un dossier (il fait « comme chez lui », puisqu'il a la clé !) ; dans l'entrée, avisant sur la console une coupelle où j'ai entassé les pierres colorées qu'il me rapportait de ses voyages au long cours, de ses voyages avec Laure, il me rappelle d'un ton sec : « Ces pierres, c'est moi qui te les ai offertes. Je pourrais les remporter... » J'ai ôté de ma main droite ma bague de fiançailles et la lui ai tendue : « Ce cadeau-là aussi, tu peux le reprendre... »

Il n'avait passé que cinq minutes dans la maison — juste traversé l'entrée et le salon — mais il avait eu le temps d'inventorier : « Je te préviens, je vais reprendre la moitié des disques (geste vers le placard). Et mon encyclopédie (il désigne la bibliothèque). Et mes "Pléiades" (ses Pléiades ! Croit-il vraiment que je vais lui disputer son Saltykov-Chtchédrine ou ses Poètes chinois ? Il laisse ses enfants mais n'oublie pas ses Pléiades : puissance de la littérature !) Et puis je veux remporter mon rond de serviette. Tu sais, mon rond en argent, à mon nom »... Brusquement, il se tourne vers le mur du fond : « Et la "verdure", au fait ? Cette tapisserie-là est plus grande que celle que tu avais apportée en te mariant ; je fais la moitié de la différence : un huitième, quoi !

— Vas-y, prends les ciseaux, coupe-la ! »

« On se disputera tout, Madame Kelly, jusqu'à la trei-zième petite cuillère ! » : je me rappelle ce propos lancé, quelques années plus tôt, par le chauffeur de mon mari, au temps où lui-même divorçait de sa troisième épouse qu'il avait, comme les précédentes, copieusement trompée et dont il s'étonnait qu'elle eût fini, comme les autres, par se rebeller... Il faut dire, à sa décharge, que sa fonction l'incitait au péché : n'avait-il pas, comme son patron, des horaires élastiques ? Tandis que le président s'envoyait en l'air aux étages nobles, il draguait les hôtesses de la réception. Il s'était fait depuis vingt ans le complice et le disciple de mon mari, dont il semblait, à force de mimé-tisme, la réplique, en plus sombre (il est martiniquais) et en miniature — petite carrure, petites cravates à mickeys, petites liaisons, petites tricheries... Lui aussi mentait avec intrépidité, tantôt pour cacher ses fredaines, tantôt pour couvrir celles de son chef : il mentait à ses femmes, mentait à ses maîtresses, me mentait et, parfois même, pris dans une intrigue différente de celle qui se jouait plus haut, mentait à son patron... En somme, le parfait Sganarelle de ce Don Juan ! Mais, au reste, dévoué, jovial, futé. Je l'aimais bien. J'aimais l'amitié qu'il avait pour mon mari. Lui aussi m'aimait, je crois, et c'est moitié plaintif, moitié fier-à-bras, qu'il me racontait ses histoires d'avocats, de pensions alimentaires, de garde d'enfants, et de partage de meubles ; à chaque divorce il se voulait féroce : « La treizième petite cuillère, vous m'entendez ? Et les assiettes, les nappes ! On partagera tout ! Je ne lui laisserai que les yeux pour pleurer ! » Je l'écoutais, sans être dupe. Je l'écoutais, et ne me doutais pas que ce serait à moi, bientôt, d'en passer par là et que je verrais, par un étrange renversement des rôles, le patron imiter le chauffeur...

A-t-il oublié, ce « golden boy », cet heureux boursier, l'évangile de notre mariage ? Et moi, me le suis-je bien rappelé ? Nous étions jeunes, impécunieux (mes parents n'étaient pas riches, les Kelly avaient à charge une ribambelle d'enfants), nous étions jeunes, imprévoyants, confiants ; nous avions choisi Saint Luc : « Regardez les lys des champs : ils ne travaillent ni ne filent ; pourtant Salomon, dans toute sa gloire, n'a pas été vêtu comme l'un d'eux... Regardez les oiseaux du ciel : ils ne sèment ni ne moissonnent ; ils n'ont ni cellier ni grenier ; mais Dieu les nourrit »...

Ah, elles sont fraîches aujourd'hui, nos fleurs des champs, ils sont beaux, nos oiseaux du ciel ! Des corbeaux, des vautours ! « Les celliers », « les greniers », les couverts et les buffets, nous en avons maintenant plus qu'il n'en faut et nous nous disputons chaque objet comme deux chiffonniers : à toi la soupière, mais à moi la louche ; à toi le sommier, à moi le matelas...

Le divorce est un échec sans panache : on ne tombe pas au champ d'honneur, on s'enlise dans un bourbier. Les pensions alimentaires de nos enfants, nous les avons discutées pied à pied, sou par sou, pendant plus d'un an ; nous y serions encore si notre fils aîné, jouant les médiateurs entre des parents puérils, ne s'en était mêlé : déjeunant avec l'un, dînant avec l'autre, patiemment il nous met d'accord sur un chiffre. À la virgule près. Ce n'est pas une façon de parler : nous avons tout négocié, les milliers, les centaines, les dizaines, et même les unités ! Quand j'arrive avec ce brouillon d'accord chez mon avocate, elle me rit au nez : « Comment voulez-vous que je me présente devant le juge avec un chiffre aussi précis ? D'habitude, chère Madame, on arrondit ! Je serais ridicule, moi, avec des virgules ! Des décimales, des centimes ! Songez que votre total n'est même pas divisible par quatre ! » Je repars, la tête basse. Il y a deux personnes que je ne souhaiterais pour rien au monde retrouver dans un dîner en ville ou un compartiment de chemin de fer : mon proc tologue et l'avocat de mon divorce — ils n'ont pas vu mon plus beau côté...

Les marchandages de mon mari me tirent vers le bas ; je paie trop cher l'envie de le « faire payer » : je puis perdre mon estime pour lui, non l'estime de moi-même. Troublée, je renonce à l'accabler, à défendre « mon droit », qui me semble parfois si contraire à l'idée que j'avais de moi.

Mais, pour autant, je ne baisse pas les bras ; je change de terrain : je vais me battre et triompher ailleurs — sortir de cette épreuve grandie, purifiée, les prendre à leur propre piège, leur tendre la joue gauche, bref les aimer. Elle surtout, que je hais. Elle qui est mon prochain plus que n'importe qui, puisqu'elle est mon ennemie... D'ailleurs, qui pourrait m'être plus proche qu'une femme qui aime le même homme que moi ? Elle est celle qui rend heureux celui que j'avais cru aimer : ne devrais-je pas me reconnaître une dette envers elle ?

Dette... Justement, à propos de dettes, est-ce que mon avocate ne m'avait pas demandé de lui fournir un état des remboursements de prêts que nous avions effectués pour la maison, dans le passé ? Elle a besoin de savoir qui a payé quoi, et quand. Car il ne suffit pas de se partager les meubles et les enfants ; il nous faut aussi, la loi l'exige, sortir de l'indivision — diviser l'indivisible, séparer l'insé-parable. Bagatelle : nous avons déjà fait plus difficile — en taillant dans ce qui fut une seule chair... Seulement, pour la maison, mon mari ne semble pas pressé d'arriver à une solution, ni de me restituer sa clé ; peut-être m'aime-t-il encore ? À moins qu'il ne prenne un malin plaisir à me gêner ? Je ne sais pas. « Tous mes moments ne sont qu'un éternel passage / De la crainte à l'espoir, de l'espoir à la crainte... »

Oscillation du balancier : en dépit de mes bonnes réso-lutions, et parce qu'il faut bien en finir, me voici brusquement replongée dans les chiffres, les conventions, les contrats, et les contestations — le bourbier.

À quatre pattes je tire du placard à chaussures les boîtes poussiéreuses dans lesquelles, depuis mon premier salaire, je jette de vieux chéquiers. En désordre, et sans jamais les dater... Comment retrouver là-dedans la trace d'emprunts contractés vingt-cinq ans plus tôt et la preuve que j'ai procédé à leur remboursement anticipé ? J'ai perdu tous nos échéanciers, nos décomptes ; se pourrait-il que, par extraordinaire, j'aie conservé les talons de chèques des années 70, moi qui ne range rien, ne sais rien garder — pas même l'homme de ma vie !

Assise sur la moquette, deux cents carnets de chèques — bleus, jaunes, roses — éparpillés autour de moi comme des fleurs de papier, je commence à remonter le temps. D'abord en tâtonnant : de quelle année cette robe à trois cents francs (« Etam, 300 F, 6 juin »), et cette note de téléphone, cette facture d'électricité ? Peu à peu, pourtant, j'arrive à m'y reconnaître. Il suffit d'attraper un fil et de tirer : les années enfuies, je les distingue les unes des autres aux prénoms des baby-sitters qui gardaient nos enfants — derrière ces initiales tracées à la diable, je vois resurgir des visages, des gestes oubliés, remonter du passé ces jeunes inconnues (« Marie-France », « Jacqueline », « Sylvie ») dont ma vie d'alors dépendait. D'autres repères : les cadeaux faits à des collègues maintenant perdus de vue, les travaux effectués dans des appartements que nous avons quittés, les achats de fleurs — « géraniums pour le balcon », « ficus pour le salon » — depuis longtemps fanées.

Un à un, je date mes chéquiers et retrouve, au hasard, ce que nous avaient coûté le baptême de notre aîné ou le berceau du dernier ; « Boutique Martial, 345 F », ce prix, griffonné d'une encre passée, me rend soudain la couleur des dragées (vertes, quelle idée !), la douceur de l'amandier, du printemps de Provence, et de mes vingt-sept ans ;

puis, lisant « dormidou, 80 F » sur le rectangle de papier blanc, je sens de nouveau l'hiver sous mes doigts et le pyjama turquoise, duveteux, pelucheux, dans lequel j'enfermais mon « plus petit » pour que, la nuit, il ne prenne pas froid. « Ô, main chérie, bouche chérie de mes enfants. Contact délicieux, tendre peau, douce respiration de mes enfants... » Tout cela, usé, disparu : il n'en reste qu'un talon de chéquier.

Avec étonnement, je redécouvre qu'à huit ans notre fils aîné faisait de l'escrime (prix du masque, prix de la veste) ; avec mélancolie, que, jeunes parents, nous allions deux fois l'an passer un week-end en amoureux dans l'auberge d'un pays pluvieux (« Francis et moi, Saint-Jean-aux-Bois »). Du temps où nous habitions près d'Austerlitz, nous faisions les courses ensemble, je l'avais oublié : chaque samedi à la Boucherie Bernard (« Viande, cent vingt-sept francs ») et au SUMA du boulevard Saint-Marcel ; quelquefois, c'était lui qui remplissait le chèque ; et, quelquefois, nos deux écritures se mêlent sur le même papier... Le supermarché a fermé ses portes voilà une quinzaine d'années ; quant aux caddies, il y a des siècles que nous ne les poussions plus à deux.

N'importe, je n'ai pas effectué ce travail d'archiviste en vain : j'ai des preuves. La preuve qu'en 1975 j'ai offert à notre premier-né un gros Casimir orange pour la somme de soixante-trois francs et cinquante centimes, la preuve qu'en 77 nous avons réglé quatre-vingt-douze francs au *Monde* pour annoncer la naissance de notre deuxième fils, la preuve que j'ai payé soixante-seize francs la location d'un pèse-bébé quand le troisième est arrivé, et dix-huit francs quarante, deux ans après, pour le BCG du dernier. Mais ces preuves-là intéressent-elles un avocat ?

De notre amour passé, de ce que furent nos vies, voilà ce qu'il me reste de plus précis, de plus vivant : mes chéquiers. Plus que les lettres, que les photographies : trente ans d'amour jour après jour.

Dans l'argent il y a bien autre chose que l'argent : des souvenirs, des sentiments... Comment, dès lors, solder nos comptes courtoisement ? Il faudrait que le passé nous soit devenu indifférent. On ne règle à l'amiable que ce qu'on règle sans s'aimer.

Mes chéquiers m'avaient attendrie ; je me croyais sur la voie du pardon ; mais, comme chaque fois que je me sens prête à des concessions, j'apprends du neuf sur le passé, et, une fois de plus, mon cœur bascule. Ne vient-on pas de me révéler que, deux ans avant notre séparation, mon mari avait, à plusieurs reprises, emmené l'Autre dîner chez un de nos témoins de mariage ? Et mon beau-père ? Complice de la première heure, le beau-père ! C'est lui qui payait les traites de la garçonnière !

À tout instant mon passé vole en éclats... Quant au présent, c'est « feu à volonté » puisque mon ennemi me blesse aussi souvent qu'il lui plaît — il suffit d'un mot, d'une intonation, d'un soupir. Je suis aveugle, mais j'ai l'oreille fine : depuis quelques mois j'avais remarqué un changement chez sa secrétaire quand j'appelais à son bureau. Oh, rien de bien net : sous sa politesse habituelle une espèce de raidissement, un manque de naturel surprenant chez quelqu'un que je connaissais depuis vingt-cinq ans. Je l'attribuais à la surprise, au chagrin même, qu'elle avait pu éprouver à l'annonce de notre séparation... Mais, loin de diminuer avec le temps, cet embarras augmenta ; bientôt, je ne parvins plus à joindre mon mari quand je voulais lui parler des enfants ou régler des détails matériels (paiement des impôts, modification de nos abonnements). « Je ne peux pas vous passer Monsieur Kelly, il est en rendez-vous », me disait-elle d'un ton navré, ou bien : « Pas de chance : il vient de partir en réunion. — Et demain matin, puis-je le rappeler demain matin ? — Euh, attendez... Demain ? Demain... Malheureusement non, il a un petit déjeuner... — Et l'après-midi ? — Ah, sûrement pas : il prend le train pour Bruxelles ! » (Là, un éclair de triomphe, presque un rire dans sa voix : elle disait enfin la vérité et s'en trouvait soulagée...) « — Et la semaine prochaine ? insistais-je. À quel moment croyez-vous que je pourrais, sans le déranger... — Oh, Monsieur le Président a une semaine très chargée : des conférences, des déplacements... Je ne vois vraiment pas quand il aurait le temps de... Je suis désolée. » Polie, mais ferme. Aucune brèche dans son dispositif, pas moyen de me faufiler.

« C'est curieux, dis-je à mon fils aîné, je me demande si ton père n'aurait pas donné des instructions à son secrétariat pour qu'on ne lui passe plus mes communications... » L'espoir rend sourd : quand le doute n'était déjà plus permis, je continuais à n'envisager la vérité que comme une hypothèse hasardée !

Mon fils dînait le soir même avec son père ; il m'apporta, en rentrant, la confirmation de mes soupçons : mon mari avait donné ordre de me faire barrage... Était-ce possible ? La secrétaire qui me connaissait depuis si longtemps, qui avait vu naître tous nos enfants, me trompait donc à son tour ? Elle me bernait, enchantée que « Monsieur Kelly » eût besoin de sa complicité, ravie peut-être de prendre le pas sur la femme du patron ! Elle m'écartait — comme on écarte les fous, les pots-de-colle, les enquiquineurs. Et lui, mon mari, après trente ans de compagnonnage, vingt-cinq ans de mariage, il me faisait jeter dehors par ses laquais ! J'étais plus que répudiée : bannie ! Bannie...

Cette nuit-là, quand j'eus découvert que je ne pouvais plus occuper sa ligne alors qu'il occupait encore mes placards, j'ai fait le ménage : les vêtements qu'il n'avait pas emportés, et que j'aurais voulu trier un jour comme on trie, avec respect, les vêtements des disparus, ces vieux costumes que j'aurais aimé plier, ranger, enfermer dans la naphtaline pour les garder, ces chemises, ces pulls, si anciens qu'ils ne portaient pas l'odeur de sa blonde mais la trace de mon parfum, tous ces vêtements autrefois caressés, je les ai jetés dans des sacs-poubelle. Et j'ai jeté aussi son « shampooing spécial », qui traînait depuis quinze mois sur le rebord de ma baignoire, sa mousse à raser, ses médicaments, tout ce qui, depuis son départ, était resté à « sa place » comme s'il devait revenir un jour l'occuper...

Les enfants, réveillés au bruit de ce déménagement et des sanglots dont je l'accompagnais, m'empêchèrent de déposer les sacs sur le trottoir ; et leur père envoya son Sganarelle les récupérer dès le lendemain. Je continuai de pleurer : « Comment a-t-il pu me faire ça ? Me chasser de sa vie ! Charger ses employés de m'humilier ! Et pourquoi ? » Je prenais mes fils à témoin : « Enfin, je ne le harcelais pas... Je l'appelais, quoi ?, tout au plus deux fois par mois ? Et jamais sans motif. Alors pourquoi, pourquoi ? — Parce qu'il veut t'obliger à l'appeler chez lui », suggéra le cadet.

Chez lui ? Chez elle, oui ! Enfin, chez elle il est chez lui, c'est vrai, et chez lui elle est chez elle, mais... Non, jamais je n'appellerai ce numéro-là ! « À moins, avança le plus jeune, que Papa en ait assez des répondeurs que tu as mis partout ; surtout que tu ne lui as pas donné notre code secret ! Il te rend la monnaie de ta pièce... »

Comment avouer aux enfants que, la plupart du temps, quand ils ont le dos tourné, je décroche avant la troisième sonnerie ? C'est à la troisième sonnerie que mes répondeurs se déclenchent. À la troisième sonnerie, si je n'ai pas réussi à interrompre la marche des événements, j'entends ma voix s'élever et prétendre, malgré moi, que je ne suis pas là ; cynique, elle renvoie l'intrus sur le numéro du bureau vide, deux étages plus bas. Alors, même en dévalant les escaliers, je ne peux plus empêcher que monte du fond de la maison la sonnerie confiante, puis insistante, puis désespérée, de celui que je viens de tromper. Cet appel poignant, qui glisse à l'abîme, impossible de le rattraper, le temps manque — il est condamné.

Voilà pourquoi, de plus en plus souvent, je me rue sur le téléphone dès la première sonnerie ; jamais je n'avais répondu si vite que ces dernières semaines : les enfants, quand ils m'appelaient du dehors, s'étonnaient de n'avoir plus à user de leur « privilège », « Tu n'as pas mis ton répondeur ? » Si, mais je l'empêchais de fonctionner. Je ne m'éloignais plus du combiné ; je me précipitais sur l'appareil, même quand c'était chez les voisins qu'on sonnait ! Car à chaque fois je croyais qu'au bout du fil ce serait lui. Mon mari... Celui d'hier, d'autrefois... Espérance inavouée, inavouable.

Dieu merci, la découverte des instructions données à sa secrétaire m'a guérie de cette folie. Maintenant comme avant, le téléphone chez moi sonne toujours trois fois.

Mais rien — pas même ce tardif sursaut de dignité — ne peut me laver de la honte, du mépris. « Il me compte pour rien après m'avoir aimée ; dois-je devenir celle dont on rit ? »...

Les humiliations, j'en avais eu ma part depuis le premier jour pourtant ; mais, patiente, je les supportais encore, je les supportais. « Comment me résigner à être celle dont on rit ? » protestaient les reines antiques. Affaire d'époque : je ne serais pas, moi, celle dont on rit puisque j'étais celle qui riait la première, des autres et d'elle-même ; nous étions jeunes, modernes — ne devions-nous pas, en toutes circonstances, garder le sens de l'humour ? Apprendre, dans la gaieté, à partager ? Innocence des années 70 : « J'ai tué l'an passé ma dernière jalousie, nous chantait Yves Simon, je t'aime et ça veut dire "je ne prends pas ta vie"... » Moi non plus je ne prenais rien, je n'exigeais pas, je gardais les yeux fermés et les mains ouvertes, je « relativisais ».

La seule chose qui m'étonnait quand même chez l'homme que j'aimais, c'était sa capacité à reculer sans cesse les bornes du permis, à réduire à rien le domaine de l'interdit, de l'exclusif, du sacré. Je me souviens : nous étions mariés depuis trois ou quatre ans ; bien sûr, il avait des aventures, que je prenais comme il l'exigeait : avec le sourire. Je souriais donc de sa blonde du moment, une certaine Anne. Un jour, comme je rentrais d'un séminaire, il me dit : « Anne est venue à la maison » (Pourquoi donc ? Elle était célibataire, avait son propre appartement... D'ailleurs, il y a des hôtels !), « elle est venue à la maison, et, franchement, je dois te dire qu'elle a trouvé notre inté-rieur négligé, le ménage mal fait. Notre chambre surtout. Les draps mal bordés, et ta table de chevet, couverte de poussière... »

Le lit conjugal ! Il avait osé ! J'avais beau avoir vécu « la révolution de Mai », m'être crue « libérée », je n'avais jamais — ô candeur d'un autre âge ! — imaginé que mon mari pût coucher une autre femme dans mon lit, notre lit, le « lit matrimonial », le saint des saints, le tabernacle ! Mais je pris cette nouveauté comme il convenait — sans perdre la face : « De la poussière ? Puisque Anne me prend mon mari et mon lit, dis-lui, la prochaine fois, qu'elle peut aussi prendre un chiffon. Avec ma bénédiction. » Bonne répartie pour quelqu'un qui n'a, d'ordinaire, que l'esprit de l'escalier ! Je crus avoir gagné — j'avais « pris sur moi », et pris sur elle. Mais c'était lui le vainqueur : il venait, tout en riant, de me faire accepter l'inacceptable et de banali-ser l'usage de ce lit qui vit, par la suite, bien du passage...

Au reste, je n'avais pas toujours la consolation de pouvoir préserver les apparences. J'ai connu des humiliations sans réplique, de celles qui vous laissent sans voix. Ainsi, quand il était en voyage d'affaires : des amis nous invitaient au cinéma ; avant d'accepter je téléphonais à sa secrétaire : « À quelle heure mon mari rentre-t-il de New York demain ? — Mais, Madame, il est rentré depuis trois jours ! » Ou bien c'était, à La Baule, le nouveau concierge de l'immeuble où mes parents possèdent un studio, ce nouveau concierge qui me dévisageait avec étonnement : « Mais vous n'êtes pas Madame Kelly... — Si, bien sûr ! — Alors Monsieur Kelly a changé de femme ? Non ? Ah bon, excusez-moi, je n'ai rien dit... »

Le chauffeur, la secrétaire, les concierges, la femme de ménage, en vérité tout ce monde-là était au courant ; j'avançais en terrain miné, et j'avais beau assurer chacun de mes pas, m'évertuer à la prudence, rester évasive, feindre l'indifférence, j'avais beau mentir pour cacher ses fautes et pour me les dissimuler, je finissais toujours par poser une question de trop ou par répondre à côté : je gaffais, et cet écart faisait aussitôt sauter la mine placée là depuis des années... Je prenais la vérité en pleine figure. Bien fait !

Mais le plus fort, c'est que s'il me disait, la semaine d'après, qu'il emmenait son filleul au Parc Astérix, je le croyais ! Ma confiance renaissait de ses cendres. Le financier auquel j'avais remis ma vie disposait dans mon cœur d'un « crédit revolving » : je renouvelais sans cesse à son profit mon capital d'espérance — pas une blessure dont je ne me sois persuadée qu'elle serait la dernière... Et si par extraordinaire je regimbais, il me prenait tantôt par les sentiments, tantôt par la raison : « Voyons, Cathou, tu ne vas pas donner dans la superstition ! Un lit, ce n'est qu'un lit. Il faut être logique : notre lit est le seul lit à deux places de l'appartement. Tu me vois avec une nana grand format dans le berceau des enfants ? Allez, ma petite Cath, un bisou ! Bisou à ton zentil mari, qui t'aime beaucoup, lui. Bisou, ma vilaine ! Allez, "bisou-guéri". Tu vois bien, mon amour chéri, qu'il n'y a pas vraiment de problème... » Ou encore : « Le studio de tes parents ? Pas de quoi fouetter un chat : Laure s'est mise à la peinture, elle voulait peindre des vagues... Oui, je sais qu'il y a des vagues ailleurs... Mais à La Baule pas de frais d'hôtel, ni de location : c'étaient les vagues les moins chères du marché ! En ce moment, à cause des impôts, je suis un peu "juste" ; alors, puisque j'ai la clé... Quoi, *tes* parents ? Tes parents ou mes parents, qu'est-ce que ça change ? Ce qui compte, mon petit cœur, c'est que je t'aime. Et je t'aime, mon Cathou, je t'aime, t'aime, t'aime. » Et le soir même, un bouquet de fleurs, un parfum, une bague : « C'est à Catherine la préférence... »

J'étais ridicule. Rien de plus tragique, ni de plus grotesque, que ma situation : on peut en faire indifféremment un opéra bouffe ou « La mort de Didon »... J'ai beaucoup de chance qu'il m'ait quittée : à tout prendre, « la femme rompue » est un personnage moins comique que la femme trompée.

Encore qu'on ait tort, à mon avis, de mésestimer les cocus, de les tenir pour des gêneurs : le cocu n'est jamais de trop ; il est essentiel au contraire, essentiel au bonheur du couple — enfin, du couple adultère. C'est le cocu qui donne à l'union des deux autres sa force et son piment. À la fois voyeur et souffre-douleur, miroir et repoussoir, lui seul apporte aux amants coupables la preuve qu'ils s'aiment.

Mon mari m'a utilisée pour faire chanter sa maîtresse : j'ai été, tour à tour, la rivale qu'on craint et la captive qu'on sacrifie. La suppliante, la suppliciée. Qui sait même si, au point où il en était, il ne devait pas me voir souffrir pour être sûr qu'il aimait Laure ? Pour prendre la mesure de ses sentiments, il passait par mon cœur, et jugeait de la qualité de sa trahison à la profondeur de mon chagrin. Or comme ma peine était sans fond (je ne savais pas, je ne voulais pas savoir que je souffrais), son amour pour l'autre fut sans limites...

En attribuant ses hésitations devant notre séparation à un reste d'amour ou un semblant de pitié, je me suis trompée : ce n'était pas une femme encore aimée qu'il ménageait, mais un baromètre sensible à toutes les variations de sa passion pour Laure. S'il m'avait respectée davantage, il m'aurait répudiée cinq ans plus tôt, avant que je ne sois la risée de nos familles, de nos amis : j'ai été bafouée jusque dans ses atermoiements.

« L'amour n'est pas un sentiment honorable » et la peine d'amour manque de noblesse ; mais elle a tout de même sa beauté, pâle, vénéneuse : sur fond noir chaque larme a l'éclat du diamant... C'est le divorce qui salit — le divorce plus vil que la trahison, que l'abandon, que le mépris.

Il y a, dans un amour conjugal qui dure, quelque chose de forcé ; mais il y a quelque chose de factice dans la maîtrise glacée qu'on exige des divorcés. Pour rester propre, mieux vaudrait, certes, se placer « au-dessus de la mêlée » ; mais comment faire ? Nos corps sont trop proches encore pour ne pas s'empoigner, nos sentiments trop brûlants pour ne pas flamber — « sentiment », « ressentiment », de l'un à l'autre une seule syllabe, un trébuchement... Je divorce de mon mari et je persiste à l'aimer. J'avais l'habitude, une si longue habitude, de l'aimer : I used to love him... Et je m'obstine dans cet amour comme on s'entête dans l'erreur : je l'aime parce que je l'ai aimé.

Le divorce — sa procédure, ses formalités — demande un détachement que je n'espère pas éprouver. Ou que j'espère ne pas éprouver. Je me rappelle ce jeune chanteur aperçu dans une émission de télévision où il expliquait à l'animatrice, avec un enthousiasme suspect, qu'il avait « réussi un très beau divorce ». Un divorce amical, amoureux presque. Tout s'était « merveilleusement passé », « en douceur » (il avait dû lire le fameux manuel !), « un magnifique divorce » enfin, dont il se félicitait... Trois mois plus tard, il était mort. Suicidé.

Il n'y a pas de « beau divorce », pas de « bonne guerre ». Le divorce est fait pour détruire, arracher, broyer. Le pire, c'est que, comme le hachoir du boucher, ce qu'il broie, il l'infecte aussi. Et cette gangrène contamine tout : amis, parents, enfants.

Aux amis qui entre lui et moi avaient choisi d'emblée, je reprochais, il y a quelques mois, cette hâte à nous séparer dans leur amitié ; j'en voulais même à ceux qui m'avaient « préférée »... Maintenant, c'est moi qui somme les hésitants d'opter. J'annonce la couleur : qu'ils reçoivent, une fois, une seule, la « future » de mon mari, et je ne mettrai plus les pieds chez eux. J'ai décidé de me protéger : l'idée que mes amis pourraient, une semaine, inviter l'une, et l'Autre la semaine d'après, nous observer tour à tour, commenter, soupeser (« celle-ci est plus... », « celle-là est moins... »), cette idée m'est insupportable. Je ne veux plus être comparée. Qu'ils me rejettent s'il leur plaît, mais sans tergiverser !

Certains retourneront contre moi l'ultimatum que je leur ai lancé ? Tant pis ! Il y a longtemps que j'avais plus de dîners que d'appétit ! Quant aux autres, ils me prendront telle que je suis. « Entière », bien que brisée : incapable de tourner la page, je l'arrache.

Lui-même, combien a-t-il, en s'enfuyant, arraché de pages et de racines ? « Papa, laisse-nous ta vieille commode, suggèrent les enfants au moment où nous séparons les meubles, elle nous est utile, elle restera dans la famille... — Votre mère n'est plus de ma famille ! » Le couperet est tombé : l'homme dont j'ai partagé la vie pendant trente ans, avec qui je partage encore quatre enfants, ne me connaît plus : « Femme, qu'avons-nous de commun, toi et moi ? »

Nous ne sommes plus rien l'un pour l'autre ; nous sommes même moins que rien... Et les enfants, pris dans cette guerre sans merci, ces tirs croisés, les enfants qui errent entre nos deux tranchées, qui de nous se soucie encore de les protéger ? « Je veux que vous sachiez que je me sens, depuis quelques jours, en état de brûler et déchirer ces gages de notre amour qui m'étaient si chers... »

Ces dernières années, mon mari se plaisait à dire que, si je n'étais pas une parfaite épouse, j'étais une bonne mère... Contrairement à ce qu'il m'a fait croire, on ne peut couper l'amour en deux : répudiée, je découvre que je ne suis même plus capable d'être cette mère qu'il admirait. Car mes enfants, eux aussi, font partie de mon passé, et d'un passé souillé : ils sont, malgré eux, malgré moi, un souvenir de lui. Comment éliminer de leur corps, de leur esprit, la part du « maudit » ? Images fidèles de leur père, ils m'apparaissent, certains soirs de fatigue, comme les complices inconscients du traître. À toute heure il se dresse devant moi, présent dans leurs visages, leurs voix, les propos qu'il leur inspire : « Tu devrais la rencontrer, Maman, il paraît qu'elle est gentille »... Ils sont ses otages, dans ma folie je les crois ses espions ; ils sont ses reflets, dans ma douleur je les crois ses valets ; ils sont surtout la chair de sa chair, cette chair à laquelle je ne dois plus songer. Et les voilà, enfants de l'amour, devenus, au fil du divorce, les enfants du viol...

Sans doute le sentiment de répulsion que m'ont inspiré mes fils, mes « petits », n'a-t-il duré que le temps d'un malaise. J'avais, en quelque sorte, « perdu connaissance » puisque je ne les reconnaissais plus — plus pour ce qu'ils étaient : la joie, la fierté, la tendresse, la passion de ma vie... Mère indigne, je l'ai été quelques minutes, pas plus, et dans le secret de mon cœur. Mais avec assez de violence pour en sentir l'horreur : rien ne serait épargné, pas même ce qu'il y avait dans notre couple de plus innocent — nos enfants.

Au moins suis-je éclairée sur le crime de Médée... Et sur ces femmes qu'on dit dénaturées quand on apprend, à la lecture d'un fait divers, qu'elles ont laissé mourir, faute de soins, les enfants de l'homme qui les avait abandonnées. Dénaturées ? Trop naturelles au contraire ! On ne leur a pas appris à séparer, dans l'homme qu'elles aiment, le père et l'amant ; on ne les a pas invitées à se demander si elles étaient plutôt « mères » ou plutôt « maîtresses » — ce distinguo de cuistre ! Un jour l'homme s'en va, laissant derrière lui des enfants qui sont lui encore, lui pour moitié. Et c'est comme si, à travers eux, il obligeait la délaissée à le soigner avec amour, jour après jour : présent dans ses enfants oubliés, il l'obsède quand il la nie, il l'attache quand il la fuit... Il faut beaucoup de raison, et peu de naturel, pour se sortir d'un piège pareil ! Suis-je souillée aussi de l'avoir compris ?

La neige est sale, terreuse, trouée. Le temps s'est brusquement radouci. Les étangs débâclent, boueux comme des flaques. Des traînées blanchâtres s'attardent, çà et là, sous les haies — on dirait des draps déchiquetés. Tristes comme le linge d'un hôtel de passe, les guenilles jetées sur les plaies d'un blessé.

Tout ce que la neige avait ennobli est rendu à sa vérité : le cache-misère ôté, la nature révèle ses cicatrices, ses dessous crasseux, son mauvais goût. Trop de couleurs, et mal accordées : l'herbe rouge, les sapins violets, le ciel jaune — un tableau fauviste, criard et laid. Heureusement, la radio nous annonce une nouvelle vague de froid. Revenez, neiges désirées...

Pour l'heure les routes sont dégagées, les poteaux du téléphone, que la tempête avait abattus, relevés : je suis « rebranchée ». Mais je m'en moque : j'ai perfectionné mes pièges. Maintenant, dans le bureau, toujours vide, de mon mari, j'ai mis un répondeur aussi. À Neuilly, le répondeur de notre salon renvoie sur le répondeur du bureau fermé (« Cet appareil ne prend pas de messages », cet appareil ne prend plus de mensonges), lequel réexpédie, obligeamment, sur le répondeur de la campagne, qui conseille d'appeler le numéro de notre salon, à Neuilly. La boucle est bouclée. Mes répondeurs, branchés sur des répondeurs, se parlent entre eux. Je ne participe plus à la conversation.

Je suis brûlée. Est-ce qu'un tas de cendres peut décrocher son téléphone et bavarder ? Un résidu, donner de ses nouvelles ? Je suis brûlée. Et pourtant je me consume encore. Poussière ? Non, torche vive ! Flamme ardente que nourrit le dépit, la jalousie. Voilà pourquoi je me tais : je ne peux tout de même pas avouer, comme une gamine de la maternelle, que « mon amoureux » m'a battue, que je ne l'aime plus, mais que je voudrais le garder ! D'ailleurs, comment parler ? Comment parler sans hurler ? « Tais-toi, Catherine, tu parles trop fort, tu ris trop fort, tu vis trop, tu brûles trop ! » Eh bien oui, je brûle, et je veux crier ! Les sages me font les gros yeux : « Un peu de dignité ! » Les sages ne m'aiment que bâillonnée : « Tais-toi, Catherine. »

D'accord, je vais me taire. Je me tais. Je me tais parce que je ne peux plus parler, je ne sais plus parler : chaque fois que je voudrais dire « je t'aime », ma bouche prononce « je te hais ». Dévorée de rage et d'inquiétude, je me fais honte, je me fais pitié : partout dans la maison je cherche d'autres lettres, d'autres photos oubliées. Il a bien dû laisser, ici aussi, des billets doux, des cartes postales, qui ne tenaient plus dans le fichier de Provence ni dans le secrétaire de Paris. Je cherche des lettres bleues sur beau papier... Comme je regrette d'avoir remis en place celles que mon fils m'avait apportées ! D'avoir déchiré les photos, brûlé les cartes d'embarquement, les prospectus touristiques, les factures d'hôtel ! Ce ne sont pas les preuves de sa trahison qu'il me fallait livrer au feu, c'était lui, c'était elle : « porter les torches dans son camp, exterminer ses compagnons, son enfant lui-même, remplir de flammes le pont de ses navires, y éteindre le fils, le père, toute la race, et m'y jeter moi-même ! »

Hier, au téléphone (oui, j'avais trouvé le courage de répondre : il y avait un rayon de soleil sur le parquet, je faisais cuire une compote, ma maison sentait la pomme et la cannelle), j'ai dit à mon frère : « Je crois que je ne serai pas inconsolable... Je m'en sortirai, tu sais, je vais déjà mieux... » Eh bien non, je ne vais pas mieux ! Aujourd'hui il me faut des lettres bleues pour alimenter le brasier, nourrir ce Moloch en moi ; j'ai faim de lettres couleur de ciel, de ces lettres sans adresse dont je m'étais toujours demandé par quels canaux mystérieux elles atteignaient leur destinataire... Je le sais maintenant, et je ne m'en porte pas mieux : c'était la secrétaire — l'employée modèle aux vingt-cinq ans de « loyaux services », celle qui me faisait de bons sourires francs en s'enquérant de la santé des enfants, la vieille dame au chignon serré et aux principes affirmés —, c'est elle qui leur servait de boîte aux lettres, réceptionnant chaque matin un billet bleu barré de rouge (« strictement personnel » ou « personnel et confidentiel »), un billet sur beau papier qu'elle transmettait avec fidélité. Fidélité... Depuis combien de temps ? En tout cas, elle connaissait l'Autre, se prêtait à son jeu ! Elles riaient de moi toutes les deux, ou bien ils s'y mettaient à trois quand « Don Juan » les rejoignait dans l'antichambre, devant les huissiers. Complices aussi, les huissiers ? Pour me duper ils s'y mettaient à trois, à quatre, à dix ! J'étais encerclée. Par leurs mensonges et leurs quolibets : « À Catherine les cent coups de bâton ! » Frappée, moquée, et maintenant brûlée, d'une jalousie d'autant plus ridicule qu'elle est devenue hors de saison... Je fouille sans vergogne le passé du « disparu », je scrute son avenir — où, quand, se marieront-ils ?

On prétend que la jalousie naît toujours avec l'amour, mais ne meurt pas avec lui. Pour moi qui n'ai jamais pu être en même temps amoureuse et jalouse puisqu'il me l'interdisait, moi qui fus sommée de « partager » sous peine d'être abandonnée, c'est à l'instant où meurt ma passion que je sens naître ma jalousie ; elle naît posthume, mais tout armée. Jeune et neuve, quand notre amour semblait si vieux. Une jalousie des commencements, enfantine, agressive. Puisqu'il m'a quittée, puisque je ne possède plus personne et plus rien, me voilà libre de donner cours à cet instinct de propriété qu'il condamnait — qu'il condamnait en Tartuffe puisque le sentiment qu'il censurait, il l'excitait : par qui ai-je appris qu'Anne couchait dans mon lit, que Laure avait reçu une bague de saphir le jour où il m'offrait une topaze, ou que lui et elle faisaient encore l'amour à trois heures de l'après-midi sous le beau soleil d'Italie ?

Longtemps j'ai cru que Laure le dominait, mais maintenant qu'avec l'éloignement je vois plus clair en lui, je pense (lui rendant grâce d'avoir été si difficile à déchiffrer, et si intéressant à aimer) qu'il tirait toutes les ficelles.

Ainsi, trois mois avant sa fuite, le dernier cadeau que j'ai reçu de lui... Une poterie sicilienne. Comme il venait justement de passer quelques jours en Sicile (avec Laure) et que le papier d'emballage semblait « d'origine », je lui ai demandé si, par hasard, il avait choisi mon cadeau avec elle. « Oui. J'avais envie qu'elle me conseille... — Alors c'est elle que je plains. »

J'y vois clair, enfin ! Il n'a jamais été volage, c'est pire : il est bigame, bigame dans l'âme ! Ne vient-on pas de m'apprendre que, pendant nos derniers mois de vie commune, il possédait deux pièces d'identité contraires — un passeport qui portait « notre » adresse de Neuilly, et une carte d'identité qui mentionnait « leur » adresse du septième ? Juridiquement, rien de plus simple (« Où est le problème ? ») : ne réglait-il pas les factures d'électricité des deux logements ? Propriétaire ici, locataire là, « occupant » partout...

J'ai compris son manège ; et je ne m'y laisserai plus prendre. L'autre jour à Paris, comme un des enfants lui téléphonait, il a demandé à me parler : un détail d'intendance à régler. Il en a profité pour mentionner qu'il partait pour Venise : un congrès, à la fin de la semaine. Venise... Comment ne pas me souvenir que les derniers temps — depuis notre voyage à Vérone, je crois — elle lui avait interdit de m'emmener en Italie (au fait, par qui avais-je eu vent de cette interdiction, sinon par lui ? Et elle, qui donc lui avait parlé de ces quelques jours à Vérone dont elle aurait dû tout ignorer ?). Donc, pour moi, plus d'Italie. Pas de chance : à la suite d'un pari que nous avions fait l'un contre l'autre un an plus tôt, j'avais gagné une nuit d'amour au Danieli. Il me la devait encore... Un instant, l'évocation de Venise m'emplit de mélancolie : le Danieli serait pour elle. Je trouvai tout de même la force de le complimenter sur sa chance : la saison s'annonçait agréable, ils auraient une belle lumière sur la lagune... « Tu sais, m'interrompit-il, je n'emmène pas Laure. — Pourquoi ? Elle n'aime plus les vagues ? » Un silence, et brusquement j'eus peur de deviner : « Ne me dis pas, Francis, que c'est à cause de moi ? À cause de moi que tu ne l'emmènes pas ? Tu ne

lui as tout de même pas prétendu que je te l'avais interdit, que tu devais respecter je ne sais quelles "dernières volontés", ou que tes souvenirs t'empêchaient de...
— Euh... Si. »

Sa méchante cousine avait raison : il ne peut aimer une femme sans en faire souffrir une autre. Mais en le peignant comme un mufle elle se trompait : il n'est qu'un petit garçon mal assuré, un petit garçon aux cheveux rouges qui a tellement souffert d'être méprisé que, dans la ronde des amours, le cercle des destinées, il veut rester au milieu, être le meneur de jeu — celui qui, à la « récré », a seul le droit de choisir, sur qui toutes gardent les yeux fixés, que toutes désirent, celui qui dit « mon cœur balance », hésite, répète qu'il ne sait « laquelle aimer » et prend tant de plaisir à se faire craindre que la partie se prolonge, s'éternise, s'effiloche ; le sort demeure suspendu, le destin bégaie, les règles du jeu sont faussées : le roi de cœur ne peut choisir, et il ne conclura jamais...

Dans cette danse où l'angoisse tourne en rond, je ne veux plus entrer. J'ai trop peur des « cent coups de bâton », ces coups qui menacent sans cesse et tardent à tomber. J'ai peur, si peur, d'être repoussée. « Petit garçon, je te demande pardon, je n'aime pas tes récréations... Je vais me mettre au fond de la cour, toute seule avec un livre, loin du bruit. Pas la peine de venir m'y chercher : petit garçon, je ne veux plus jouer. »

Mais il est trop tard. J'ai beau comprendre tout de lui et le fuir désormais, le fuir et lui pardonner, il est trop tard : ses mensonges, sa désertion, ont tout consumé, mes jours, mes nuits. Mes rêves ne m'appartiennent plus. Toutes les nuits depuis qu'il est parti, je rêve d'eux. Cette nuit, j'ai rêvé qu'il l'avait quittée. Après dix-huit mois d'amour au grand jour, il avait décrété qu'elle était trop

bête, « ennuyeuse, mais ennuyeuse, si tu savais ! » Il
me prenait dans ses bras, il était beau, il était jeune
— toujours, toujours, éternellement... Il m'avait apporté
un cadeau de réconciliation : une chaîne d'or à laquelle
pendait une croix celtique ; je la mis à mon cou. Il voulait
m'emmener dans des îles bleues... Mais l'Autre nous
poursuivait, décidée encore à m'éliminer. Toujours,
derrière nous, je sentais sa colère, brûlante comme
l'haleine d'un dragon. Il fallait fuir, fuir. Et soudain, alors
que, dans mon cauchemar, je courais pour lui échapper,
elle surgit devant moi, demi-nue, un couteau à la main.
Le couteau, je n'eus pas le temps d'en avoir peur, car je
ne vis qu'une chose : autour du cou elle portait la même
chaîne que moi ! La même ! En or, avec une croix
celtique...

Quand je me réveille ainsi, poignardée de jalousie,
quand des amis me décrivent la nouvelle vie de mon mari
(« Ils font la fête à longueur de semaine ! Ils sont comme
des jeunes mariés, un couple sans enfants » — évidemment, puisqu'elle vient de mettre ses filles en pension à
Lausanne ! —, « on dirait deux adolescents, tu sais, ivres
de leur liberté »), quand lui-même, au téléphone, m'agite
son bonheur sous le nez, je me console en me disant qu'il
la trompera. Il la trompera parce qu'il a deux mains, deux
bras, et qu'il lui faut une femme à chaque bras, une
femme qui se demande, anxieuse, s'il la choisira. Il la
trompera parce qu'il l'a déjà trompée et qu'elle ne le sait
pas. Il l'a trompée avec moi, mais avec d'autres aussi
— des grandes blondes, des vraies... Ils se connaissaient
depuis des mois, des années, qu'il la trompait encore, à
l'occasion, avec la belle Nadia (qui lui écrivit des lettres
enflammées — où les a-t-il rangées ?), et May, de Galway,
fille d'Irlande « aux cheveux de lin », et Viviane, blanche
cavale à la longue crinière...

Il la trompera. Je la plains. Je ne la plains pas.

Je la hais. Noire de corps et noire de cœur, je voudrais fabriquer une poupée à son image, y planter des aiguilles — dans le ventre, les yeux, les seins —, lui jeter un sort. Cracher, en Irlande, sur « les pierres à malédiction » et les « retourner » contre elle. Je chante. Toute la journée, sans même y penser, je fredonne cette vieille chanson où se plaint une bergère abandonnée : « Mon ami me délaisse, ô gué vive la rose, il se moque de moi, vive la rose et le lilas. Il va-t-en voir une autre, ô gué vive la rose. On dit qu'elle est malade, peut-être qu'elle en mourra, vive la rose et le lilas. Si elle meurt dimanche, lundi on l'enterrera. Mardi, il reviendra me voir... Mais je n'en voudrai pas ! »

L'amour est à la haine ce que la rose est au lilas de la chanson : deux fleurs d'un même refrain, d'un seul bouquet. Car le ressentiment — celui de la bergère, le mien — a son revers, encore plus honteux : l'espoir. On espère haïr parce qu'on n'en finit pas d'espérer aimer. À moi aussi, il me plairait que ma rivale meure, qu'on l'enterre, et qu'il revienne. Mais puis-je seulement me bercer de l'illusion qui console la bergère ? Si, dans deux ou trois ans, il frappait à ma porte en disant d'un air penaud, avec ses yeux d'enfant : « Mon minou, je crois que j'ai fait une grosse bêtise », suis-je certaine que je ne lui ouvrirais pas les bras ?

Je voudrais qu'il revienne. Qu'il vienne pour me retrouver, me remettre dans le droit chemin : je suis perdue. Son absence me sépare de moi. Je ne me reconnais pas dans cette mégère qui le calomnie (car maintenant je dis du mal de lui), cette chipie qui a cessé de fuir les ragots pour s'en délecter (« Bien faite, la nana de ton mari ? Penses-tu ! Aucune poitrine, des jambes comme des poteaux ! ») ? Suis-je devenue cette mauvaise femme qui semble avoir partie liée avec les ennemis de l'homme qu'elle aimait ? Dieu sait pourtant si j'avais épousé ses querelles ! Le tort que certains lui ont fait, c'était à moi qu'ils le faisaient. Et maintenant ? Ses ennemis sont-ils mes amis ? Je suis triste que certains d'entre eux m'assurent de leur sympathie, ou se prévalent de mon chagrin pour faire triompher le jugement qu'ils avaient depuis longtemps formé sur lui. Puis-je trahir celui qui m'a trahie sans me renier aussi ?

Méconnaissable, la femme qui me dévisage de l'autre côté du miroir. Calcinée, défigurée. Quel est ce spectre qui se relève la nuit pour leur téléphoner ? Quand je dis qu'à son numéro privé je ne l'appellerai jamais, je mens : j'y ai déjà appelé, anonymement, à deux heures du matin. Pour entendre la voix de l'Autre. Trois soirs de suite. Chaque fois elle a prononcé quelques mots : « Qui est à l'appareil ? Parlez ! » Elle avait peur, sans doute. En tout cas, même lorsqu'elle est émue, sa voix reste niaise, traînante : elle met des « e » et des « an » au bout de tous les mots, même allô : « Allô-an »... Pas vraiment distinguée ! Jeune sûrement (« N'exagérons rien ! Maintenant elle doit bien avoir dans les trente-cinq berges, m'assure une amie, et crois-moi, elle les fait ! »), jeune quand même, drôle peut-être, mais pas distinguée. Par-dessus le marché, faussement sexy : le genre « y a qu'à me cueillir ». Cette Laure parle comme on roule des hanches... Nausée. Puis panique : dans les jours qui ont suivi cette intrusion dans leur vie, la voix chaloupée de « la belle blonde » me poursuivait sans arrêt, parasitait mes conversations, je n'entendais qu'elle : « Allô-an »... De nouveau j'eus recours aux calmants, aux somnifères. Mais la leçon avait porté : j'ai renoncé, depuis, à m'approcher de leur « foyer », fût-ce pour les effrayer. Je m'y brûle, à leur foyer !

Au reste, moins de deux semaines après, je faisais déjà une rechute de sainteté... Il me semblait que j'éprouverais dans l'exercice de l'indulgence une douceur, une tendresse, qui me rendraient à moi-même. Il faut dire qu'à force de retourner les matelas et de vider les placards je venais de retrouver quelques photos égarées. Oh, rien de sensationnel : trois ou quatre clichés de notre mariage — il a l'air d'un gamin, j'ai l'air d'une petite fille. Émue de sa jeunesse, de ma timidité, de notre inexpérience, de notre ingénuité (nous rougissions, comme deux enfants), j'ai décidé, pour la millième fois, de pardonner. Je flottais sur un nuage : bientôt, je lui permettrai de revenir dans ma campagne ; et à Neuilly, je les inviterai tous deux à dîner — à moins qu'un « brunch », pour commencer...

Depuis qu'il est parti, je suis devenue aussi changeante qu'un ciel breton : une averse, un rayon de soleil, des grêlons. Je vis quatre saisons par heure. Aujourd'hui, c'est l'été... « Le beau temps se paie le lendemain ! » disent les habitués de la Côte.

Je l'ai payé, en effet : l'invitation d'une de mes amies, malencontreusement adressée à « Monsieur et Madame Kelly », avait atterri chez lui ; il s'y présenta avec Laure, sans m'avoir informée ni de l'invitation ni de ses intentions. De même qu'il avait décidé d'offrir mes enfants à sa maîtresse, il voulait lui apporter mes amis... On me cacha ce camouflet. Je ne l'appris que deux mois après, au moment où, précisément, j'étais d'humeur ensoleillée. Tempête, explosion. Orage, venin, plaie. Je voudrais m'élever, il me rabaisse ; guérir, il me blesse.

Il est vrai que l'Autre « lui souffle dans les bronches » — comme le dit, en termes choisis, ma jeune avocate. « Et s'il faiblit, croyez bien qu'elle lui remonte les bretelles ! Elle connaît son bonhomme, allez ! Elle sait que le "pigeon-petits pois" à chaque repas, votre touriste s'en lassera ! Alors, elle balise. Et pour commencer, il faut qu'il ne reste rien entre "Madame" et

"Monsieur". C'est le b-a – ba du métier : la terre brûlée ! »

En tout cas, sa maîtresse l'a déjà persuadé que je l'avais empêché de se réaliser. Et dans quel domaine, s'il vous plaît ? Le mien ! Celui pour lequel j'ai quitté l'Histoire, les parchemins, ma carrière et la sécurité... Oui, la littérature : l'orante a convaincu son adoré qu'il n'était pas seulement un grand financier, mais un grand écrivain ! Une vocation tardive, sans doute... Je me rappelle soudain que, dans les lettres que mon fils m'avait montrées, elle lui assurait qu'il était « le génie de son siècle » (normal : les hommes aiment les gros seins et les gros compliments) ; plus étrange : elle l'appelait « mon grand auteur » ; je n'y avais pas prêté trop d'attention ; je savais qu'il lui envoyait des poèmes, je crus qu'elle lui donnait là un surnom d'affection. Mais non, elle était sérieuse (ou faisait semblant) : j'étais, soutient-elle aujourd'hui, jalouse du talent de mon mari ; j'avais étouffé dans l'œuf le génie littéraire du P-DG ; elle le dit, oui — c'est lui qui me l'a rapporté ; parce qu'il a fini par y croire et par me le reprocher...

Eh bien, qu'il y vienne ! Je lui propose un échange sur le pré ! Qu'il s'avance : je vais le renvoyer à son « orante » dédicacé !... Mais pourquoi, mon Dieu, pourquoi ne veut-il rien me laisser ? Pourquoi cette volonté de m'écraser, de me réduire en cendres ? Je le hais, je les hais, et je me hais de les haïr.

Au plus fort de l'incendie je me roule en boule, me recroqueville pour mieux résister aux flammes qui me balaient. De toutes mes forces j'essaie de ne plus voir, de ne plus entendre, de me « désintéresser »... D'être ailleurs.

Une seule fontaine dans ce brasier : l'encrier ! Un stylo à la main, je me retrouve vierge de lui ; je me baigne dans le cours d'un amour neuf, un amour noir et bleu fait de pleins et de déliés qui déroulent sur la feuille leurs lents méandres ; je me jette dans des cascades de virgules, de biffures, de rajouts, de ratures, de traits, me perds dans des deltas colorés qui irriguent mon cœur en inondant le papier ; j'invente le ruisseau, l'herbe, le fruit, et je fais surgir du désert l'oasis où je me réfugie. Sauvée !

Sauvée ? Non. Si la source n'est pas tarie, le flot est détourné : il l'a capté. J'ai gardé le désir d'écrire, mais je ne puis écrire que sur lui. Sur lui, contre lui peut-être, mais pour lui. Dans l'espérance qu'un jour il me lira, qu'il apprendra ce que j'ai vécu, ce que j'ai souffert, et combien je l'ai aimé... Me voilà condamnée à tenir fidèlement, pour l'homme qui m'a trahie, le journal de mes sentiments, obligée, par ma seule volonté, de lui rendre un compte précis, lucide, éclairé, des mouvements confus d'une âme égarée.

Écrire le livre de la douleur, tel est l'unique projet que le départ de mon mari m'a laissé, le livre de la sécheresse, de l'incendie. Pas celui de la vengeance, oh non ! À l'homme de mes dix mille nuits, j'élèverai, pour me relever, un tombeau. Le plus grand qu'avec mon piètre amour (« Tu ne me regardes plus, Catherine... »), mon amour infirme (hélas, « plus mère qu'épouse » !), mon amour brûlé, j'aie la force d'édifier.

Non pas de ces tombeaux dans lesquels on enterre les morts (si je suis en deuil, il est bien vivant !). Mais ces « Tombeaux » de notes ou de mots que les poètes, les musiciens, dédient à ceux qu'ils ont admirés, envers qui ils connaissent leur dette. Comme Ravel écrivit « Le Tombeau de Couperin », Mallarmé « Le Tombeau de Baudelaire », je veux donner un Tombeau au Francis que j'aimais.

En lui offrant ce cadeau, j'espère bien, d'ailleurs, y

gagner. Le repos. Car, après tant de nuits d'insomnie, j'ai compris : le pardon n'est pas au bout du chemin ; il est le chemin.

C'est pourquoi je ne veux pas pleurer, mais chanter celui qui m'a quittée. Le donner à voir dans toute sa gloire, le montrer tel que je l'aimais. La tâche n'est pas difficile : un homme capable d'inspirer de grands sentiments ne peut avoir été petit...

Inutile de m'attarder sur ses charmes : mon mari est un séducteur. Il va sans dire qu'il est tendre, désinvolte, généreux, déroutant, délicieux, et que pour peindre l'éclat verdissant de ses yeux quand il ment, l'ironie câline de son sourire, et sa peau d'aurore que l'amour éclaire, le dictionnaire ne suffirait pas ! Je me jetterais dans le lyrisme, je me noierais dans l'orgeat ! Cet homme a le don de réveiller en moi l'élégiaque qui sommeille... Aussi ne parlerai-je que de sa voix, qui m'ensorcelle encore quand il m'appelle de cet appartement que je ne connais pas : voix d'angélique, voix de soie, dont on a peine à croire, tant elle est douce, qu'elle puisse jamais vous dire des choses cruelles. Longtemps je me suis blottie dans sa voix.

Je ne raconterai pas, non plus, nos beaux jours d'autrefois ; les gens heureux ont une histoire, mais c'est toujours la même : les plages au soleil et les réveillons dans la neige ; l'Irlande à cheval et Rome sous la pluie ; à dix-huit ans, en Australie, la rose rouge qu'il m'offrit, un genou en terre, devant le campus réuni ; à vingt-trois, ma robe blanche, les cerisiers en fleurs, les lys plein l'église, et les cloches qui sonnent à toute volée ; à trente, les chansons que nous fredonnions dans la voiture, ma tête sur son épaule, tandis que nos bébés dormaient, « On dirait le Sud, le temps dure longtemps... » Quand il conduisait la nuit, ses yeux fatigués se fermaient ; je chantais pour le réveiller, de ces vieux refrains que mes études m'avaient rendus familiers : « T'en souviens-tu, Hermine, quand nous étions tous deux, t'en souviens-tu ? En te serrant les doigts, ton anneau d'or cassa ; tu en as la moitié, l'autre moitié, la v'là »... Il prenait ma main, ne la serrait pas, caressait ma bague, caressait mes doigts ; aux stations-service où nous buvions du café, j'embrassais ses paupières bleues. Souvenirs isolés, inutiles, comme des perles qui ne font plus un collier...

Ce sont ses vertus que j'aimerais célébrer. Et là, pas besoin de collier : chacune est assez précieuse pour être présentée seule. Son courage devant l'agonie : il est le seul homme capable, quand tous les mâles ont fui, de rester pendant des heures à tenir la main d'un mourant, ou de donner à une femme exsangue, perfusée, décharnée, l'illusion qu'elle peut plaire encore... Je l'ai aimé Don Juan, et je l'ai aimé Orphée, s'évertuant à ramener du fond des Enfers de chauves Eurydices que la mort happait.

Je veux vanter aussi sa loyauté. Oui, je sais, « après ce qu'il m'a fait »... Infidèle à ses amours, il est le fils, le frère le plus fidèle, l'ami le plus dévoué. Il peut bien, avouons-le, voler sa femme à un « copain », il ne lui prendra jamais son poste. Sacrifier ses ambitions à ses amitiés : quand on approche des sommets ce mérite est trop rare pour n'être pas loué...

Du reste, assez généreux pour admirer. Et assez sensible, assez fin, pour trouver les mots qui donnent aux timides la force d'entreprendre, aux déprimés, celle de continuer. Comment oublier que je lui dois d'avoir sorti de mes tiroirs les cahiers que j'y cachais, d'avoir, un jour, osé défier l'Histoire et l'Université en publiant « de la fiction » — genre mineur, et péché majeur chez les apôtres du Vrai. Sans sa confiance serais-je devenue ce qu'il était le seul à espérer que j'étais ? Pour me protéger, il subtilisa la lettre par laquelle un éditeur refusait mon premier manuscrit ; plus tard, du courrier de mes lecteurs, il ôtait à mon insu les jugements peu amènes, ou seulement réservés. Si, comme femme, mon mari m'a diminuée, comme auteur j'ai eu de la chance, il m'appréciait... Maintenant qu'il ne lit plus par-dessus mon épaule, c'est encore pour lui que j'écris. Pour l'étonner et pour le célébrer. L'étonner en le célébrant.

J'aimerais, avec des mots, bâtir à notre amour un Tombeau aussi beau que le cercueil de verre où dorment nos alliances. Hier, par hasard, en essuyant la poussière, la femme de ménage a bousculé la petite boîte ; et les anneaux, jusque-là juxtaposés, se sont retrouvés encastrés l'un dans l'autre. En les regardant maintenant sur leur coussin de satin, je n'en vois plus qu'un : un bel anneau or et blanc, un seul bijou où s'accolent les deux métaux. Taille, matière, couleur : ces alliances, qui semblaient en tout mal assorties lorsqu'on les posait l'une près de l'autre, se révèlent, au contraire, admirablement faites pour se joindre, s'emboîter, se fondre, s'épouser... Deux anneaux, un alliage unique, un seul cercle. Comment mieux dire à mon mari que je me sens dépareillée depuis qu'il est parti ?

Mais pour cet ultime chant d'amour (adieu, ma saveur et mon goût), cet hommage funèbre (adieu, ma lumière et mes yeux), pour ce Tombeau, une chose me gêne : c'est que « mon mort » a la vie dure ! J'ai trop souvent de ses nouvelles — il revient brutalement sur un accord, réduit la pension des enfants, siphonne le compte commun. Aspiré, « le liquide », comme avec une paille ! « Madame, m'avait prévenue le banquier, on ne garde pas un compte joint lorsqu'on est en instance de divorce : c'est trop dangereux. » J'avais protesté : « Mais ce n'est pas un vrai compte joint ! Je suis la seule à l'alimenter : c'est sur ce compte qu'arrivent tous les remboursements de frais de santé que j'ai avancés pour les enfants et pour moi ; tant que le divorce n'est pas conclu, la Mutuelle exige que "Monsieur" figure dans l'intitulé. "Monsieur et Madame"... Mon mari est d'accord. D'ailleurs il m'a laissé le chéquier. Et puis franchement, un procédé aussi malhonnête — vider un compte en catimini —, ce n'est pas le genre d'un homme comme lui ! » Eh bien, si ! C'est son genre, son nouveau genre, ou le genre de son orante : peut-être avait-elle besoin d'un diamant de plus ? Pire : il ne m'a même pas avertie de ses intentions, si bien que je me trouve avoir émis, pour la première fois de ma vie, un chèque sans provision... On dirait qu'à coups d'avanies, de vols, de viols, et de justifications a posteriori, il cherche à poursuivre un dialogue impossible ; son amour, sa colère, sa peur ne parlent que la langue des sourds, la langue des signes : régulièrement il m'envoie, sans commentaire, de petits articles sur le couple découpés dans les journaux ; il a souligné certaines phrases au stabilo — « l'enfer conjugal », « un Français sur cinq avoue mener une double vie », « le dérèglement des passions est le seul au-delà imaginable »...

Par pitié, Francis, aide-moi ! Fais-toi oublier pour que je me souvienne ! Disparais pour que je t'aime ! Ôte-toi de ma vie ! « Je vous conjure de m'aider à vous oublier entièrement »...

Guerre civile. Il y a guerre entre moi et moi, le moi qui l'aime et le moi qui le hait. Et j'appréhende l'armistice — ce moment où mon moi réconcilié sera un moi indifférent.

Guerre civile. Je me brûle moi-même au feu que j'attise : dans mes nouvelles, mes scénarios, mes romans, je me suis toujours tenue très au large de mon « tas de secrets » ; je sais depuis toujours que ma vie ne me regarde pas, qu'elle ne m'appartient pas, qu'elle appartient à ceux qui la partagent, alors pourquoi leur faire « ça » ? À mon mari, nos parents, nos amis.

Pourtant il faut bien que je trouve chaque matin la force de me lever et d'ouvrir les volets. Chaque matin, après les cauchemars de la nuit... Les seuls rêves heureux qui se glissent parfois dans ce sabbat sont des rêves sans personnages, sans intrigue : des phrases. Mes plus beaux songes sont ceux où je rêve que j'écris, que je corrige ce que j'écris, et découvre enfin, en l'entendant de ma propre voix, le terme exact, le bon rythme, la formule juste. Dans la fournaise je me souviens de l'oasis : mes mots, mes mots d'eau vive ne sont qu'à moi. Même si c'est pour lui que je les puisais, à lui que, dans le creux de mes mains, je voudrais les donner à boire — l'eau de mes déserts, cette eau qui ne vient pas de toi, qui coulait bien avant toi, qui ne t'appartient pas, toute cette eau-là est pour toi...

Mais penchée sur la fontaine, je recule asphyxiée : mes mots sont d'acide, de feu. Capturer dans le réseau des phrases celui qui m'a fuie, étancher sa soif pour m'en faire aimer n'est plus le but que je poursuis — s'il n'était question que de m'occuper de lui malgré lui, de lui rester fidèle jusqu'au « Tombeau », aurais-je besoin de publier ? Cette innocence que je prétends chercher dans la fidélité n'est pas pure. En rendant publics mes malheurs et nos démêlés, je poursuis un dessein plus trouble : j'use de l'imprimé comme d'un exorcisme — pour empêcher l'inconstant de me revenir. Car je me doute bien, n'est-ce pas, que s'il revenait... Je crée l'irréparable : on trouve dans l'irrémédiable une sécurité qu'on obtient rarement dans les raccommodements.

Et puis il y a l'Autre, la future Madame Kelly. Mon livre, surtout si elle ne le lit pas, sera dans sa vie ce qu'elle-même fut dans la mienne : une présence invisible mais partout sensible, un poison dans l'air qu'elle respire. Absente, je m'attacherai à elle par des nœuds de fiel, des feux noirs. Ce n'est pas de mots que je suis assoiffée : c'est de vengeance. La guerre, encore la guerre, les torches, les bûchers ! Pas de trêve pour moi.

Je brûle, je gèle, je me flambe, je me noie. Je voudrais me rouler dans la neige, m'éteindre dans la neige... Mais la neige se fait rare ces jours-ci ; en fondant elle m'a privée de ma dernière compagnie : une mésange, que je nourrissais quand tout était glacé. Elle était venue un matin frapper au carreau de ma chambre, s'était posée sur la barre d'appui. Pour elle, chaque jour, j'ai déblayé le balcon, jeté des miettes de pain, des graines, posé du lard dans une assiette, sans oublier, bien sûr, une coupelle d'eau que je renouvelais toutes les heures car il gelait. Je m'en suis donné, du mal, pour la sauver !

Mais j'étais bien récompensée : matin et soir, ma mésange faisait sa dînette à vingt centimètres de mes yeux (la bonne distance pour une myope) ; puis mille sauts, hochements de tête, volètements et pirouettes, pour mieux me faire admirer ce ventre jaune citron qui était la seule tache de couleur à une lieue à la ronde. L'aile coquette, le calot sur la tête, le plastron avantageux, elle paradait, consciente de ses effets ; et moi, j'éprouvais pour elle tant de sympathie que je croyais l'avoir apprivoisée ! Comme s'il suffisait d'aimer pour être aimée...

Une nuit, l'anticyclone des Açores finit par l'emporter sur l'anticyclone de Sibérie. La terre refit surface ; les vers aussi. La mésange, qui n'avait plus besoin de moi, prit son envol. Pendant quelques jours encore, je remis sur la fenêtre du pain et de l'eau. En vain. Elle m'avait abandonnée. Pour jamais...

Pour jamais ? Que fait la Météo ? Où est-elle, cette seconde vague de froid qu'on nous annonçait ? À quand, ce redoublement de rigueurs qu'on nous laissait espérer ? Oh que revienne le temps, le mauvais temps, où les mésanges dépendent de moi !

Je suis gelée. Mon mari m'a quittée à l'entrée de l'hiver. Abandonnée à l'âge où une femme cesse d'être femme. Mes cheveux blanchissent, la neige recommence à tomber : je mourrai « au bord où je fus laissée ». Je réclamais la glace, le silence, les étangs couleur de lune, la pureté : ils sont là... Et je m'aperçois qu'il y a des mois, des années, que je redoutais ce grand froid. Comme on redoute, chaque été, l'approche du 15 août.

Au 15 août le temps change : un seul orage, et tout bascule. On proteste, on fait mine de s'indigner. Pourtant, depuis deux mois déjà les journées étaient plus courtes, est-ce qu'on l'ignorait ? Dans la lumière de l'été, on pouvait encore, il est vrai, marcher nu-pieds ; on dormait la fenêtre ouverte ; on buvait du thé glacé dans de grands verres colorés : les vacances avaient un goût d'enfance et d'éternité... Et soudain, une averse, un coup de vent — chavirée, l'éternité ! Sous la dorure le gris a percé, rongeant les lisières du jour : premières brumes du matin, premières fumées du soir ; puis il s'installe en plein midi, au cœur de l'été qui pourrit. Les raisins ne mûriront plus sur la treille, leurs grains noircissent avant qu'on y ait goûté ; les fleurs se gangrènent sans s'ouvrir ; et, dans les collines, la cendre des feux d'herbes recouvre les mûres des haies. De ce que nous n'avons pu cueillir rien n'arrivera à maturité.

Tout ternit, tout se gâte ou s'aigrit, tout s'effraie : les lézards qui couraient sur la pierre chaude se terrent derrière les volets, et les mouches rentrent pour mourir dans les chambres mal fermées. Plus moyen de s'y tromper : nous glissons sur l'autre versant de l'année — une pente douce qui mène à la nuit.

Les jours déclinent, la pluie menace, et pourtant nous continuons, imperturbables, à faire des projets (baignades, randonnées) comme si nous avions devant nous tout l'été. Nous envoyons à nos amis des cartes postales colorées... Il est facile de se mentir quand la descente est lente encore, avec des paliers, des embellies : rubans de soleil brusquement tendus sur un pré, ciels bleus qui s'élargissent entre deux nuages, crépuscules roses ; on espère... Mais on ne dînera plus dehors, on le sait. On rentre les chaises de jardin. On sort les châles. Quelqu'un dit : « Ça sent la rentrée. » Personne n'ose compter les jours qui restent.

Depuis longtemps déjà, ma vie dévale l'autre versant : mon 15 août avait de l'avance, il était là au 14 juillet. Un orage, et jamais je ne connaîtrai la saveur des bonheurs que je n'ai pas récoltés ; un coup de foudre, et plus jamais je ne serai aimée ; une bourrasque, et me voilà flétrie, balayée. On m'a renoncée, je renonce...

Automne précoce. Hiver prématuré. Hiver féroce : après quelques jours de redoux, le froid rattrape à grands pas le terrain perdu. Il gèle, et les étangs fument — des fumées légères qui prennent au-dessus des eaux les formes vagues des lavandières de la nuit. Bientôt, même cette frêle haleine s'évanouit : à leur tour les étangs sont « pris », mètre par mètre, des bords vers le centre. L'eau ne respire plus. Pendant quelque temps on distingue encore, au milieu de la banquise, le parcours gris des ruisseaux, le tracé ondoyant des courants. Puis tout s'immobilise : la mort gagne de proche en proche ; glacés, les étangs virent lentement du vieil argent au blanc des ossements. Et la neige recouvre tout...

Mais ce ne sont plus mes neiges d'antan, symboles de jeunesse et de page vierge (« On efface tout et on recommence »). Ce sont déjà des neiges de vieille : la couette, le linceul, le cimetière. Des neiges qu'on regarde de loin, avec un peu d'effroi. Des neiges dans lesquelles on ne s'aventure pas, qu'on renonce à déblayer : trop épaisses, plus lourdes à soulever qu'une pierre tombale.

Le matin, dans la cuisine, je réchauffe mes mains au bol du petit déjeuner. Je superpose les fichus, les plaids, et, la nuit, les camisoles ; je me tricote une liseuse, un cache-cœur ; j'ai même acheté une chancelière en mouton retourné pour me tenir les pieds au chaud quand je reste sans bouger. Tout un fourniment d'aïeule du temps passé... Précautions inutiles : chaque soir, j'ai les pieds gelés.

Autrefois, en entrant dans notre lit, notre lit à tous deux, je glissais contre sa jambe mon petit pied nu et glacé ; j'essayais de lui voler sa chaleur ; il poussait des cris, riait, puis, prenant « dans ses mains fraternelles » ce pied transi, il lui transfusait lentement sa vigueur, son sang... Qui réchauffera mes pieds gelés ? Et lui, qui mettra, pour s'endormir, un petit pied froid contre son mollet ? Il y avait aussi, les week-ends d'hiver, ce chocolat mousseux, moelleux comme un duvet, qu'il préparait pour nous six et qui répandait dans la maison son odeur tiède et sucrée, une odeur de famille unie, bien au chaud dans le froid de la vie. « Fais dodo, Colas mon petit frère, Papa est en bas, qui fait du chocolat »...

Oh, depuis qu'il est parti, je me débrouille, je survis ! La nuit, comme je n'ai plus besoin de plaire, j'enfile des chaussettes, ou je me fais une bouillotte. Quant au chocolat du week-end, mon deuxième fils a pris la relève.

Et si, un soir, le breuvage me semble fade, ou si, malgré la bouillotte, mes pieds restent froids, il me suffit, pour ne pas m'attendrir, de me souvenir de toutes ces nuits où, m'étant couchée près de lui, contre lui, ayant été câlinée, réchauffée dans ses bras, je m'éveillais, vers trois heures du matin, seule et glacée. Je le cherchais dans le lit vide, dans la chambre éteinte ; je me disais qu'il avait eu une insomnie, que je le trouverais dans la cuisine devant une tasse de lait, dans le salon avec un livre, dans son bureau en train de travailler. Pieds nus, en chemise, je parcourais la maison de haut en bas, je poussais toutes les portes, je l'appelais à mi-voix, jusque dans la cave, oui, jusque dans la cave, avant de me rendre à l'évidence : il n'était plus là... Têtue, je recommençais le parcours à l'envers, cherchant cette fois sur tous les meubles un petit billet, une explication : « Cathou chérie, je ne pouvais pas dormir ; alors, je... » Mais rien — ni sur les tables, ni sous les tables —, pas une ligne : sans un mot, il était parti sans un mot, et parti où ?

J'ignorais encore l'existence de l'appartement du Champ-de-Mars, je ne savais pas que l'Invisible y était installée, qu'elle avait obtenu la garde de ses filles, et qu'ils vivaient là-bas, tous les quatre. Mon mari commençait sa nuit dans une maison, et la finissait dans l'autre. « Et je vivrai dans le veuvage, amant, amant, amant volage »... Seule, je me recouchais, frigorifiée, sans pouvoir me rendormir. Je rajoutais une couverture, j'enfilais une robe de chambre, je grelottais. Longues heures de veille et d'angoisse qui me laissaient tout le temps de trouver ce que je dirais à mes fils au petit déjeuner : « Non, Papa n'est pas là. Il a dû partir très tôt : une réunion à Londres » (ou Madrid, ou Bruxelles). « — On le verra ce soir ? — Peut-être, peut-être pas... Il n'était pas sûr de pouvoir tout boucler dans la journée... » Prudence, rideau de fumée : puisque je ne savais pas où il était, comment savoir quand il rentrerait ? J'aveuglais la terre entière pour me cacher la vérité.

Et quand enfin — le soir, le lendemain, ou deux jours après — il réapparaissait, qu'il me reprenait dans ses bras (« Mais viens près de moi, mon poussin, tu as l'air gelée ! »), lui demandais-je pourquoi il était parti, où il était passé ? Non. Non... On conçoit qu'avec une femme si discrète, si butée, le pauvre homme n'ait pas eu, dans la rupture, la tâche facile ! Quant à moi, de frileuse je suis devenue frigide ; et de frigide, pétrifiée — un bloc de glace jusqu'en plein cœur de l'été. Comment ne pas avoir la terreur du froid lorsqu'on a vécu ces nuits-là ?

C'est à cette époque aussi que j'ai commencé à redouter le gris. Il me semble qu'il pleuvait tous les jours à Paris. À la campagne, cette même année, j'ai vu le paysage s'effondrer, s'effacer lentement derrière les fenêtres de la salle à manger : brouillards, crachin, vapeurs, buées, le gris s'était collé aux carreaux et il n'a plus rien laissé passer — ni arbre, ni ciel. J'aurais voulu, pour rejoindre la lumière, aller jusqu'au bout du monde, mais le gris m'aurait suivie : il m'avait pénétrée, envahie, submergée. J'étais noire à l'extérieur (la jupe, le pull, le manteau), mais grise en dedans.

Je m'étonnais d'être devenue brusquement si perméable aux couleurs du temps, d'avoir besoin de soleil, envie de jaune, de bleu, d'orange, moi qui crains la canicule et le Midi... Malgré mes châles, mes bouillottes, je tremblais de froid, je mourais de gris. Et, tout à coup, rejetant pelures et édredons, j'ouvrais les portes, m'élançais sous la pluie : la peau me cuisait, je brûlais. Givre et flammes : dérègle-ment de la machine ; plus de thermostat intérieur. Une affaire d'âge probablement...

Le plus grave, c'est que le cœur était atteint, lui aussi :

plus jamais depuis, il ne s'est maintenu à la bonne température. D'un moment à l'autre, il se glace ou surchauffe. Dérégulation des sentiments. Un seul remède : l'enveloppement. Je me traite par la douceur, m'emmitoufle dans la mousseline et la soie. J'aimais le jean, la grosse laine, le cuir, la toile ; il me faut maintenant des tissus tendres, caressants, du cachemire, des fourrures. J'aimais le sel et le piment ; il me faut des sucreries — gâteaux, bonbons, nougats, confitures, pâtes d'amande. Du défendu, du suave, du superflu : je n'ai plus de pain, je mange de la brioche... Sur ma peau, dans ma bouche, dans mon cœur, j'ai besoin de « douceurs », et des douceurs du ciel comme des autres.

Mais celles-là me sont refusées : on dirait que le soleil ne reparaîtra jamais. Brumes blanches, sapins mélancoliques, boules de gui. Lumière de neige, ciel furtif, chemin de lune. Quelle est la couleur du froid ? Je suis gelée.

On raconte qu'autrefois, il y a longtemps, des enfants abandonnés furent réchauffés par les loups... Qui réchauffera la femme abandonnée ? L'homme, s'il est un loup pour l'homme, n'est pas un loup pour la femme : il lui serait fidèle. Les espèces nobles sont monogames, l'homme n'est pas une espèce noble. Mon mari se flattait d'être un « mâle dominant », c'était son mot — le coq du poulailler, le taureau du troupeau... Belle ambition, à la juger au résultat : barbaque, bidoche, prêt-à-emballer-sous-vide !

Pas de compagnon, de protecteur, pas de loup pour moi. De toute façon, il est trop tard pour courir les bois : je ne suis qu'un de ces chiens pelés qui ont cessé d'amuser et qu'on jette, à la veille des vacances, au bord d'une route. Certes, mon sort ne fera pas pitié ; il y a plus malheureux : notre ancienne maison est à vendre mais j'ai retrouvé une niche (un trois-pièces à la République, deux studios pour mes fils aînés — sans oublier la Combrailles) ; oui, j'ai retrouvé une niche et je remplirai ma gamelle. Mais plus de laisse, plus de collier, plus de caresses ni de nom murmuré. Mon maître est parti. Je serai nourrie ; mais apprivoisée, plus jamais...

Me voilà rendue à la vie sauvage. Vive la rose et le lilas ! Malheureusement, ce n'est pas à l'âge où le pelage se mite, où la patte traîne, que le chien lâché découvre les ivresses de la liberté : je resterai où mon maître m'a laissée. Seule. Seule avec moi. Dans la neige et dans le froid.

Immobile. Figée. Marcher pour me réchauffer ? Aller vers le soleil ? Mais tout ce que je connais du Sud m'est interdit désormais ! À commencer par Marseille, par la Provence... Pour en rapporter mes robes, récupérer le portrait de ma grand-mère, les jouets de mes enfants (je laisse les meubles, et remballe mes débris, trente ans de débris), je sais que je dois y aller. « N'y va pas, Maman », supplie mon plus jeune fils qui, pour respecter le « droit de visite » paternel, y a passé quelques jours l'été dernier. « La future femme de Papa a tout changé dans notre appartement. Surtout n'y retourne jamais ! »

Mais j'irai, j'ai déjà pris rendez-vous avec ma belle-mère pour cet ultime passage. Depuis que la date en est fixée, je refais le même cauchemar nuit après nuit : j'arrive devant la bastide avec mes deux valises ; je les hisse péniblement au sommet des escaliers ; et là, parvenue sur la terrasse de notre appartement, face à notre entrée, plus de porte ! L'appartement est muré ! Je me réveille, triste pour la journée. « Pas un instant elle ne se délie dans le sommeil ni ne reçoit la nuit dans son cœur »... La Provence m'est désormais zone interdite. Même en rêve, je n'y ai plus accès.

Si je veux revoir le soleil, vers quel pays me tourner ? L'Italie ? Mais l'Italie aussi m'est interdite, et depuis belle lurette ! Laure lui avait défendu de m'y emmener sous prétexte que c'était « le pays de son cœur ». Et mon cœur à moi, qui s'en souciait ? N'était-ce pas avec mon mari que j'avais découvert l'Italie ? Avec lui, que je l'avais parcourue année après année ? Il commandait à ma place dans les trattorias, traduisait pour moi les épitaphes latines, me commentait les ex-voto des églises, partout il était mon guide et mon interprète — quand tu t'en vas, je ne sais plus parler, quand tu t'en vas, je ne sais plus lire.

Avec qui, et quand, pourrai-je retourner là-bas ? À Vérone, à Sienne, à Naples, toujours je penserai à l'interdit dont elle m'avait frappée. Qui délivrera les collines de Rome du maléfice qu'elle y a jeté ? Sa mort même ne suffirait pas à me rendre dans sa pureté d'origine ce ciel qu'elle a souillé... Longtemps, je me suis demandé « pourquoi l'Italie » ? Nous avions beaucoup voyagé ; si sa maîtresse voulait lancer des exclusives, elle avait l'embarras du choix. Pourquoi ce pays-là ? Je me disais parfois que c'était à cause de notre voyage à Vérone — elle n'avait pas dû trouver cette escapade conjugale à son goût : forcément, Roméo...

Eh bien, je me trompais ! Du tout au tout ! Je n'ai appris la vérité (mine flottante, mine cachée) qu'au bout de sept ans ! Sept ans de duels, de combats dans l'ombre, de coups fourrés, pour découvrir, maintenant que tout est fini, que mon ennemie était italienne ! Oui, italienne ! « Le pays de son cœur », comme elle disait, était son pays natal...

Voilà le coup de grâce ! Car enfin, si je ne connaissais pas ma rivale, je connaissais son nom : Casale. Non pas « Casal » comme mon mari, mes enfants le prononçaient, comme je m'entêtais moi-même à le lire, mais « Casalé ». Une Italienne ! Comment avais-je pu, en tant d'années, ne jamais m'interroger sur ses origines, sa nationalité ? J'imaginais la dame (si je l'imaginais !) parisienne à cent pour cent, ou vaguement belge, lyonnaise peut-être, catalane à la rigueur, bref une sang-mêlé comme tous les Français. Ou bien rien, je n'imaginais rien. Ce manque de curiosité, qui prouve ma bonne éducation, donne aussi la mesure de mon mépris ! Je ne me suis pas bien battue, parce que je n'ai pas voulu savoir de qui je devais me garder. Je ne me suis pas bien battue, parce que je ne voulais plus gagner. Je ne me suis pas bien battue, parce que j'étais fatiguée...

Au reste, j'ai pu être abusée par le goût que mon mari affichait pour les peaux roses et les silhouettes nordiques ; trompée aussi par les prétendus cheveux blonds de la donzelle. L'homme qui hésitait à m'épouser parce que, pour un Irlandais, je lui semblais « un peu mate », cet homme me quitte pour une Sicilienne ! Laura. Pas Laure, non : Laura. Sa « grande blonde » était une petite brune ! Finalement, il aime les petites brunes !

Mais il est trop tard pour moi, et trop tard pour l'Italie. Plus de soleil, plus de couleurs, plus d'escapades. D'ailleurs, à l'âge dont j'approche (« JF 50 ans », lit-on dans les petites annonces, « paraît 40 », très-très JF dans ce cas, je suppose !, « aimant nat., cult., cherche H de cœur 52-60 pour continuer sa route... »), à l'âge qu'atteint cette « JF div. et dyn. », cette « Jeune automnale sensib. », j'imagine qu'avec ou sans « H de cœur », elle n'irait plus très loin... Et comment conduire encore sa vie sur les chemins, comment la mener grand train, quand la main n'a plus de prise ? Depuis notre rupture et ma fracture, je ne peux ni serrer ni tenir. Voici bientôt vingt-six ans, un homme m'a demandé ma main ; je la lui ai donnée ; je n'en ai plus l'usage ; elle lui appartient.

À défaut de conquérir et d'entreprendre, il faudrait au moins « refaire » ; c'est ce que répètent mes amis. Refaire, pour commencer, notre chambre conjugale dans la maison de Combrailles : choisir un nouveau papier, changer les meubles de place, racheter un lit... Plus tard, oui, j'essaierai... Refaire un roman, aussi. Celui que j'écrivais quand mon mari est parti s'est figé. Instantanément. La poussière ne l'a pas recouvert ; la neige s'en était chargée. Neige et glace. Léthargie.

À vrai dire, je n'ai plus aucun désir de faire. Encore moins celui de « refaire » — ma chambre, un roman, ma vie... D'ailleurs, sa vie, on ne la refait pas, on la poursuit.

À tous j'explique que je suis trop vieille. Au chauffeur de taxi qui m'emmène à la gare, je précise que « dans ce train-là je n'ai pas de réservation, dépêchons-nous, je ne veux pas voyager debout ! À mon âge ! » À mes enfants je dis, en parlant de moi, « votre vieille Maman »... On s'insurge, on se récrie. Pourquoi ? Le constat ne me fait pas de peine. « Mais tu n'es pas vieille ! » protestent les amies de mon âge. Aurai-je la cruauté de les détromper ?... J'ai ouvert les yeux sur moi-même, on ne me les fera pas refermer. Je suis vieille ; une vieille « JF » ; pour le savoir, pas besoin de me regarder dans la glace : à la ville, il me suffit d'entrer dans une parfumerie ; j'achète un fard à paupières ou du mascara, « je vous mets des petits échantillons ? » propose la vendeuse ; autrefois, dans sa pochette-surprise je trouvais des mini-parfums, des tubes de fond de teint ; aujourd'hui, inutile d'ouvrir le sac pour deviner ce qu'il contient : un « soin rajeunissant visible », un « fluide Bio-Jeunesse », une mousse « Capture rides » ou une crème « fermeté intensive ». Dans les yeux de la petite vendeuse, de la vendeuse généreuse qui me promet « prise en charge intégrale du vieillissement cutané » et « lissage immédiat », je me découvre aussi sûrement que dans un miroir : je suis vieille.

L'autre jour, mon dernier fils m'a surprise alors que je regardais, devant moi, mes deux mains tendues : la droite, fine, lisse, baguée ; mais la gauche... De pire en pire : une arthrose est venue se fixer sur cette main si peu mobile désormais ; les doigts qui n'avaient pas été brisés se déforment, articulations rougies, gonflées, os saillants, tellement épaissis que la chair ne parvient plus à habiller le squelette — j'ai la main d'une femme de quatre-vingt-dix ans... Mon fils avait suivi mon regard : « Eh oui, me dit-il en riant, tu as déjà une main dans la tombe ! » Et pour rattraper ce trait féroce, il m'a planté un gros bisou dans le cou. Aussitôt me voilà passée de l'envie de pleurer au besoin de rire avec lui : « Pour la tombe, ne t'inquiète pas, mon biquet : ma main gauche y attend la droite de pied ferme ! » Et c'est vrai : en écrivant, je vois parfois les veines de ma jeune main bleuir, gonfler, saillir : elle est en route, elle aussi. Plus lentement, mais elle y va... Tant pis ! Pour vieillir bien, il faut avoir envie de vieillir ; maintenant, j'en ai envie.

Je ne rêve plus de découvrir que des horizons bornés : les touffes de joncs raides qui émergent de l'étang enneigé, ou, de l'autre côté du lac, derrière un voile léger, ces arbres qui déploient leurs branches comme des toiles d'araignées... Voici venu le temps de l'immobilité. Je ne crois pas qu'il me pèsera : faute de défricher des terres nouvelles, j'approfondirai mon sillon. J'ai toujours aimé creuser — les tombes, les idées...

Je resterai là, à regarder les autres passer. Pétrifiée, je n'ai plus d'autre chemin à parcourir que le chemin du retour. Le « retour d'âge », comme on dit. Ou comme on ne dit plus, car il est bienséant de contourner les réalités. C'était pourtant le mot juste : on repasse par l'adolescence, ses doutes et ses excès, puis, lentement, on revient en enfance, pour mourir imbécile et nu, comme on était né.

Contre le froid, je lutte en réduisant ma surface portante, j'apprends à me replier. Mois après mois, je m'enfonce dans un état — plutôt confortable, tous comptes faits — de rétraction affective, d'engourdissement généralisé. Ma famille, mes amis, me semblent de plus en plus éloignés ; en principe je les aime toujours, je me souviens de les avoir aimés, mais je ne cherche plus à prendre de leurs nouvelles, ni à leur donner des miennes ; je n'éprouve pour eux ni inquiétude ni élan ; à leur compagnie je préfère dorénavant celle d'un bon lit, à leur conversation, une chanson, à leurs baisers, le parfum d'une rose ou d'un thé. Je trouve mes plus grands bonheurs dans les petits plaisirs... Ah, bien sûr, il reste le désir. Intermittent, heureusement. Mais caresse-t-on un nouveau corps avec une vieille main ? Le désir sans homme n'est le diable qu'au couvent ; ailleurs, on s'arrange...

J'ai fait mon deuil de tout. Sauf du deuil. J'entretiens mon chagrin : je choisis mes films, *Scènes de la vie conjugale*, *Maris et femmes*, *Épouses et concubines* ; je choisis mes lectures, *La Femme rompue*, *La Retraite sentimentale*, et toujours, toujours, la Religieuse portugaise, Bérénice, Médée... Je pleure sur mes larmes.

Mais je sais qu'un jour je ne pleurerai plus : la neige m'aura mangée, comme elle dévore déjà les branches des chênes, les réduisant, chute après chute, à une fine dentelle qui se confond avec le ciel, puis s'absorbe en lui tout entière. Immobile, gelée, je suis en train de m'effacer : le premier janvier de « l'année de mon divorce », je me suis trouvée incapable d'envoyer des vœux, ni d'en accepter pour moi-même. Aux souhaits automatiques de bonheur que répondre ? Et comment être exaucé pour les autres quand on n'ose plus prier pour soi ?

Écorchée vive, j'interpose entre les souillures du monde et ma blessure plusieurs épaisseurs de gaze : maison de campagne, forêts, répondeurs, brouillards, « retours à l'envoyeur ». Le seul bruit que je supporte, c'est celui de la neige sur l'eau, des flocons qui tombent comme des plumes d'ange et s'évanouissent à la surface du lac. Caresses liquides, baisers vides : le mariage d'un fantôme et d'un nuage.

Plus de paroles surtout : le bruit du silence.

Si j'écoutais mes « conseilleurs », que pourraient-ils encore me dire que je ne sache déjà ? Que je ne suis pas la première à divorcer ? Je ne serai pas la première à mourir non plus ; pourtant je serai maladroite l'heure venue... Que je vais m'en sortir, que je déborde d'énergie ? Pour l'énergie, j'en ai à revendre en effet, et même à brader : la vitalité, c'est le foie toujours renaissant, et toujours dévoré, de Prométhée — un cadeau empoisonné que les dieux font à ceux dont ils aiment l'agonie...

Mes amis, taisez-vous ! Par pitié. Ne dites rien. Ou seulement que vous voulez bien m'écouter si je vous parle encore de lui, si je vous parle de nous. Si je ne vous parle que de lui, si je ne vous parle que de nous.

Je suis gelée. En partant il a dit : « J'aurai d'elle un enfant. Je veux un autre enfant. J'entame une nouvelle vie. » Recommencer à zéro, couver une seconde nichée, à cinquante ans ? Quand on oserait à peine entreprendre la construction d'une maison ! À l'heure où sonne la fin de l'épreuve, s'il n'est plus temps de refaire sa copie, faut-il terminer le devoir sur un pâté ?

Il me semble qu'il y aurait plus de mérite à persévérer, même dans l'erreur. Marcher tout droit pour sortir du bois. Mais les hommes, affolés, font demi-tour en voyant la ligne d'arrivée, pressés soudain de changer de cap, de s'égarer. Sous prétexte de recommencer, c'est leur jeunesse qu'ils répudient, eux-mêmes qu'ils renient. Le Breton se fait joueur de pétanque, le Provençal amateur d'embruns ; le buveur de pastis enfile un ciré, le loup de mer se vêt de lin blanc ; et les grands-pères deviennent tous de « jeunes papas »... Ils ne connaissent pas leurs limites. « Ce que je donne à Laure ne t'enlève rien », me répétait mon papillon. Bel optimisme ! Il est déjà difficile d'accompagner un être tout au long de sa vie, alors croire qu'on aura la force d'en accompagner deux... Mais il s'agit bien de la vie de l'autre ! C'est la leur qu'ils veulent « refaire ». Seulement ils ne refont rien du tout, sinon le même numéro dans un décor différent. Il est plus commode de changer d'épouse que de changer de discours : un autre public, mais les mêmes gestes, les mêmes mots — on est « nouveau » sans avoir eu à se renouveler. On rajeunit sans se défriper.

D'où vient qu'à âge égal les femmes aient tant de peine à partager cette illusion ? Que nous sachions trop tôt qu'il est plus tard que nous ne pensons...

J'entre dans l'avenir à contrecœur, à contresens, j'avance à reculons. Je n'avance même plus du tout : il y a des matins où je voudrais me laisser croupir dans le désordre et la saleté ; rester en robe de chambre, décoiffée, le lit défait ; sentir mauvais, me couvrir de taches, de moisissures, pourrir de l'intérieur... À quoi bon vivre ? Et pour qui ? Nous n'aurons pas de descendance commune. Nos petits-enfants ? Même pas : chacun de nous dira « mes » petits-enfants. Et eux, les innocents à la peau brune et aux yeux bleus, les innocents « lait et safran », jamais ils ne courront d'un seul élan vers ce « Papymamy » aux cheveux blancs, ce double amour en un nom, qui les attend sur le perron...

Certains jours, lassée des horizons trop courts, fatiguée d'ouvrir mes fenêtres sur un avenir bouché, je décide de me tuer. Cette perspective m'aide à vivre. Car, bien sûr, je ne mourrai pas : trop de vitalité... Et puis, si je mourais, qui garderait la mémoire ? La mémoire de lui : sa nouvelle femme ne connaît rien de sa vie ! Par exemple, elle n'a pas connu ses voitures ; moi, je les ai toutes connues : la quatre-chevaux rouillée de ses dix-huit ans (qui ne roulait — tombeau ouvert — qu'avec une portière mal fermée) ; sa petite Fiat grise « d'occase », dont les vitres s'embuaient, comme un rideau qu'on tire, quand, me ramenant de la Fac, il s'attardait à m'embrasser ; puis la Simca blanche (« occase » encore, mais pitoyable, celle-là), qui éternuait dès qu'il pleuvait — le jour de notre mariage (pluvieux, donc heureux), tout habillée de tulle et de roses, l'enrhumée a refusé de démarrer ; pour la punir, mon jeune mari a acheté l'Alfa rouge, un coupé sport avec volant en bois de ronce, une folie de célibataire qu'il s'obstina à garder même quand il nous fallut caser à l'arrière un caniche et deux enfants ; ensuite, ce fut la R 16 bleue, voiture de cadre moyen, presque rangé : le véhicule du sous-directeur comblé, du père de trois garçonnets, conscient de ses responsabilités (siège pour bébé, ceintures de sécurité) ; enfin, la Volvo métallisée — assez vaste pour toutes nos valises et les jambes de nos quatre « ados » —, cette Volvo que nous avons tant aimée, et conservée si longtemps qu'elle devenait une pièce de musée, les collectionneurs proposaient de nous la racheter : elle a fini sa carrière humblement, entre deux vaches, dans un fossé du Limousin... De ce long parcours au volant, la nouvelle Madame Kelly n'aura connu que la dernière étape : la Safrane. La Safrane du P-DG.

De sa vie, que sait-elle ? Elle ne connaîtra jamais ses enfants bébés, le balbutiement de ses enfants bébés, leurs mots qui n'amusaient que nous : « moi, ze suis petit coquin », « où il est ton cornet de chèques ? » Elle n'emploiera aucune de ces expressions, de ces scies passées en proverbes familiaux, qui nous venaient du grand-père irlandais, des grands-oncles provençaux, ou des jeux auxquels ses frères et sœurs (la plus jeune avait six ans la première fois que je l'ai rencontrée) jouaient avec nous : « Moi aussi, Barry O'Connor, je débarrasse ! », « Tante Effie vient dîner : elle reste tout l'hiver... » Private jokes — si privées qu'elle ne les comprendra jamais.

Elle n'a pas grandi avec lui, vieilli avec lui. Comment peut-il finir sa vie avec quelqu'un qui n'en a pas connu le début ?

Parfois (les bons jours) je songe à la manière dont, en Combrailles, quand mes fils seront mariés, j'ajouterai dans la chambre des jeunes couples le petit « lit-cage » ou le « berceau alsacien » nécessaires. Et devant le nouveau-né endormi sous la couverture brodée je me souviendrai de nos enfants couchés dans les mêmes lits, les mêmes berceaux... Mais lui, mon mari, enfermé dans son appartement des beaux quartiers avec cette femme étrangère, il ne verra pas ses petits-enfants, nos petits-enfants, dormir dans le lit où dormirent nos enfants. Il ne saura même pas que les uns succèdent aux autres dans les mêmes lieux, dans les mêmes bras, il ne se souviendra pas... L'avenir des autres passe aujourd'hui par ma mémoire. Voilà pourquoi je ne me tuerai pas.

Mais j'ai froid. J'entasse les souvenirs sur mes épaules, je rassemble autour de moi tout mon passé sans parvenir à me réchauffer. J'amasse, je conserve, j'empile, je préserve, j'étiquette : je me prépare des provisions pour l'hiver...

J'ai même gardé la trace de sa voix — cette voix douce, profonde, aux inflexions charmeuses. Elle était restée collée à mon répondeur. Ici, à la campagne, l'appareil ne permet pas d'effacer avant d'avoir écouté. En principe, la bande enregistrée qui renvoie les correspondants sur mes répondeurs de Paris suffit à dissuader les importuns de me laisser un message. Mais, le 2 janvier dernier, quelqu'un avait osé : le voyant clignotait. Pour pouvoir effacer, j'ai écouté : « Petite Cath, c'est moi, Francis. Je voulais seulement avoir de tes nouvelles... Et puis te souhaiter une bonne année, mon petit cœur. Bonne année, ma chérie. » C'était l'année de notre divorce, l'année où mathématiquement (requêtes conjointes, plus trois mois de délai, ordonnance de non-conciliation, plus six mois) notre divorce allait être prononcé, il le savait. Alors, « bonne année » ? J'ai cru avoir mal entendu ! J'ai repassé la bande : « ...te souhaiter une bonne année, mon petit cœur. » Cette fois j'ai ri : il ne manquait pas d'air ! J'ai ri, et je n'ai jamais rappelé. Mais je n'ai pas effacé non plus : c'était sa voix, sa voix d'autrefois, celle que, peut-être, je ne savais plus écouter (« Tu ne me regardes plus, Catherine, tu ne m'entends plus ») ou celle qu'il retrouvait naturellement depuis que nous avions repris de la distance.

Cette voix, je l'ai mise de côté. En prévision des jours mauvais. Ce ne fut pas une mince affaire, parce que, derrière elle, d'autres messages s'accumulaient : des intimes qui connaissent maintenant mon procédé et ne s'en laissent plus conter... Or, soit mauvaise manœuvre (je ne suis pas douée pour la technique), soit inaptitude aux compromis, je ne suis jamais parvenue à annuler certains messages sans supprimer les autres. Me voilà, donc, par crainte de perdre une seule voix, condamnée à tout sauvegarder ! Pire : obligée chaque jour de tout réécouter !

Car désormais le voyant lumineux clignote sans arrêt : y a-t-il un nouveau message, ou l'appareil se borne-t-il à me rappeler la présence d'enregistrements plus anciens ? Impossible de le savoir sans appuyer sur la touche rouge et faire tout redéfiler : « Ici Elizabeth, je n'arrive à te joindre nulle part... », « Cathie, c'est ton petit frère, ne me fais pas croire que tu es repartie pour Paris... », « Jacques à l'appareil, je doute que ton machin fasse "enregistreur", mais au cas où... » Je fais comme si je n'entendais pas. Mais je me trouve, bon gré mal gré, amenée à renouer avec le monde, à laisser remonter vers moi ses promesses, ses appels. Je n'ose plus rien effacer, par peur de l'effacer, lui.

« Bonne année, ma chérie. » Pour peindre un ciel de neige, il faut mettre une touche de rose dans le gris. Une petite touche d'ironie...

Je suis nue. Dépouillée comme un arbre en hiver. Nue comme la main lorsqu'elle est sans bague... Dépossédée, pillée. On m'a tout volé : mon mari, mon nom, mon passé, mes amis, mes enfants, mon roman.

En hâte je liquide nos stocks de cartes de visite, rayant le « M. » : « Madame Kelly » sans « Monsieur », j'y ai encore droit pour six mois ; après, à la poubelle ! Je refais mes répertoires téléphoniques en supprimant certains noms ; il ne me restera plus qu'à oublier les numéros que je connaissais par cœur. Je reprends contact avec des amis de jeunesse perdus de vue depuis un quart de siècle : dépouillée de trente ans de passé, je ne peux renouer qu'avec mon enfance, la seule époque que « l'homme de mes nuits » n'ait pas occupée. Je déjeune avec d'anciennes lycéennes, d'ex-copains de « fac », mes premiers flirts — tous des vieillards. Je rame à contre-courant.

Mais je rame. Sans espoir, je dispute encore à l'ennemi des lambeaux de ma vie. Je lutte. Contre les tentatives de ma rivale pour m'exproprier de mes enfants : comme autrefois, elle s'impose à eux par surprise ; elle s'affiche au bras de mon mari à la fête d'école du plus jeune, elle rejoint les aînés aux sports d'hiver. Je proteste, je bataille, mais c'est un combat d'arrière-garde. Tôt ou tard, elle occupera le terrain maternel comme elle a conquis le terrain conjugal : elle prendra tout. Je suis nue.

J'ai perdu mon manteau chaud, ma couverture, ma douillette, mon refuge. Est nu, dit le dictionnaire, tout ce qui « est dépourvu de son complément habituel ». Une épée nue est une épée dépourvue de son fourreau. Une femme nue, une femme dépourvue de son mari. Partout autour de moi — dans les dîners, les cocktails, les voyages organisés —, je ne vois que des couples ; je n'avais jamais remarqué qu'il y en eût tant ! Dans ces âges, et ce milieu, il me semble parfois que je suis la seule femme seule. D'ailleurs, faute de savoir où me placer, on m'invite plus rarement. À moins qu'on puisse m'apparier avec l'homosexuel de service... Je regarde avec curiosité, avec envie, tous ces couples qui m'environnent, souvent de très vieux couples ; je regarde les femmes de ces couples : sympathiques, mais ordinaires. Je me demande : « Qu'ai-je de moins que ces femmes-là, de moins que les autres ? » Rien de moins. Peut-être quelque chose de plus ? Celle qui a « réussi »... Chez une femme, ce plus est un moins.

J'ai perdu mon nid-d'ange, mon « dormidou ». J'ai besoin, pour le remplacer, de cajoler des ours en peluche et des oreillers de duvet, de serrer contre moi des chats angoras ou des écharpes de soie. À l'hôpital (où je suis condamnée désormais à fréquenter les services d'orthopédie), je me fais accompagner de ma pelisse d'agneau — la première fourrure de ma vie, achetée justement depuis qu'il est parti —, je laisse le mohair et le velours me dorloter avant d'affronter les soins douloureux des kinés, le verdict décourageant des médecins.

Salles d'attente de chirurgie : je remarque qu'il y a beaucoup de couples là aussi. Avec mélancolie je regarde un petit vieux, sec comme un biscuit, qui suit à pas menus le fauteuil roulant de sa femme... J'ai beau savoir que les Philémon-et-Baucis sont plus rares que les Roméo-et-

Juliette, que ces deux-là, vissés l'un à l'autre, se haïssent peut-être, je rêve : moi aussi, s'il l'avait fallu, j'aurais poussé le fauteuil de mon mari... Mais lui ? À moins qu'il n'y ait eu dans le coin de très jolies infirmières, il m'aurait envoyé le chauffeur. C'est son Sganarelle qui m'aurait guidée sur le lino des couloirs, dans ma chaise chromée...

Allons, il ne faut plus rêver. Plus rêver éveillée. Car pour la nuit, qu'y puis-je ? Je passe toutes mes nuits avec mon mari, toutes mes nuits avec mon ennemi. Je rêve qu'il revient, je rêve qu'il repart, je rêve que je l'attends. J'ai passé dix-huit années à l'espérer, et — après l'avoir rencontré — trente années à l'attendre. Sous la pluie, la neige. Dans des cafés (et c'était l'heure de la fermeture), des aéroports (et l'avion allait décoller), des halls de théâtres (et la pièce était commencée), sur des quais de gare (et le train s'éloignait). Toujours il était en retard, et toujours je l'attendais...

Je rêve de lui, je rêve d'elle. Je dîne en songe chez des amis ; j'aperçois dans leur bibliothèque des livres de « Laure Casale » : tiens, je croyais qu'elle ne travaillait pas, orante « à temps plein » ; elle écrit donc ? « Mais oui, me répond-on, et fort joliment. » Les amis du rêve ont fait relier toutes ses œuvres en maroquin gris avec des fers dorés. Je ne puis m'empêcher de noter, avec une pointe de jalousie, qu'ils n'en ont jamais tant fait pour moi ! Résignée à admirer, j'attrape sur le rayon un des livres de cette consœur si douée, je l'ouvre, le feuillette : aussitôt j'y reconnais avec stupeur mes mots, mes phrases, des paragraphes entiers, toutes mes pages... C'est mon roman ! Prise de doutes, je vérifie encore une fois, sur la reliure, le nom de l'auteur : « Casale ». La farce est jouée : maintenant c'est elle qui signe les livres que j'écris !...

Au réveil, je m'aperçois que je ne suis pas loin de la vérité : elle m'a tout volé en effet, même l'écriture, puisque je n'écris plus. En s'en allant, mon mari a emporté mon roman. « Mais vous ne pouvez pas rester sans écrire ! » me gronde la psychiatre qu'entre deux traitements antidépresseurs mon médecin m'envoie consulter. « Maintenant que vous avez quitté votre premier métier, et que votre mari vous a quittée, c'est votre gagne-pain ! Et puis... » Et puis quoi ? Je ne peux pas m'offrir un échec de plus, c'est ça ? J'ai l'habitude, allez ! Sans mentir, je suis la spécialiste des fausses couches et des livres avortés ! Rien, jamais, ne m'a été donné, pas même la maternité : deux ratages, deux flops sanglants avant les quatre bébés, « la bigleuse n'est pas une pondeuse ! Incapable d'assurer une lignée d'Irlandais : une petite santé ! » Rien ne m'a été donné, il m'a fallu tout mériter...

Mais j'écrirai. J'écrirai pour prouver à mes médecins que je peux encore travailler. Ou j'écrirai comme font tous les romanciers — pour conjurer la peur de ne plus écrire, combattre l'angoisse de ma propre impuissance. J'écrirai par bravade ou par inquiétude, mais sur un seul sujet : mon mari. « Lui ? Tu ne vas quand même pas écrire sur lui ! Tu ne vas pas tout dire ? » Tout, non, mais beaucoup. « Ce serait de l'exhibitionnisme ! » J'en demande pardon à ceux que ce déshabillage pourrait choquer, mais si je me montre sans voiles, c'est qu'on m'a tout ôté... « Ma petite Catherine, croyez-moi, vous ne pouvez pas publier une espèce de... enfin, de lettre ouverte. Ce serait pire qu'une mauvaise action : une inconvenance ! » : il me semble entendre la voix sévère de ma belle-mère (j'ai une « belle-mère intérieure », qui me tient lieu de conscience mondaine par gros temps). Et votre fils, Belle-Maman ? N'a-t-il pas commis une « inconvenance » ? Pourtant, vous la lui avez pardonnée : vous accueillez sa maîtresse à bras ouverts ! Alors, vous me pardonnerez... Mais voici qu'à son tour ma grand-mère s'en mêle, ma grand-mère morte depuis vingt ans : « Tiens-toi, mon petit, tiens-toi ! S'il te plaît ! Pour tes enfants. » Mamie, mes enfants sont presque adultes maintenant ; c'est d'ailleurs ce qu'a dit leur père en nous quittant.

Je suis nue. Comme un visage est nu lorsqu'on le voit sans fard et sans apprêt. Démaquillée, je veux saisir la chance d'être vraie. Lavée des apparences.

Apparences du couple, pour commencer. Ce couple qui n'était plus qu'une coquille vide, ouverte à n'importe quel bernard-l'ermite... Inutile de travestir davantage la réalité ; puisqu'on m'a débarrassée des oripeaux du mensonge et de la mondanité, je peux tout avouer : depuis que notre échec est public, je me sens soulagée. Et moins seule. Car j'étais, à ses côtés, dans une solitude pire que la solitude puisqu'on me croyait accompagnée.

Ces apparences qui m'ont tant coûté, était-ce moi qui m'y accrochais ? Je me rappelle cette lettre de l'Autre, parcourue distraitement quand mon fils me l'avait tendue — une lettre de reproches qui changeait du style « loukoum » des missives teintées de rouge Baiser : « Je suis malade, écrivait-elle, malade de ces faux-semblants qu'on t'impose ! Continue à accompagner ta mijaurée aux premières, aux galas, aux dîners — c'est tout ce qu'elle attend de toi ! Reste le fidèle chevalier servant » (« fidèle » est de trop), « le toutou qu'on traîne à la parade... » Mais elle se trompait (il la trompait ?) : les fastes et les vanités, c'était lui qui les aimait. L'homme du paraître, c'était lui : les beaux quartiers, les tapis rouges, les chemises à son chiffre, l'argenterie, les châteaux, et même les décorations (mon dieu, m'en a-t-il fait coudre, de ces petits rubans ! Pour un peu il en aurait mis sur ses pyjamas !), les ronds de jambe et le décorum, les comtesses et le protocole, c'était lui. Bonnes manières et mauvaises mœurs : un grand bourgeois...

Je ne sais même plus aujourd'hui pourquoi il tenait tant, dans les réceptions, à m'avoir à son bras, ou à s'asseoir au premier rang sur les plateaux de télévision quand je participais à une émission : pour me témoigner sa tendresse, me soutenir, comme je le croyais ? Ou bien pour se montrer ? Non pas au public, mais à elle, son « épouse cachée ». Voulait-il me faire plaisir, ou la faire souffrir pour mieux se l'attacher ? M'aimait-il pour moi, quand il m'aimait, ou m'aimait-il contre elle ?

En tout cas, me voilà débarrassée de la nécessité de le séduire. En avais-je fait, des efforts, pour le conquérir et pour le garder ! Mais dès que je cessais de me déguiser, que je redevenais vraie, que j'étais enfin moi, il redevenait lui et cessait de m'aimer. Au reste, les masques que j'empruntais pour lui plaire ne me furent d'aucune utilité ; il ne m'a jamais dit les mots de Salomon à la Sulamite : « Que tu es belle, ma bien-aimée, que tu es belle ! Tes deux seins sont comme deux faons, comme les jumeaux d'une gazelle... » À ces protestations d'amour, que d'autres m'ont murmurées dans la fougue de l'instant, sans doute n'aurais-je pas cru davantage que mon mari ne croyait aux flatteries de sa maîtresse lorsqu'elle lui assurait qu'il était « le phare de sa génération » (prévenez les bateaux, y aura des naufrages !). Mais ces folies, dont on peut rire après, adoucissent les plaies : « Je suis noire mais je suis belle, filles de Jérusalem. »

Je m'accuse donc de n'avoir jamais su dire à mon camarade de classe, mon danseur de twist, qu'il était « un homme exceptionnel », de n'avoir pas osé le persuader, comme elle l'a fait, qu'il était « un prodige d'intelligence », « un ange de bonté », « mon Einstein admiré », « mon César divin et adoré » ; je m'accuse d'avoir trop aimé celui que j'aimais pour lui verser le compliment à la louche, l'enterrer sous les fleurs ; je m'accuse de n'avoir pas su calmer des angoisses que je n'avais pas devinées (« Tu ne me regardes plus, Catherine »), de n'avoir même pas senti qu'il savait, lui aussi, que son 15 août était passé et que rien de ce qu'il n'avait pu cueillir n'arriverait à maturité... Je m'accuse d'aveuglement. Il ne fallait pas fermer les yeux : dans mes yeux fermés il ne pouvait plus s'admirer...

Mais je l'accuse, lui, de n'avoir jamais su me rassurer, de ne pas m'avoir guérie de mon enfance en me disant, en me répétant, que j'étais jolie, piquante : son grain de poivre, sa pincée d'épices. Il me le prouvait ? Oui et non : « Ton mari, il baiserait une chèvre ! » En tout cas, ces dernières années, le plaisir pris et l'élan retombé, la chèvre redevenait une vieille bique : tout était blâmé, ma coiffure (« afro-affreux »), la couleur de mon rouge à lèvres, la longueur de mes jupes (« chaisière ») ; à moins que, sans me critiquer, « le bien-aimé » ne se mît à me conseiller, en vrac, l'épilation-maillot, les wonderbras, la gymnastique abdominale, le gommage de peau, et même, les derniers temps, les hormones « anti-âge » !

Déjà, du temps où nous étions jeunes, si par mégarde il lui échappait un compliment, il le rattrapait aussitôt en me donnant un prénom qui n'était pas le mien. À moins que, m'entendant chanter après l'amour (j'ai l'amour et le vin gais), il ne m'avertît dans un demi-sourire : « Don't take it for granted ! », « ne tiens rien pour acquis »... Oh, je ne risquais pas ! Je savais bien que je ne gagnais pas de terrain, que je redescendrais la pente, que le combat de la séduction serait toujours à recommencer, jour après jour, nuit après nuit, femme après femme.

Délivrée de ces efforts nécessaires et jamais suffisants, enfin exclue de la compétition, je trouve du repos, et même de la sérénité, dans l'abandon... Au moins suis-je lavée du mensonge — celui que nous entretenions alors qu'au fil des années la faille entre nous s'élargissait ; faux amour qui faisait de moi une éternelle débitrice, perpé-tuellement insolvable : « Regarde-toi ! semblait-il me dire à longueur de journée, regarde-toi telle que tu es, et considère tout ce que je t'ai sacrifié, tout ce que tu me fais manquer ! »

Quand les choses ont-elles mal tourné ? Jeune, mon amoureux avait le charme d'un libertin des Lumières, d'un ingénu pervers : fausse naïveté, impertinence, fantaisie, étourderie, tendresse, tendresse aussi. Chérubin, Lélio, Fronsac, Casanova adolescent... L'erreur, c'est d'épouser Casanova quand on n'est pas douée pour l'insouciance ! « Les oiseaux du ciel », « les lys des champs » : le jour de notre mariage, n'est-ce pas à moi que je faisais la leçon ? J'avais peur de ne pouvoir supporter le poids d'une si grande légèreté...

Mais nos amis me rassurent : « Non, me disent-ils, en vous aimant il y a trente ans, vous étiez dans le vrai. Il existait entre vous deux une telle complicité ! Seulement, depuis, il a changé... » Est-ce qu'on change ? On s'approfondit. En nous creusant chacun de notre côté, nous avons élevé une muraille entre nous. Les dernières années, nous ne partagions plus rien : je lisais de plus en plus, il lisait de moins en moins ; je me plaisais davantage à la campagne, il devenait plus mondain ; j'acceptais mon âge, il fuyait le sien : Vitatop Fitness Club, cocktails de vitamines, tournois de tennis, parcs de jeux, jeux de stratégie, jeux vidéo, jeux, jeux, jeux... Quelle était dans cette évolution la part de « l'Autre » ? Plus jeune, sportive, peu portée sur les choses de l'esprit, l'a-t-elle voulu tel que je le découvre aujourd'hui ? Ou bien se sont-ils rencontrés à mi-chemin ?

Pour forcer l'estime de ce garçon brillant et dissipé, j'avais cherché, depuis l'adolescence, à me hausser au-dessus de moi-même : en me dépassant, l'ai-je dépassé ?

Pourtant, il avait « réussi » — P-DG respecté, aimé même ; jusqu'à ses syndicats qui le trouvent conciliant, charmeur, charmant ! Une carrière heureuse. Mais, dans la rue, c'est moi qu'on reconnaissait, « la romancière qui passe à la télé ». Mes tirages augmentaient. Un jour, dans je ne sais quelle réunion littéraire, un critique distrait l'a présenté à un poète comme « Monsieur Lalande ». Combien de fois par la suite me l'a-t-il rappelé ! « Mais enfin, Francis, dans tes soirées d'agents de change je suis Madame Kelly. C'est pareil ! » Il disait : « Ce n'est pas pareil, non. Pas pareil... » Lui a-t-il fallu multiplier les « caprices » pour compenser ? M'imposer toujours plus de soumission, d'humiliations, pour me faire payer ? Sans cesse, ma dette grossissait ; plus d'espoir d'effacer l'ardoise ; je tirais des traites sur l'avenir en sachant la faillite inéluctable.

Quand il a aimé son Invisible, ne me suis-je pas crue soulagée ? Je lui pardonnais ses fredaines, il me pardonne-rait mes succès : nos passifs s'équilibraient (mon mari découpe dans les journaux les articles où l'on parle de mes scénarios, mes romans, il les classe dans des grands albums ; il tient en parallèle deux fichiers : celui de mes œuvres, et celui de ses conquêtes — comptabilité en partie double, bilan inquiet). « Je t'aime, lui écrivait l'Autre, je t'admire, HOMME » (en majuscules). Mieux que toutes les blondes qui l'avaient précédée, celle-là l'apaiserait. Mieux que moi, son orante le bercerait. Je n'imaginais pas qu'elle allait l'endormir, l'anesthésier ! C'est égal : il a cessé de souffrir. Moi, je n'ai pas cessé de l'aimer.

Aujourd'hui encore, je me demande à quel moment précis nos routes se sont séparées, quel croisement j'ai manqué : leur première rencontre (bien plus précoce sans doute que je ne l'ai cru — mais quand vraiment se sont-ils rencontrés ?), l'achat de la garçonnière, de l'atelier (quand ?), la location du grand appartement (quand ?) ? Des interrogations dans des interrogatives : l'ignorance au carré ! À moins qu'il n'ait été trop tard plus tôt ? Dès mon premier livre, notre premier enfant, nos derniers diplômes, ses premières maîtresses ? Ou avant, encore avant ? Ses parents, mes parents, nos milieux si différents, nos modèles, nos souffrances, nos enfances...

Quand nous avons « divergé » pour de bon, aurais-je dû m'en apercevoir, aurais-je pu l'empêcher ? Je me rappelle ce médecin que j'avais consulté sur la maladie incurable d'un de nos proches ; je me reprochais de n'avoir pas été assez vigilante, d'avoir négligé tel ou tel signe précurseur, « nous aurions pu avancer le diagnostic de quelques semaines, qui sait : tout éviter ? » ; le médecin s'était montré ferme : « Ne vous mettez pas martel en tête, chère Madame : cela n'aurait rien changé. Il y a bien longtemps que la maladie a commencé. Vous ne pouviez rien... » Et dire qu'avec ces bonnes paroles il croyait me rassurer ! Mais je veux, moi, pouvoir quelque chose ! Je préfère me sentir coupable qu'impuissante !

Et puis, tant que je serai coupable, je pourrai ne pas condamner celui qui m'a quittée ; tant que je serai coupable, je pourrai espérer encore qu'en m'amendant... Espérer quoi, au juste ? Ma meilleure amie — qui, depuis le temps qu'elle m'écoute, n'ignore plus rien des incohérences du sentiment — me donne la ration de chimères que je lui réclame : « Votre divorce, leur mariage, veux-tu que je te dise ? C'est le début de la fin pour leur petit couple ! » Peut-être... Mais si j'ai pu aimer un homme qui me trompait, un homme qui me bafouait, un homme qu'une Laure Casale adorait à deux genoux et qui adorait être adoré par une Laure Casale, je ne puis aimer celui qui engage sa vie à une femme aussi vulgaire de corps et d'esprit. Oh, ces roucoulades, cette voix molle ! Et ses shorts de cuir, ses fringales de « haute société », ses Hermès, ses Vuitton, et ses « j'aurai (sic) tant aimer (re-sic) pouvoir me blottir contre ta solide poitrine si protectrice, moi Jane, toi Tarzan (sic, sic, sic et re-sic) » ! Non, je n'estime pas le choix qu'il a fait ! J'aurais pu accepter qu'il me quitte (peut-être ?), mais pas pour celle-là ! Le mari comblé, complice, le mari heureux et fier d'une femme si vaine n'est pas un homme que j'aurais choisi de fréquenter.

Je suis déshabillée de toutes mes illusions. On m'en a beaucoup retirées, et j'ai renvoyé ce qui restait. Me voilà désormais « comme ce voyageur qui, forcé de partir demain, a expédié devant lui ses bagages »... L'homme de ma vie ne sera pas l'homme de ma vieillesse. Je me le répète pour m'en persuader.

Pourtant, tu sais, j'aurais bien voulu te voir vieux. Moi qui ai tant aimé tes cheveux roux, il me semble que j'aurais aimé tes cheveux blancs... Mais je me projetais dans un avenir trompeur ; j'imaginais de longues soirées devant un feu de cheminée, des promenades sur les falaises d'Irlande, de vieux disques écoutés ensemble (« Gainsbourg, tu te souviens ? »), de bons livres lus à la lueur rose des lampes dans de profonds canapés, et des petits-enfants roux qui s'endormiraient sur nos genoux... Soyons francs : ce futur tranquille ne te ressemblait pas. Quand j'en prenais conscience et que j'échouais, malgré mes efforts, à t'installer, en pensée, plus de cinq minutes à mes côtés sur le divan, à te faire pousser cette chaise roulante qui finira par me rattraper, à t'évoquer dans notre automne, portant au bras le panier de champignons devenu trop lourd pour moi ou rallumant, à mes pieds, le feu de bois, je croyais que c'était moi qu'il fallait retirer de la scène ; si l'image restait floue, c'est que ce futur n'aurait pas lieu : je serais morte avant...

Voilà ma dernière illusion — celle de ma mort prématurée, ou de nos cheveux blancs mêlés sur le même oreiller —, voilà cette illusion balayée. Était-ce la dernière, d'ailleurs ? Il me semble parfois qu'il m'en reste une, chevillée à l'âme : celle que notre couple est assez fort pour résister à tout — même à un divorce...

La neige tombe : tout doit disparaître. Il faut aller plus avant dans le dépouillement. Rigueur, austérité. La nature, toute métallique ces jours derniers, me montre la voie : ciel plombé, terre couleur de zinc, arbres d'acier, feuilles de fer, argent terni des étangs. Les herbes gelées craquent sous mon pied avec un petit bruit de verre brisé. Le vent m'évide ; ce grand vent qui vient des steppes me sculpte, me creuse, me délite.

Je suis nue. Dévoilée à mes propres yeux : je me suis trop longtemps caché la vérité ; je maquillais, je déguisais. Il n'est pas vrai que mon mari ait changé : depuis le début, notre mariage fut un malentendu — l'union de la romantique et du libertin, de la carpe et du chaud lapin ! À cet homme qui m'a occupée trente ans je sais tout ce que je dois — mes études, mes voyages, mes livres, mes enfants, car sans lui je n'aurais rien osé —, mais je sais aussi qu'à part nos fils nous avons peu en commun. Si nous avions joué à *Love Story*, cette bluette de nos vingt ans, nous aurions tout de suite vu que rien ne collait : j'aimais le crépuscule, les tempêtes, les corridas, les déserts d'Espagne, les fjords de Norvège, l'aigle, le hibou, les bottes, les chevaux ; il aimait l'aube, le lait, la mer bleue, les robes du soir, les tartes aux fruits, la colombe et le canari. Les filles de la nuit ne croisent pas souvent les garçons du petit matin... Qui nous a placés sur le même chemin ?

J'ai voulu aimer en lui tout ce que je n'aimais pas... C'est raté !

Quand je le décris — caressant et léger, inconstant, enfantin, élégant, indécis —, quand je m'extasie sur la transparence de sa peau, la douceur de ses yeux, la splendeur de ses cheveux, il me semble que je parle de lui comme un homme parle d'une femme. Et d'une femme plus jeune que lui... Il est mon aîné pourtant, mais tellement plus lisse, plus gai, plus pur jusque dans la perversité ! Depuis dix ans notre « différence d'âge » s'est

162

accentuée. Non que je paraisse plus que mon état civil
(« JF dyn. » !), mais lui « ne fait vraiment pas vieux » :
quelque chose dans la silhouette, le comportement, le
vêtement, fait qu'on le prend pour le frère de ses fils ! La
première fois que cette méprise s'est produite, c'était dans
un cocktail : une productrice de cinéma le rencontrant
avec moi lui a demandé où en étaient ses études... Il a eu
du mal à la persuader qu'il avait quarante-trois ans et diri-
geait une société de Bourse ! Au reste je le sentais ravi ; la
dame, rouge pivoine, se confondait en excuses auprès de
moi ; mais je n'étais pas fâchée contre cette malheureuse,
elle devait avoir une mauvaise vue... Puis, l'incident se
répétant, j'ai commencé à m'interroger, et même à m'agacer. Récemment, un confrère m'annonce, avec un grand
sourire, qu'il a croisé l'un de mes fils à sa dernière « signa-
ture ». « Ah, lequel des quatre ? — Francis. — Mais ce
n'est pas mon fils ! C'est mon mari ! », et me voilà,
honteuse maintenant, obligée de souligner que ce mari a
tout de même un an de plus que moi : j'ai peur qu'on ne
finisse par croire que j'avais épousé mon gigolo ! Gêné, le
dédicateur s'enferre : « Vous savez, dans ces "foires aux
livres", quand il y a du monde autour de la table, on ne
voit plus personne : on ne reconnaîtrait pas sa propre
mère ! »

Mère. C'est le mot qui s'imposait. Je suis la mère de
mon mari... De là, ces rêves récurrents où il n'a que vingt
ans. De là aussi, ce sentiment que, même infidèle, même
absent, je le portais en moi. Je le portais en moi parce
qu'il avait rapetissé ; je lui parlais comme une femme
enceinte parle à son enfant... J'arrive au cœur du vrai :
nous n'avons jamais été faits l'un pour l'autre, et l'écart
s'est accentué lorsqu'au fil du temps l'homme que j'aimais
est devenu plus jeune que moi, trop jeune pour moi...

Puisque, dans le déshabillage, je me suis déjà tant
avancée, je ne veux plus rien cacher ; je m'effeuillerai

jusqu'à l'écorce : « Ce n'est pas la victime qui se lasse, c'est le bourreau : votre Francis, vous ne l'auriez jamais quitté ! » m'assure l'amie d'une amie, psychologue de son état. Dois-je lui avouer qu'en ce qui me concerne elle se fourvoie ? Mon mari ne m'a pas laissée ; c'est moi qui l'ai chassé... Bien après la garçonnière, les nuits frileuses, les enfants volés, l'anneau ôté, bien après même ce quai de gare où il m'avait glissé dans un baiser : « Divorce ou séparation ? » Car il y eut encore un « après », il y aurait toujours eu un après : il ne pouvait pas choisir ; choisir c'est vieillir, choisir c'est mourir. J'ai choisi pour lui ; notre interminable agonie, j'y ai mis fin. Oui, moi. Dans cet état second qui suit une anesthésie ratée. Je l'ai chassé.

C'était à l'hôpital, deux ou trois heures après la première opération de ma main cassée. Les infirmières ne lui avaient pas permis de m'approcher ; mais il attendait dans la salle d'attente ; il m'avait fait porter un petit billet dans lequel il me demandait pardon ; et j'aurais voulu encore le serrer dans mes bras, encore l'avoir près de moi. J'étais seule dans cette chambre inconnue, sans même une brosse à dents, une chemise de nuit, un slip propre, une savonnette : on m'avait admise en urgence, tard le soir. Admise comme on incarcère un prévenu : sans bagages. J'étais arrivée quelques heures plus tôt sur mes deux jambes, un peu abîmée certes, mais encore vêtue, encore propre, encore accompagnée. Maintenant j'étais seule, couchée, nue sous la blouse réglementaire, et je sentais mauvais. Personne que lui pour m'apporter des vêtements de première nécessité, un gant de toilette, une eau de Cologne, personne que lui pour m'aider. Mais je ne l'ai pas appelé.

À Kim, l'aide-soignante qui m'avait remis le petit « mot d'excuses » qu'il venait de griffonner, j'ai dit : « Please, tell him that he mustn't stay, he should leave. And leave home too... Qu'il fasse ses valises cette nuit, qu'il s'en aille, par pitié ! Please, tell him. Il va finir par me tuer, je finirai par le tuer... Away ! Avant qu'il ne soit trop tard, qu'il se tire, qu'il se barre ! Away ! »

J'aurais dû, n'est-ce pas, le supplier de rester : « Ne me quitte pas ! » Promettre que je me ferais « l'ombre de son ombre, l'ombre de son chien ». Que je serais son paillasson, son essuie-tout, sa serpillière. Que mon lit accueillerait toutes les blondes du monde, « ne me quitte pas ! ». Que je servirais la soupe à son orante, que je leur apporterais même le plateau du petit déjeuner, « ne me quitte pas ! ». Ce n'est pas ce répertoire-là que j'ai choisi, mais, dans un sursaut de dignité, celui de Didon, l'héroïne de Purcell qui sait qu'elle mourra si son amant s'en va, et finit pourtant, lasse d'implorer, par lui ordonner de partir. « Je reste », gémit in extremis ce pauvre Énée, partagé entre les plaintes de sa maîtresse et l'appel de la gloire ; « je reste », promet-il, piteux, alors qu'il a déjà fait ses paquets, rembarqué ses amis, chargé ses vaisseaux, et prononcé son discours d'adieu... « Va-t'en ! », « Away ! / For' tis enough, whatever you now decree, / That you had once the thought of leaving me » — « Car il suffit, quoi que tu décides aujourd'hui, que tu aies une seule fois songé à m'abandonner... »

Mon mari ne m'a pas quittée ; il ne me quittait jamais : il partait et revenait, il avait deux foyers, deux femmes, mais je n'étais plus sa préférée. Toujours la chanson des récréations : « Si tu crois que je t'aime, mon p'tit cœur n'est pas fait pour toi... » C'est moi qui, d'un lit d'hôpital, l'ai supplié de mettre un terme à mes souffrances, de « m'achever ». Car je savais que si une fois de plus il s'attendrissait, une fois de plus il hésitait, une fois de plus il restait, il me reprocherait ensuite, chaque jour, de m'avoir cédé. Comme Didon, je préférais le bûcher à une dette que je ne pourrais pas honorer — toujours coupable, toujours humiliée. « Away, away ! »

Il a quitté la maison le lendemain, tandis qu'on me

transférait dans un nouveau service pour une nouvelle opération. Trois semaines après, lorsqu'il a enfin appelé pour prendre des nouvelles de ma santé, il m'a dit d'un ton pénétré : « Tu n'as pas été assez patiente... » Non, pas assez. Vingt-cinq ans seulement.

Et pourtant, sur l'instant, comme chaque fois qu'il m'accusait je me suis interrogée : aurais-je dû, aurais-je pu, attendre encore ? Plus tard, j'ai appris qu'à l'époque de « mon accident » il louait déjà depuis des mois le grand appartement du Champ-de-Mars pour Laure et ses filles, Laure, ses filles et lui, eux quatre. Dans la course au désamour, la rupture échelonnée, il avait toujours une longueur d'avance...

Je ne l'ai donc pas « renvoyé ». Disons que, s'il ne tenait plus à moi que par un fil, j'ai coupé le fil.

L'hiver règne sur mon domaine, qui prend, jour après jour, la tranquille majesté des cimetières : vallées comme des tombeaux, creusées dans le marbre, sombres cyprès aux ampleurs d'éventails. Au-delà des aulnes, qu'on devine au bord du lac à leurs silhouettes d'ombelles, je n'ai plus d'autre perspective qu'un horizon nacré, un ciel de perle — la beauté éternelle... Loin des villes, je goûte à la tristesse lumineuse de janvier : dès cinq heures du soir les prairies bleuissent ; puis, quand la nuit est tombée tout à fait, la lumière bascule : c'est la neige qui jette sur le ciel, couleur de mûre, un jour lunaire.

En hiver, ici tout est clair ; je n'ai plus besoin d'avoir peur ; je m'avance à découvert, débarrassée des masques et des boucliers, débarrassée de ma peau même — car c'est la peau qu'il faut ôter : pour atteindre la vérité, il s'agit de s'écorcher.

Grattons les derniers soupçons. Mettons la chair à vif, la chair à nu.

Par exemple : ai-je jamais senti pour celui qui m'a fuie,

celui que j'ai chassé, une passion aussi profonde que je le croyais ? Tant qu'on n'a pas tout donné, on n'a rien donné : je ne lui ai pas tout donné ; ni mon temps — trop de travail, trop d'enfants —, ni l'attention qu'il méritait. Sinon, j'aurais compris plus vite. Compris qu'il craignait ma vieillesse parce qu'il redoutait sa mort. Et que ces belles amoureuses condamnées qu'il allait repêcher au fond des hôpitaux, s'il voulait « les en sortir » ce n'était pas par bonté : il tentait de les sauver pour conquérir l'éternité.

Perpétuel insoumis, il se battait contre la mort à longueur de journée. S'il n'arrivait jamais à l'heure, s'il prenait les sens interdits, skiait dans les couloirs d'avalanche, mangeait avec ses doigts, roulait sans assurance, trompait sa femme et ses maîtresses, s'il n'admettait aucune contrainte, aucune loi, s'il trichait, mentait, défiait, c'est qu'il avait engagé contre le Destin une inutile partie de bras de fer. Même les lois naturelles — surtout celles-là ! —, il les refusait : pendant trente ans, il a laissé le lait déborder. Le matin au petit déjeuner, ou le dimanche quand il préparait le chocolat du goûter pour toute la maisonnée, il mettait la casserole sur le gaz et s'en allait. Deux minutes après, on entendait monter de la cuisine des hurlements indignés : « Merde, merde ! Cette saloperie a encore débordé ! » Le lait lui avait fait une injure personnelle, la nature lui en voulait : trente ans durant, jour après jour, il a recommencé le même combat, que, trente ans de suite, le lait a gagné...

Quand je le voyais poser la casserole sur le feu, « Francis, disais-je avec ce sourire blasé que donne l'expérience, si tu fais chauffer du lait, surveille-le : il peut déborder, tu sais... » Il marmonnait, fâché, jetait au lait-qui-dort un coup d'œil irrité, puis, dès que j'étais repartie vers mes occupations, tournait résolument le dos à sa casserole ; alors, invariablement, dans la minute qui suivait, la cuisine retentissait du bruit de sa défaite

— exclamations, jurons, dernier cliquetis d'épées (inox de la casserole contre inox de l'évier) — tandis qu'une forte odeur de brûlé envahissait l'escalier. Je savais ce qu'il me restait à faire : éponger... Le lait déborde, le feu brûle, les hommes meurent : mon mari n'y consent pas ; il refuse, un point c'est tout.

Jamais je n'ai pu lui faire accepter la réalité. Les lois de la réalité. Peut-être parce que c'était moi qui épongeais ? Plus sûrement parce qu'il n'a pas trouvé dans mon cœur de quoi se rassurer : il aurait fallu lui offrir une éternité de rechange, et je ne l'ai pas fait. Je ne l'ai pas assez aimé...

Pas aimé assez, non plus, pour le tromper. Le tromper assidûment, méthodiquement. Le tromper pour le garder. Au début de notre mariage, quand je le vis butiner de blonde en blonde, quand il ramena ses « passagères » à la maison, qu'il eut l'audace de m'apprendre qu'Anne couchait dans mon lit, et de me faire comprendre qu'il n'y aurait pas de limites à ses défis, j'eus quelques aventures, moi aussi. Pour lui rendre la monnaie de sa pièce : après tout, si je n'étais pas un top-model, je ne louchais plus et j'étais jeune. Mon mari prit mes rares écarts on ne peut mieux ; même, il m'encourageait : « Je ne suis pas jaloux », répétait-il faraud. Voilà une largeur d'esprit qui ne lui coûtait guère ! Je l'aimais, il le savait : il ne me fallut pas longtemps pour m'apercevoir qu'en le trompant je ne trompais que moi.

J'eus le tort de ne pas m'obstiner. Par paresse : rien de plus fatigant que de tromper un homme qu'on aime avec des hommes qu'on aime bien ! Sans compter que, pour finir, on n'évite pas les scènes : celles de l'amant, jaloux du mari... Je n'aime pas qu'on souffre par moi. Pourtant, j'aurais dû m'appliquer — m'évertuer au vice. Au moins pour persuader mon « bien-aimé » que cette épouse qu'il lui arrivait de désirer était désirable... J'ai manqué de constance dans l'infidélité.

Mais en ai-je vraiment manqué ? À ma manière, plus discrète, je n'ai jamais cessé de le tromper : je ne vivais que pour le Verbe. Pas besoin qu'il se fît chair. Tous les mots qui passaient, je les racolais. J'enjôlais l'adjectif, je draguais l'adverbe, je succombais au gérondif. Ils m'entraînaient dans un royaume auquel mon mari n'avait plus accès : les mots sont des amants jaloux. À tout moment désormais, je fuyais, pour les rejoindre, mon époux volage. Son corps sur mon corps, il se croyait encore mon maître ; j'étais avec eux. Allongée à son côté, je le trompais avec les rideaux de la chambre quand je cherchais à définir leur nuance exacte ; je lui échappais par la fenêtre pour me décrire le ciel du jour ; je le trahissais, peau contre peau, avec les parfums du jardin que je tentais de capturer pour les nommer : odeur miellée du laurier-cerise quand il fleurit, saveur âcre — ou bien poivrée ? — du buis mouillé. Adultère, je l'ai été, entre ses bras, avec la terre entière ! Je suis allée jusqu'à le tromper avec lui-même quand, sa bouche sur ma bouche, j'essayais, les paupières closes, de retrouver dans ma mémoire l'éclat vert de ses yeux bleus...

Pour complices, il avait son père, sa secrétaire, des amis ? Moi, j'avais, pour le trahir, tous les dictionnaires, les auteurs de ma bibliothèque, et mes livres de chevet — une demi-douzaine d'acolytes qui se tenaient là, tapis sur ma table de nuit, prêts à m'enlever. La maison était pleine de chuchotements, de secrets murmurés ; les pages bruissaient de nos complots... Ah, le pauvre homme, a-t-il été berné ! Ridiculisé jusque sous son toit ! D'où ce désir de revanche maladroit qui l'animait les dernières années. Il m'a fait souffrir parce qu'il souffrait. Ma peine n'est-elle pas méritée ? Je n'ai rien à lui reprocher. Un jeu partout.

J'ai des soupçons. Même sur ma fidélité, au sens strict, biblique : « Prenez garde, dit l'Éternel, qu'aucun de vous ne soit infidèle à la femme de sa jeunesse ! Car je hais la répudiation... » Bon, l'Éternel est un homme dans mon genre. Et après ? Où est le mérite ? La fidélité n'est pas une vertu, c'est un trait de caractère. Fidèle, je le suis à tout. Mêmes lieux, mêmes amis, même éditeur... et même menuisier ! À ce point-là, il faut que ce soit congénital, atavique. Race de paysans, attachés à la glèbe ; race de maçons, bâtisseurs de maisons ; race d'ouvriers, rivés à leur chaîne. Casaniers, forcément ! Mon mari me l'a-t-il assez reprochée, cette sédentarité ! « Le chien retourne toujours à son vomissement » : c'était sa citation religieuse préférée, il me l'assenait à tout bout de champ. Changer d'air ? Rien ne lui semblait plus facile ni plus nécessaire : affaire de chromosomes — fils de marins, d'émigrants, d'armateurs, de « raiders », d'aventuriers, mon Irlandais aux cheveux rouges était toujours à l'aise dans les ports, les gares, les bateaux, les avions, les hôtels, les souks... En transit. Wall Street, Hong-Kong, Francfort. Et moi, j'étais perdue. Perdue sans lui.

« Que l'homme ne sépare pas ce que Dieu a joint ! » dit l'Éternel. Question : pourquoi Dieu a-t-il joint une terrienne et un marin ? Pourquoi m'avoir faite écrivain, et l'avoir fait voyageur, oiseau-mouche, papillon — incapable de se poser, fût-ce une minute pour regarder bouillir le lait ? Chacun de nous a accompli sa vocation. Mais si, chemin faisant, le couple que nous formions s'est trouvé tiré à hue et à dia, à qui la faute ?

À moi peut-être. À moi quand même. Mon mari n'était pas un colibri : c'était un cerf-volant porté par tous les courants, un beau cerf-volant rouge et bleu que je voyais — émerveillée, apeurée — planer de plus en plus haut, voguer de plus en plus loin, disparaître dans les nuages, s'évanouir, s'éclipser ; mais je tenais le bout de sa corde... Dieu m'avait confié le bout de la corde. Et je l'ai lâché.

J'ai des soupçons. J'en ai même sur le pourquoi de cette confession. Les écrivains ne sont pas des saints : serais-je en train de me livrer à un nouvel exercice de style ? Je m'étais toujours demandé si l'amour — la passion d'une femme adulte pour un homme du même âge — était un sujet pour moi. J'avais peint l'ambition et le désir, la haine et le crime, le courage, l'avarice, l'amour d'un père pour sa fille, d'un fils pour sa mère, mais l'amour conjugal ?

Brusquement, il me vient un doute : et si le chagrin que j'éprouve était très exagéré ? Je n'invente pas mes sentiments, mais je les agrandis volontiers : « Que tu es donc excessive, ma pauvre enfant ! » s'exclamait mon père quand j'avais dix ans ; officier de carrière, il n'aimait pas les tempéraments romanesques...

À moins que — plus « auteur » encore — je n'aie mené mon couple à la faillite que pour avoir l'occasion d'en souffrir et d'exprimer un sentiment neuf ? Qui sait si, en fin de compte, mon mari ne m'intéresse pas uniquement « pour ce que j'en pourrais tirer de littérature » ?

Seuls mes pleurs me rassurent sur ma sincérité. Mes larmes sont de vraies larmes, pas seulement l'eau des mots. Une mer de sel. Cette mer remonte et me noie quand, par avocat interposé, l'homme de ma vie, des « deux tiers de ma vie », exige soudain que je lui restitue, comme une voleuse, des objets que je n'ai jamais vus ; ou qu'on m'apprend qu'à une époque où j'imaginais notre couple en voie de guérison, où je croyais mon oiseau-lyre (malgré son nid d'amour, et leurs envols à deux vers d'autres cieux) plus attentif, où je trouvais mon chat du Chester (malgré ses yeux vides et son sourire vague) moins transparent, il avait entrepris d'acheter avec l'Autre une maison de campagne. En indivision. Loin de la Combrailles, loin de la Provence, loin de « nous ». Et

171

quand, ce beau projet ? Les « derniers temps » ? Non, vous n'y êtes pas : il y a quatre ans ! Une maison en indivision il y a quatre ans... À l'époque où il m'écrivait avec fougue « je n'ai jamais cessé de t'aimer, de penser à toi, de te soutenir, d'avoir besoin de toi ! I still need you and want you to be mine » — je veux que tu restes mienne... Dans une maison qui serait « à eux » !

Je sanglote, je me disloque, me dissous, je fonds ; ces larmes, et les comprimés qu'on me force à avaler à longueur de journée, me semblent, à la réflexion, des marques suffisantes de ma bonne foi. Qu'il se mêle à ce chagrin quelque ressentiment d'écrivain (cette envie, par exemple, de coucher l'infidèle sur le papier, étendu « pour le compte ») ne diminue mon malheur en rien.

Voilà l'auteur absous. Mais la femme ? Que cherche-t-elle dans ce déballage ? Il me semble parfois que c'est une image que je poursuis, et une belle image — « lui et moi », la preuve que nous étions deux, que notre amour a existé, que je ne l'ai pas rêvé. Comme cette amie photo-graphe dont le mari vient de quitter le domicile conjugal au moment où elle préparait un ouvrage sur les « livres de cimetière », sculptures de marbre avec médaillons et épitaphes que les familles posent sur les tombes. Aussitôt, s'emparant d'un cliché où le livre portait « À mon époux regretté », elle substitue à la photo du défunt celle du mari enfui, puis, agrandissant le tout, l'accroche au salon, au-dessus de sa cheminée : « parce que, dit-elle avec un sourire forcé, il faut bien que les visiteurs sachent qu'il y a eu un homme ici ! » Ce que, photographe, elle a fait avec une photo, je le ferai, écrivain, avec des mots — et tant pis si « l'œuvre d'art » ne semble pas du meilleur goût ! Moi aussi, j'ai le droit de rappeler qu'il y eut un homme « ici », et une femme qui l'aimait ! Qu'il y eut un couple, et que ce couple, tout imparfait qu'il fût, existait...

Si par prudence, de peur de ne plus pouvoir m'en

172

débarrasser, je renonce à évoquer l'ombre même du « regretté », je traque mon propre fantôme, celui de l'amoureuse que je fus à ses côtés, que je fus par lui, grâce à lui : étudiante, jeune épouse, femme épanouie, mère attendrie, je me cherche l'aimant. J'explore ma mémoire et retourne mes phrases comme je fouille mes poches et mes placards : sous prétexte de les ranger, je caresse les robes que j'ai portées du temps où je lui plaisais — longue jupe de taffetas moiré de la fiancée, crinoline rose et blanche de la mariée... Je revois nos Noëls en tête à tête, nos réveillons des « jeunes années » quand nos enfants tout petits s'étaient endormis. Pour nous seuls je dressais une table de fête : damas à fils de soie, orchidées, bougies parfumées. Il enfilait son smoking, je remettais ma robe de fiançailles, fière de n'avoir pas grossi, pas changé. Il débouchait le champagne, remplissait mon verre avec cérémonie, nous faisions semblant de ne pas nous connaître, de nous rencontrer pour la première fois, mais la soirée, commencée avec solennité, se terminait sur la moquette dans un froissement de taffetas nacré...

Des placards j'ai sorti ces robes dans lesquelles je ne peux plus entrer ; je les étale sur mon grand lit ; je les contemple, les touche, les respire. Autour de mon cou je raccroche la perle noire, je repasse à mon doigt la bague d'émeraude et cette alliance pâle, pour un instant tirée de son cercueil. Puis je relis ses vieilles lettres : « Tu es la plus touchante, la plus profonde, la plus vraie »... Par tous les moyens je rejoins une femme plus ancienne, qu'il a désirée assez pour qu'elle pût, furtivement, se croire aimée ; et quand, l'espace d'un instant, l'amoureuse trahie disparaît derrière l'amoureuse comblée, j'espère — effrayée et soulagée — que je ne l'oublierai jamais...

Émouvant, ce refrain-là ! « Jamais je ne l'oublierai » : pas franchement neuf, mais efficace « Je voudrais que la rose fût encore au rosier, et que mon ami Pierre fût encore à m'aimer » — le public y va de sa larme. Ça ne rate pas, ça ne peut pas rater : l'élégiaque pointe son nez, l'avocat du diable « se fait la malle » ! C'est l'avantage du procédé : il file, le mauvais esprit, il file sans demander son reste. Pourtant, il y en aurait, « du reste », du beau reste et du moins beau, à demander !

Peut-on me remettre mon péché — ce péché d'impudeur dont je m'accuse avant que d'autres ne le fassent —, sans y regarder de plus près ? Sans gratter ? Débusquer par exemple, sous la femme amoureuse, l'orgueilleuse cachée ? Car elle y est ! Depuis le début je trouve moi-même quelque chose de théâtral dans ce veuvage ; je devine la pose : ah, l'habit noir, le voile, l'enfermement, comme c'est noble ! Comme c'est commode aussi ! Plus facile d'endosser le personnage de la ténébreuse, de l'inconsolable, que de se remettre bêtement dans le circuit : demander à être réconfortée, rassurée, et ne plus trouver personne qui veuille s'en charger — à cinquante balais, pensez !...

Non, l'âge ne fait rien à l'affaire. Pour « la petite loucheuse », rien : ma peur est aussi vieille que moi. C'est la ronde qui me terrorise — rentrer dans la ronde, attendre qu'on m'y choisisse, trembler qu'on m'en rejette : « Ah Cathie, ah Cathie, si tu crois que je t'aime, mon p'tit cœur n'est pas fait pour toi »... La solitude ? Elle ne m'effraie pas ; je la préfère aux jeux de la « récré », cette ronde infernale qui tourne, tourne, cette roue des supplices qui me happe et me broie. Laissez-moi ! Je vais me mettre dans un coin, « au piquet », avec un livre. Avec un livre je n'ai besoin de rien...

Le désespoir était mon dernier masque, mon ultime coquetterie.

Maintenant je suis nue.

Me voilà enfin délivrée. Débarrassée du mensonge, du soupçon ; de la peur aussi. Au-dessus de ma tête plus de cerf-volant ni de chimères. Mais plus de sombres nuages, d'obscures angoisses, d'épée suspendue : l'abandon apaise ceux qui tremblaient d'être abandonnés. Quand tout est perdu, tout est gagné : je découvre, émerveillée, qu'on peut vivre sans être menacée.

J'éprouve, depuis le départ de mon « voyageur », un sentiment de sécurité dont je n'avais même plus idée ! Une sensation de plénitude : privée de lui, je respire... J'entends d'ici son commentaire : « Charmant pour moi ! » Il me fait rire, mon oiseau bleu ; son petit bec pincé me donne toujours envie de l'embrasser : « Voyons, Francis, je n'ai pas dit que tu ne me manques pas. Tu me manques ; l'idée de toi, de toi-et-moi, me manque. Nous n'étions pas faits l'un pour l'autre, c'est vrai. Mais nous étions destinés l'un à l'autre. Je t'avais épousé pour l'éternité... N'empêche que j'ai l'impression, aujourd'hui, d'avoir passé vingt-cinq ans les doigts coincés dans une porte ! »

Sur le coup, quand, pour Adeline, Aline, Anne, Annette, Annie, ou Annika (je ne cite, dans l'ordre alphabétique, que les premiers noms du « fichier »), mon jeune mari a claqué la porte sur la main qui le retenait (la main déjà ?), j'ai senti une souffrance ardente ; puis au fil des années la douleur s'est calmée ; elle est devenue presque insensible quand le sang a cessé d'irriguer les doigts blessés.

Soudain, vingt-cinq ans plus tard, mon geôlier rouvre la porte : la douleur oubliée monte en puissance et dépasse en cruauté tout ce qu'on pouvait imaginer — on hurle, on pleure, on voudrait n'avoir jamais été délivré ! Mais le temps, le sang, font leur œuvre ; la blessure dégonfle ; on a moins mal ; puis, plus mal du tout... Peut-être restera-t-il une cicatrice, quelques os brisés ? Ce n'est pas cher payer la liberté de revoir les rues, les vitrines, les jardins, de pouvoir cueillir les fleurs, les étoiles, les saisons, les êtres...

Et je m'étonne : comment ai-je pu accepter de vivre vingt-cinq ans avec les doigts pris dans la porte ? Pourquoi ai-je tenu si longtemps ?

On tient parce qu'on aime. Puis on tient pour les enfants. Et à la fin on tient parce qu'on a tenu : « craquer » maintenant, est-ce que ce ne serait pas trop bête ? Alors que, peut-être, la douleur va cesser, le malheur se lasser... Je ne sais qu'aujourd'hui, parce que je souffre moins, à quel point j'ai souffert.

Et même si je souffre encore, je ne suis déjà plus très sûre que ce soit par amour : je crois que je hais son orante plus que je ne l'aime, lui... N'aurais-je pas mieux supporté la séparation si, par la suite, mon mari nous avait tenues, elle et moi, à égale distance de sa vie ? Deux « ex » : il ne se serait pas demandé « laquelle aimer des deux », il n'aurait aimé personne... Hypothèse absurde, mais je progresse : il y a quelques mois je n'admettais pas qu'il m'eût quittée. Maintenant, si j'en veux à son Italienne d'avoir gagné, je me console d'avoir perdu : c'est moi qui ai lâché la corde, après tout.

Allons, il faut achever la mue, « dépouiller le vieil homme », faire peau neuve ! Je veux filer un nouveau cocon, et un bon : arranger, par exemple, cette « chambre conjugale » que chacun m'a pressée de changer. Eh bien, voilà, c'est presque fait : j'ai consulté des peintres ; l'un d'eux m'a promis de venir, bientôt, enfin dès qu'il pourrait, « c'est juré ! » ; et peut-être viendra-t-il en effet ?

Mais je n'ai pas encore choisi la teinte des tissus, ni la couleur du papier. Parce que... Il n'y avait rien au monde d'aussi bleu que les yeux de mon mari, rien d'aussi bleu que ses yeux, ni d'aussi rouge que ses cheveux : sans le secours de sa lumière comment pourrais-je, femme de cendres, femme de neige, revenir vers le monde des couleurs autrement qu'à tâtons ? À petits pas. Une vieille dame qui rapprend à marcher... Je commencerai par des couleurs très douces pour ne pas m'effaroucher : vert amande, myosotis, rose fané. Ou des couleurs sucrées, juteuses : mandarine, framboise, cerise, prune. De ces couleurs qui vous en mettent plein la bouche avant de vous en mettre plein la vue : quand je quitterai la neige, ou quand elle s'en ira, je veux m'enfermer dans un fruit mûr, vivre au milieu d'un verger... Et fini, ce noir sur ma peau : des chemisiers pistache, des robes citron ! Tout le monde voudra me goûter... « Ai-je passé le temps d'aimer ? »

Je suis sereine. Ou ne tarderai pas à l'être. Pour l'instant, bien sûr, il y a des hauts et des bas : quand je suis en bas, je me demande s'il m'a jamais aimée ; quand je suis en haut, s'il peut vraiment ne plus m'aimer...

« Sereine : insensible aux passions », dit le dictionnaire. Donc je ne suis pas sereine ; mais plus calme, assurément. À certaines heures je débranche mes répondeurs. Si mon linge sent la lavande, si ma cuisine sent la vanille, je reprends ma ligne ; à cause des juges, des avocats, de la « procédure », il faut bien que je réponde de temps en temps, non ? À lui aussi, « l'adversaire », il m'arrive maintenant de parler ; trois fois déjà j'ai quitté ma forteresse pour le rencontrer — impôts, inventaire, déménagement. Chacune de ces rencontres en terrain neutre (un restaurant pour couples illégitimes, avec nappes d'organdi et lampes enrubannées), je l'ai payée d'une crise de larmes — surtout quand nous avions ri ensemble, ou qu'il m'avait caressé le poignet. Trois fois j'ai pleuré. Des averses... Après la pluie le beau temps : les nuages sont si jeunes, ce soir !

Déjà le passé s'éloigne de moi, c'est un autre pays — plus coloré que celui-ci, plus chaud, plus gai, un pays où l'on tombe à chaque coin de rue sur des garçons roux comme des écureuils, avec de grands yeux doux, des yeux câlins, émerveillés... Cette terre exotique, je me rappelle avec bonheur l'avoir visitée ; mais je ne regrette rien aujourd'hui de ce que j'ai vu là-bas, ni de ce que j'y ai laissé ; même si je le pouvais encore, je ne voudrais pas y retourner. Le voyage m'a fatiguée. À mon âge, il est prudent de fuir les rivages éloignés, de rejoindre ses bases, de se ménager. Thé à la bergamote, fleurs dans les vases, draps parfumés, draps soyeux, draps volantés : ma chambre est un monde assez grand pour moi.

Deux ans, bientôt, que mon mari est parti... Les hivers passent et se ressemblent ; mais je ne me ressemble pas. À mesure que je me dénude, je gagne en épaisseur. Dans le froid, la solitude, sans armure ni vêtements, mon cuir se tanne, mes muscles s'affermissent. Je me sens plus solide en dedans. Et dehors, quand je sors dans le vent, je trouve maintenant la neige douce, sensuelle, tiède. Plus rien de terrifiant : tout est rond. Les angles vifs ont été rabotés : à la place des dix marches du perron, une colline érodée ; sous leurs toits sans arêtes, les maisons ont l'air de champignons ; et sur la terrasse, cette calotte de neige qui coiffe un vase Médicis, on dirait un œuf d'autruche posé sur un coquetier. Les sapins moutonnent, les cèdres font le gros dos. Et dans la neige fraîche, moelleuse, j'entends ronronner mes pas. Qu'ai-je à craindre ? Laineux, fourré, le pays tout entier s'est fait chat pour mieux m'apprivoiser.

« La neige et la nuit frappent à ma porte » : je leur dis d'entrer.

Je suis morte. Ou plutôt, comme disent les enfants, « j'ai mouru ». Je suis morte, mais je ne meurs plus. « Je suis morte », passé composé.

D'ailleurs, comme je ne fais rien à moitié, je suis morte deux fois. À dix-huit mois d'intervalle. On ne sort pas intact d'autant de trépas ! Celle qui est morte — amoureuse naïve, pétrie de certitudes et de fidélités — n'est pas la même qui peut décrire aujourd'hui ses morts d'autrefois : sans les voir encore du Paradis, elle les voit de plus haut...

Ma première mort s'est produite à l'hôpital. On venait de m'y admettre en urgence pour réparer ma main cassée. Il faisait nuit. Mon mari, que sa propre violence avait surpris, était resté, confus et effaré, dans une salle d'attente mal éclairée d'où personne n'osait le tirer... On découpait à la scie ma bague de fiançailles, on me traînait, sans bagages et sans amis, de service en service dans la bâtisse endormie : partout, j'attendais. Quand enfin le chirurgien apparut au bloc opératoire, mal réveillé, mal luné, Kim me fit allonger sur la table : « Don't worry ! » Et c'est là que surgit la première difficulté — la tisane, sa tisane, celle que, dans sa bonté, elle m'avait fait absorber deux heures plus tôt comme on donne la becquée, cet élixir d'amour et de compassion interdisait maintenant l'anesthésie générale. « Et dire que le sujet (c'était moi, "le sujet") n'avait pas mangé depuis douze heures, qu'il était à jeun, gémit l'anesthésiste, et que c'est chez nous qu'on lui a fait boire cette connerie ! — En ce cas, est-ce qu'on ne pourrait pas attendre demain ? » suggérai-je d'une voix timide. Non, ce genre de fracture n'attend pas ; un chirurgien qu'on a tiré du lit, non plus. On se contenterait d'une « locale ».

« Êtes-vous douillette, sensible ? » me demanda brutalement « l'homme de l'art » que ce contretemps irritait. Douillette, non. Sensible ? Il me semble qu'une femme qui se retrouve aux Urgences parce que son mari, qui veut la quitter pour une autre, vient de la blesser, cette femme peut se sentir, comment dire, « sensibilisée »... Mais on était déjà passé à la question suivante : « Allergique ? À la Marcaïne ? La Xylocaïne ? La Carbocaïne ? » Les noms qui défilaient, je n'en connaissais aucun ; d'ailleurs, à cette heure de la nuit, et dans ces circonstances, j'étais bien incapable de dire à quand remontait ma dernière intervention et de quels produits la médecine avait usé. Le chirurgien, excédé, décida que je n'étais pas allergique — ouste ! Et il congédia l'anesthésiste : pour une « locale », l'aide de l'interne de garde et d'une infirmière suffirait. « Et que ça saute ! »

On me fit une première piqûre ; puis, au bout d'une demi-heure (que Kim, indifférente aux réprimandes des « patrons », passa à sécher mes dernières larmes), on commença l'injection destinée à insensibiliser le membre blessé. Là, plus rien ne se passa comme l'expert l'avait décidé : à peine le liquide eut-il commencé à pénétrer dans mes veines que je sentis mon corps brûler : j'étais couchée sur un gril. « La peau me cuit, dis-je au chirurgien, c'est normal ? » Sans me jeter un regard, il continua à préparer ses petits instruments : il devait croire que j'éprouvais l'agréable sensation d'une dame allongée sur une plage ensoleillée, alors que je vivais le martyre de saint Laurent — sous les néons de la salle d'opération, je n'étais pas en train de bronzer, mais de rôtir à feu vif. Toute mon enveloppe flambait ; à ce degré de cuisson je devais être rouge brique... « Ça me brûle », murmurai-je encore, gênée d'insister. Du côté des professionnels, pas de réaction.

Et brusquement mes lèvres enflèrent, je gonflais comme une montgolfière ; mais je ne risquais pas de m'envoler : on avait posé sur mon thorax un bloc de pierre que 'e ne pouvais pas soulever. Mon cœur, écrasé, n'avait même plus la place de battre. Ouvrant la bouche comme un poisson hors de l'eau, je parvins encore, en aspirant quelques goulées d'air, à gémir : « Je me sens mal, me sens mal... » Mais déjà je ne pouvais plus articuler : ma langue collait à mon palais.

Je vis des visages se pencher sur moi, je sentis qu'on me prenait le pouls, la tension, tandis que le chirurgien ordonnait d'une voix qu'il croyait calme : « Appelez la Réa ! La Réa, bon Dieu ! » On me faisait d'autres piqûres. De nouvelles blouses blanches s'agitaient au-dessus de moi ; elles parlaient une langue étrangère : la langue médicale, brève et codée ? ou quelque chose de plus exotique encore — du swahili, du chinois ? Les mots semblaient résonner dans la salle, rebondir contre les murs, je n'en saisissais aucun, à part celui d' « atropine ». Pourquoi celui-là vint-il jusqu'à ma conscience, et pourquoi l'ai-je mémorisé ? Peut-être parce qu'il fut souvent répété ? Comme le refrain d'une chanson : « Bague à Chine, bague à Dine, Claudine, Morphine, Atropine. » Ma dernière rivale... La dernière maîtresse de ce mari dont je me souvenais qu'il se trouvait là, dans une salle d'attente, à quelques mètres de moi.

Je mourais, et il ne le savait pas. Je mourais, et je ne le

voyais pas. Je mourais entourée de visages étrangers et de voix inconnues. Je mourais sans pouvoir l'appeler. Je mourais seule. Je mourais.

Car si mon corps continuait a se débattre, à s'agripper, avec les mouvements désordonnés d'un chat qu'on noie, si je tentais encore de remonter à la surface, de respirer entre deux plongées, mon esprit avait déjà pris son parti : ce n'était plus qu'une question de secondes, je mourais. Je mourais scandalisée, mais je mourais.

J'eus une pensée pour nos quatre enfants qui étaient à la fête de la Musique ce soir-là — au matin, quand ils rentreraient, ils trouveraient ma chambre vide, et, sur le seuil, quelqu'un qui leur apprendrait, avec des mots blêmes, qu'ils ne me reverraient jamais... Ils étaient grands, ils poursuivraient leur route sans moi ; mais s'ils n'avaient plus besoin que je vive, ils avaient besoin que je ne meure pas de cette façon-là — dans une lumière de fait divers qui leur donnerait à penser que leur père m'avait assassinée... J'aurais voulu pouvoir leur dire que, dans ce malheur à rallonge, mon « p'tit rouquin » n'était pour rien, que nous étions tous deux les victimes d'un enchaînement maléfique, celui des contes de fées : le prince charmant enlève son alliance, j'ôte mon anneau ; je l'insulte, il me bat ; ma bague de fiançailles, trop large depuis que l'anneau n'est plus là, tourne sur mon doigt ; mon prince m'attrape la main, il serre, la pierre me broie ; il me conduit à l'hôpital, une bonne âme m'offre une tisane, je la bois ; je ne suis plus à jeun, on renonce à m'endormir, on m'injecte n'importe quoi ; je brûle, on ne m'entend pas ; j'enfle, j'étouffe ; mon cœur palpite, cogne, mon cœur se brise ; je meurs. Je meurs parce que mon mari a retiré l'anneau que je lui avais passé au doigt.

Une histoire bête, mais d'une cohérence parfaite. Tellement cartésienne que mon esprit capitulait ! Je comprenais pourquoi je mourais, je l'acceptais. Seul mon corps se

rebellait : si la mort n'est rien, le « mourir » est difficile...
Affolé, mon cœur tentait de se projeter hors de ma
poitrine ; mes jambes s'agitaient ; je roulais la tête de tous
côtés. Fuir, fuir. J'essayais de me redresser. Assise, il me
semblait que je respirerais mieux, que l'étau qui bloquait
mes poumons se desserrerait ; dans un effort désespéré je
luttais pour me relever, m'échapper. Mais deux bras fermes
me maintenaient couchée sur la table. Une voix près de
mon oreille répétait : « Respirez lentement. Respirez avec
moi » ; et j'entendais — car maintenant, de nouveau,
j'entendais — quelqu'un (homme ? femme ?) prendre de
grandes inspirations, puis souffler comme un ballon qui se
dégonfle : on m'avait donné un professeur de respiration. Je
voulais lui faire plaisir, être gentille, m'appliquer, mais je ne
pouvais pas. Mon corps ne m'obéissait plus : il criait « au
secours » sans voix, se convulsait vainement, douloureuse-
ment, dans la lente épouvante d'une noyade... Ce soir-là,
la mort m'a essayée. Elle ne m'a pas trouvée complaisante !

Et, comme dans une noyade encore, mon âme impuissante bombardait ce corps asphyxié de souvenirs et
d'images désordonnés : sur le mur d'en face, jaune et laid,
ce mur qu'une demi-heure plus tôt je n'avais jamais vu et
qui serait pourtant ma dernière vision, je lus, soudain
projetée en lettres noires, ma « nécro » — cet avis de décès
qu'on insère dans les journaux et qui est parfois suivi, en
petits caractères et entre crochets, d'une biographie de
quelques lignes. Y figuraient, parfaitement nets, les titres
de mes ouvrages « profanes » comme on les trouve sur la
première page de gauche de chacun de mes livres ; et cette
liste s'arrêtait au recueil de nouvelles que j'avais publié six
mois plus tôt. Une « bibliographie » écourtée : c'était donc
cela, la mort ? La mort de ceux qui avaient déjà quitté
leur vie pour les livres, c'est un titre « à paraître » qui ne
paraîtra jamais, un chapitre interrompu, un vers inachevé :
des mots en moins. Alors, je n'écrirais pas d'autre roman ?

Vraiment ? Plus jamais rien « du même auteur » ? Mes livres ont besoin de moi ! Je me sentis soudain soulevée d'une telle colère que cette révolte me sauva.

Peu à peu, je parvins à respirer en harmonie avec l'interne qui me donnait le « la » ; je reconnus le bon visage de Kim penché sur moi ; l'infirmière et « l'homme de la Réa » échangeaient des chiffres dont je pus déduire (car je recommençais à comprendre et à raisonner) que ma tension remontait. J'étais en train de m'en tirer... L'écriture, cette occupation minuscule, cette passion dérisoire, était-elle déjà devenue mon unique raison de vivre ? La seule qu'on pût me proposer pour mettre mon âme d'accord avec ma chair et m'empêcher de concourir à ma perte ?

Sans doute les contrepoisons qu'on m'avait administrés, les soins qu'on m'avait prodigués, avaient-ils plus sûrement contribué à mon sauvetage. Mais j'avais rapporté de cette descente aux Enfers une certitude qui me soutiendrait dans les épreuves que j'allais traverser : mes livres ont besoin de moi.

« Eh bien, conclut enfin le chirurgien, pas fâché de retourner se coucher, nous vous opérerons demain, sous anesthésie générale. Ne soyez pas inquiète : nous n'utilisons pas les mêmes produits ! » On me roula sur un chariot jusqu'à une chambre vide. J'avais soif, mais je ne devais plus avaler une goutte d'eau jusqu'à l'opération : ne pouvait-on au moins m'humecter les lèvres avec un coton ? Pas question : cette fois on appliquerait le « protocole » à la lettre, et jusqu'à l'absurde ! « Tombée dans l'escalier ! Je t'en ficherai, moi, des "tombées dans l'escalier" ! Et allergique, en prime ! Y en a, je te jure !... »

Dans le lit je tremblais de froid, je n'avais, pour me réchauffer, ni robe de chambre, ni chemise de nuit, ni chaussettes, ni mari. Mes fractures, que le bandage comprimait mal, me faisaient souffrir ; on me refusa les antalgiques : « Ça fait deux fois qu'on vous le dit : rien avant l'intervention ! » Le choc, la douleur, l'inconfort, l'épuisement, et l'angoisse d'avoir à « recommencer », m'empêchaient de fermer l'œil. Et, comble du dénuement, je n'avais pas de livre !

Bientôt pourtant, j'eus quelque chose à lire : ce petit « mot d'excuses » dont j'ai parlé, et que mon mari avait gribouillé sur une feuille de carnet. À cet âge où une femme ne donne plus la vie j'avais cru accoucher de ma mort ; mais lui, le « futur papa », ignorait tout de ce « malheureux événement » ; toujours bloqué dans la salle d'attente, il n'avait été informé ni de la gravité de mes fractures ni de l'échec de l'anesthésie. J'étais morte, et il ne s'en doutait pas ! Son billet me parut étrangement décalé... Je revenais de loin, il n'avait pas bougé — toujours charmant, hésitant et léger. Pour la première fois, j'écoutai donc contre lui mon instinct de conservation : « Away ! » Plus d'allers et retours, de tergiversations : c'était sa faute si j'étais blessée (un grand diable d'Irlandais et une petite Auvergnate, personne ne les aurait laissés boxer dans la même catégorie !), sa faute si j'étais morte. Et puisque j'étais morte seule, je vivrais seule...

Les heures passèrent, lentes, si lentes, sous la lumière blafarde du plafonnier. On m'avait branché le téléphone, mais je n'avais aucun numéro à appeler : toute ma famille, mes meilleurs amis, étaient en province pour une cérémonie ; mes enfants dansaient le rock dans les rues de Paris. Personne ne savait où j'étais, ce qui m'arrivait. Personne, sauf mon mari.

Et c'est à lui, l'homme de ma vie, mon « compagnon de voyage », qu'à l'aube, vaincue, je finis par téléphoner... Il n'avait pas encore quitté la maison, il attendait les enfants. Je lui dis que j'avais mal, que j'avais peur, que j'étais vieille mais toute petite encore : je ne voulais pas rester dans cet hôpital, j'appréhendais l'opération, je voulais un bon anesthésiste, un chirurgien de confiance, j'avais besoin qu'on s'occupe de moi, qu'on me rassure, qu'on me console...

Il prit soin de tout (« Ne t'en fais pas, ma petite Cath, tâche de dormir, mon petit cœur »), et il prépara mon transfert avant d'organiser son départ. Il a toujours aimé me défendre contre les autres ; il ne tolérerait pas que des inconnus m'affligent, me martyrisent — lui seul a le droit de me faire souffrir : ma douleur est son royaume... Dans le second hôpital j'arrivai en loques. Une épave. Vingt-quatre heures sans avoir bu, trente-six heures sans avoir mangé, quarante-huit heures sans avoir dormi, et sept ans sans avoir connu de répit. Sept ans à « tenir » et sept ans à me nier.

De toutes ces douleurs on m'opéra sur-le-champ. Quand je repris conscience, après l'intervention, je flottais sur un nuage. Dans la « salle de réveil » où une demi-douzaine d'opérés, alignés sur leurs chariots, sortaient l'un après l'autre des brumes d'un sommeil sans rêve, tout me sembla doux. La couverture chaude dont on m'avait enveloppée, le drap blanc sur lequel j'étais couchée, la lumière, l'air, mon corps même — moelleux, souple, léger. Je n'avais plus froid, plus peur, plus mal. Je me mis à remercier, à voix haute et sans discontinuer, les absents (le chirurgien, l'anesthésiste, l'équipe du bloc), et les présents (les autres malades, les infirmiers de garde). Une interminable action de grâces, un babillage, un gazouillis de nouveau-né, interrompu, de loin en loin, par les réponses brèves des surveillants qu'allongée je ne voyais pas, mais qu'entre deux remerciements j'interrogeais sur tout et n'importe quoi : leur vie, celle de l'hôpi-tal, l'état des autres patients. Je me sentais d'une curiosité, et d'une bienveillance, universelles. Je vivais.

J'étais aux anges ; et ces anges que je découvris quand je fus en état de soulever la tête, ces anges avaient tous un beau visage noir autour d'immenses sourires blancs. Je me crus arrivée dans un paradis multiculturel où Dieu considérerait mes péchés avec des yeux indulgents et bridés...

Devant moi s'étendait une éternité de bonheur : six semaines de plâtre, deux mois d'arrêt de travail, un an de rééducation, et une petite infirmité « résiduelle » à laquelle je finirais par m'habituer. On m'avait accordé mieux qu'un sursis : la résurrection.

Dès que j'eus fini de mourir, je me cherchai une tombe.

Je voulais la trouver avant d'avoir, pour de bon, les yeux fermés : on m'avait donné une deuxième chance, une vie gratuite, je tenais à n'en rien perdre — pas même la mélancolie des cimetières, gravillons et chrysanthèmes, concessions bien alignées, serrées comme des pupitres d'écoliers dans une classe un jour de rentrée... Longtemps j'avais rêvé d'une tombe à deux places, d'un caveau matrimonial, comme dans ces chansons tristes dont ma grand-mère de Combrailles avait bercé mon enfance : « Ma mère, dites au fossoyeux qu'il creuse la fosse pour deux ! », « Ouvrez tombeau, ouvrez rocher, à mon mari je veux aller ». Unie à lui pour l'éternité, je ne voulais pas faire cercueil à part.

Plusieurs mois après sa fuite, je nous cherchais encore une tombe double. Au cas où... Fidèle jusqu'à l'entêtement, je voulais lui garder une place dans ma maison de la mort. Il me fallut beaucoup d'efforts pour admettre que lui laisser une porte ouverte, fût-ce celle du tombeau, serait le traiter en fils prodige — en enfant...

Renonçant à toute idée d'« ouverture » — ni fosse, ni dalle, ni monument — j'optai pour l'incinération. Qu'on réduise en cendres la femme de cendres ! Qu'on la mette en urne et qu'on scelle le pot ! Pour le ranger, j'ai déjà l'endroit : ce cimetière gallo-romain qu'on a retrouvé dans mon jardin de Combrailles — une dizaine d'urnes taillées dans le granit, groupées dans une clairière à mi-chemin entre le lac et la maison. Certains de ces vases ont perdu leur couvercle, et tous, les cendres de leurs occupants. La place est libre... J'aime l'Histoire, je ne déteste pas les supercheries : rempotée dans un récipient funéraire destiné aux légions de César, ma poussière prendra deux mille ans de mieux ! Je suis vieille, je serai antique ! Et puis, si l'on avait un jour envie de mêler aux miennes les cendres du fugitif, si quelqu'un, pris de regrets, voulait quand même... eh bien, il ne le pourrait pas ! Nos maigres ancêtres rendaient, à la combustion, si peu de poudre que la cavité prévue pour héberger leurs restes ne permettrait pas de loger, avec les débris d'une petite brune, ceux d'un grand roux.

Voilà donc l'affaire réglée ! Je me demande seulement ce qu'il adviendra, si l'on me brûle, du peignoir des « Nuits d'Élodie », de ma bague d'émeraude, de la perle noire... Bah, d'ici là, le peignoir sera peut-être mangé aux mites, la bague perdue, la perle volée ! Tôt ou tard, tout ce qui me prolonge m'abandonnera : cette maison que mes enfants trouveront trop chère à aimer, ce jardin-cimetière qui retournera à la friche... « De toute façon, tranche mon père avec un bon sens tout militaire, se faire enterrer dans ses murs est une sottise ! Les héritiers vendent la propriété à des étrangers et la famille ne peut même plus entretenir la tombe ! Sans compter qu'un cimetière fait baisser le prix d'une maison ! Qui voudrait du cadavre des autres chez soi ? » Il a raison ; et les arbres que j'ai plantés, on les coupera ; et les livres auxquels j'aurai donné ma vie sécheront au fond du grenier...

Triste constat, mais je ne vais pas courir me pendre !

Du reste, pour le suicide, j'ai déjà donné. À vingt ans. Et déjà à cause de lui, mon voyageur, mon colibri. Déjà il était là, dans ma vie, ou plutôt, déjà il n'y était pas.

Il y a près d'un tiers de siècle, je l'avais attendu tout un jour et toute une nuit, attendu jusqu'au vertige : il partait pour Tokyo le lendemain — un stage d'un an ; je ne le reverrais pas de douze mois entiers ! Je voulus l'embrasser une dernière fois ; je proposai de passer chez lui la veille du départ. « Non, me dit-il, je ne sais pas quand j'y serai : le dernier jour on a tellement de trucs à boucler ! C'est moi qui passerai chez toi. Ne bouge pas, attends-moi. — Tu me promets de venir ? — Je te le jure ! »

J'ai attendu toute la journée. Je me doutais bien qu'il en avait d'autres à embrasser — « Bague à Chine, bague à Dine ». Mais il avait promis...

Quand il est devenu clair qu'il n'aurait plus le temps de passer, j'ai cru qu'il allait me téléphoner, qu'au moins j'entendrais sa voix. Les yeux fixés sur ma montre, j'ai attendu. Minuit. Trois heures. Bon, il n'osait pas m'appeler au milieu de la nuit ; il avait peur de me réveiller, mais dès l'aube... Avant de prendre le car pour Orly, il m'appellerait. Puisqu'il avait juré. Quand le car a démarré (j'avais tous ses horaires en tête), j'ai espéré qu'il m'appellerait de l'aéroport : « Excuse-moi, mon poussin, j'ai été débordé ! » Oui, de l'aéroport il m'appellerait : entre l'enregistrement des bagages et le décollage on a tout le temps. Midi : je n'osais plus m'éloigner du téléphone. Il entrait dans Orly ; d'ici dix minutes, un quart d'heure au plus, il m'appellerait... L'heure tournait. Il devait y avoir la queue à l'enregistrement. Mais il me téléphonerait de la salle d'embarquement ; puisque, de là, on peut encore...

Pendant vingt-quatre heures j'avais suivi avec angoisse la progression de la petite aiguille. Puis je m'étais attachée à la grande. Maintenant c'était la trotteuse que je ne quittais plus des yeux. Mais j'avais tort de m'inquiéter, n'est-ce pas ? Il avait promis, il avait juré...

Treize heures quinze : l'avion s'envola. J'attendis encore trois quarts d'heure : peut-être n'avait-il pas vraiment décollé, cet avion qui l'arrachait à moi ? Si le vol était retardé, mon Francis prenait ses aises — un petit café, un sourire à la serveuse, un détour par les boutiques « duty free », c'est après, après seulement, qu'il m'appellerait... Quand je n'eus plus aucun moyen de me mentir, je voulus mourir. Faute d'expérience, je m'y pris mal...

De toute façon, c'est une vieille histoire : en matière de sentiment, on ne meurt d'excès qu'à vingt ans ; après, on meurt de manque, mais c'est plus lent. D'ailleurs, comme le conseille l'adage romain (je pioche le latin, à cause de mes voisins de cimetière), « non bis in idem » — pas deux fois pour le même... Et puis, je ne confonds plus la rupture avec la tragédie. La tragédie, je l'ai vue à l'œuvre, elle frappait chez les voisins, au hasard ; elle avait les yeux candides, le sourire sage, de deux petites sœurs qui rentrent de l'école et qu'une voiture fauche sur le trottoir ; elle avait la peau soyeuse d'un nouveau-né que sa mère contemple extasiée quand l'accoucheur sait qu'il ne marchera jamais. La tragédie, ce n'est pas Phèdre ni Didon ; encore moins Bérénice ; c'est une femme qui regarde, impuissante, souffrir son enfant.

Notre divorce n'a rien d'une tragédie — personne n'est mort, nos fils vont bien —, c'est juste une épreuve, un chagrin. Une amie canadienne qui vient d'apprendre « la nouvelle » me téléphone, apitoyée : « Ton mari a brisé ta vie ! » Non, il a brisé ma main. Ma vie, il l'a coupée en deux ; il en garde la plus belle part, c'est vrai, mais il m'en laisse un petit bout. Mon bonheur est en miettes. Je suis un écrivain. Un écrivain ne laisse rien perdre. Je ramasse les miettes.

Je suis morte deux fois. Par chance, j'étais parfaitement remise de ma première mort quand il m'a fallu affronter la seconde. Chance aussi : après la mort du corps, je n'eus à tâter que de la mort de l'âme — une bagatelle ! Sans compter que cette deuxième mort, je l'avais bien cherchée...

Quand j'étais rentrée de l'hôpital après le départ de mon mari, j'avais remarqué, en ouvrant ses placards et ses dossiers, qu'il n'avait pas tout emporté. Son alliance, par exemple, que je retrouvai jetée au fond d'un tiroir... Puis je tombai sur deux grandes enveloppes de papier kraft, oubliées sous des coupures de presse : les enveloppes n'étaient pas cachetées ; chacune d'elles libéra des dizaines de missives bleues, de ces lettres que je me rappelais avoir vues entre les mains de mon fils quelques années plus tôt. Il y en avait tant, de ces petits billets amoureux ! Combien pouvaient-ils en avoir échangé ? Des centaines ? Des milliers ? Sans doute mon mari avait-il cru, en s'en allant, ne rien oublier (même s'il ne fermait aucun tiroir, il respectait son orante ; assez pour ne m'avoir jamais invité à lire une ligne d'elle : elle ne faisait pas, ne ferait jamais partie du « fichier » !) ; il avait probablement tenté de rassembler tous les souvenirs de leur amour, mais voilà : il est distrait ! D'ailleurs, il a accumulé dans ma maison tant de preuves de leur passion qu'une fois le ménage fait il y reste plus de traces d'elle qu'il n'imaginait — ne devais-je pas, quelques mois plus tard, découvrir une pochette de photos dans une boîte à cigares ? Quant à ces lettres bleues qui se jetèrent sous mes yeux, j'eus la sagesse de ne pas les lire. Du reste, je croyais savoir ce qu'elles contenaient : des baisers rouges, des « mon grand HOMME », et des fautes d'orthographe.

J'avais rendez-vous le lendemain avec ma jeune avocate ; mon mari venait de me communiquer le nom de son

« conseil ». Il faisait vite maintenant : avoir une fille dans chaque port, et même dans son port d'attache, c'est banal et, paraît-il, bénin (« juridiquement, me répétait-il, l'adultère n'est plus une faute ») ; une double vie si bien organisée qu'elle confine à la bigamie, péché véniel encore (« Où est le problème ? La moitié de Paris vit comme ça ! ») ; mais avec les « coups et blessures », notre affaire changeait de nature. Craignait-il vraiment de me voir produire en justice mon bras plâtré ?

Comme je ne savais quelles pièces apporter à une spécialiste du droit matrimonial — contrat de mariage ? actes de propriété ? —, je joignis aux documents qui me tombaient sous la main (la main valide, évidemment) les deux enveloppes de papier kraft : « Tenez, dis-je à la jeune femme, au cas où vous voudriez vous faire une idée... — Inutile, répliqua-t-elle, en matière d'adultère le passé n'intéresse pas les juges. Ni les avocats. Seul compte le présent, et pour ce qui est du présent, puisque nos tourtereaux vivent ensemble à la face du monde, la preuve de la trahison serait facile à rapporter ! » Mais à la fin de l'entretien elle garda l'ensemble du dossier.

Quelques mois plus tard, tandis que — « pour les enfants » — nous progressions, lentement mais sûrement, vers un divorce négocié, un de ces divorces « paisibles, coopératifs et sublimés » qu'apprécient tant nos juristes et nos « psy », j'osai redemander mes enveloppes : « Bah, fit mon avocate en riant, elles sont aussi bien chez moi que chez vous ! »

Un an après, alors que nous avions dépassé le stade des « mesures provisoires », des requêtes conjointes, de la convention temporaire, de la non-conciliation, et que nous nous acheminions — sereinement, comme il se doit — vers l'irréparable (la convention définitive, le jugement), je revins à la charge : « Ces lettres que je vous avais confiées, Maître, vous vous souvenez ? Est-ce que vous ne croyez pas que, maintenant, je pourrais les récupérer ? » J'allais mieux, et ce mieux crevait les yeux : plus d'orthèse ; plus de cernes ; un corsage fuchsia ; des escarpins neufs ; un nouveau parfum ; et pour cacher les premiers cheveux blancs, un « balayage », quelques mèches châtain dans mes boucles brunes. J'allais mieux. Mais je n'allais pas bien : n'est-ce pas pour écrire que j'avais survécu ? Je n'écrivais plus. Roman interrompu. On m'avait abattue en plein vol, descendue. Doigts brisés, mains coupées. Blessée, je ne pouvais penser qu'à ma blessure ; piégée, je ne voyais plus que le piège.

Se fiant aux apparences, mon avocate jugea cependant qu'il n'y avait plus de risque à me mettre en face des réalités : elle glissa les lettres dans un dossier noir, que je rapportai à la maison. J'eus la force d'en différer encore une fois la lecture. Je voulais être seule, entourée de murs épais : pour ouvrir cette chemise couleur de deuil, j'attendrais de me retrouver dans ma campagne, mon hiver, ma nuit, loin des enfants.

Sitôt rentrée dans mon royaume de neige, volets fermés, verrous tirés, répondeurs branchés, je m'étendis sur le lit et, à la lumière de ma lampe de chevet, commençai à déchiffrer les billets bleus que j'avais posés en tas sur l'oreiller.

En général les enveloppes ne portaient pas de cachet puisque — sauf en août — elles étaient remises à la secrétaire, de la main à la main. Quant aux lettres, si je les trouvais parfois datées, c'était le plus souvent, de manière allusive (« au réveil », « avant notre voyage », « quatre heures du matin ») ou incomplète (12 mai, 17 juin, 20 novembre) ; l'année, on l'avait rarement mentionnée. Il arrivait tout de même que mon mari l'eût ajoutée au crayon de papier ; ou que la jeune dame l'eût, par distraction, fait figurer, mais cette indication, quand elle était donnée, n'atténuait guère ma perplexité : que penser, par exemple, de cette lettre de rupture (sur papier blanc : une curiosité !) datée du 15 septembre 84 ? Il y était question d'un voyage dans les Cévennes, d'une rivale, d'une dispute... En 84 ? Mais ils ne se connaissaient même pas !

Sans cesse, depuis que « l'homme de ma vie » est parti, j'ai dû réévaluer à la hausse la durée de sa liaison, sans cesse en repousser l'origine dans le passé. Mais pas jusqu'en 84, tout de même ! Douze ans de liaison, c'est absurde : notre plus jeune enfant n'avait que quatre ans, et nous étions si heureux ! Il est vrai que dans cette lettre-là il semblait s'agir d'une brouille ; peut-être Laure, encore célibataire (?), avait-elle eu, dès cette lointaine année, une aventure avec mon mari, un petit flirt, un coup de foudre que tous deux croyaient sans lendemain ; mais le feu couvait et il avait repris à la première occasion : lorsqu'ils s'étaient retrouvés à dîner chez des amis communs, quatre ou cinq ans après — ce fameux dîner où je n'avais rien vu, pas même la blonde inconnue qui devait changer ma vie ! Quand donc mes tourmenteurs s'étaient-ils rencontrés ? Quand, où, pourquoi s'étaient-ils aimés ? J'avais, lorsque je découvris la lettre blanche égarée dans la pile des bleues, renoncé depuis longtemps à éclaircir ce mystère que chaque nouvelle trouvaille épaississait ; et si je fus surprise de ce que le billet révélait, je n'en fus pas accablée. Mon avocate avait raison : j'allais mieux.

Simplement, je conclus qu'il était vain de vouloir rétablir, dans le fatras de sentiments répandus sur mon oreiller, un ordre chronologique. Mon mari lui-même, débordé par cette logorrhée, paraissait avoir abandonné toute velléité de classement : des lettres de 90 succédaient à des épîtres de 95 ; pêle-mêle, fourrées en vrac dans les larges enveloppes brunes. Négligence qui me permettait aujourd'hui de disposer non pas d'un échantillon de leur amour, mais — alors même qu'il ne me restait pas le

dixième de leurs lettres — d'une coupe en long : des
serments, des promesses, des souvenirs étalés sur plus de
sept années. Une manne pour un historien !

Aussitôt, retrouvant les réflexes de mon premier métier,
j'entrepris la « critique externe » des documents : le style
en était parfaitement conforme aux extraits autrefois
parcourus — « mon adoré Tarzan », « mon tsar », « mon
champion », « mon ange d'intelligence et de beauté », des
« je t'admire » toutes les trois phrases, et des « ta petite
fille qui t'adore » glissés entre deux cœurs peints au vernis
à ongles. Quant à la nationalité de « la petite fille », aucun
doute : elle émaillait reproches et louanges de « Buon
auguri, mio gran amore », de « mille bacci da tua Laura »,
et signait quantité de missives du doux surnom
d'« Italia » ! Comme il m'aurait été facile de savoir sept
ans plus tôt d'où elle venait, où elle allait. La vérité était
à portée de ma main : il suffisait d'oser prendre et de
regarder...

Pour le destinataire, pas d'erreur possible au moins :
c'est bien celui que je connaissais ; nous lui donnions, elle
et moi, les mêmes petits noms d'affection (« mon voyageur », « mes yeux bleus »). En échange de quoi, notre
voyageur indivis nous offrait les mêmes cadeaux : quand je
recevais un tissu à boubou, elle recevait un paréo ; quand
il me donnait une pierre colorée, il lui donnait un
coquillage ; et quand de Tahiti il me rapporta une perle
noire, il lui en rapporta un collier... Le parallélisme de ces
attentions me permit, finalement, de dater certaines lettres
sans difficulté. Aurait-il suffi aussi à me faire prendre
en pitié cette co-épouse qu'on m'imposait ? Dans les
premières années, tant que nos cadeaux ne furent pas
disproportionnés au point qu'elle pût se croire préférée,
elle souffrait : elle était la concubine qu'on cache, la clan-
destine, l'irrégulière ; mais il ne lui fallut pas longtemps
pour renverser la situation : à la fin c'était moi, la

première épouse, « la légitime », qui vivais Back Street !
L'humiliation avait changé de camp... Et puis elle au
moins, quand elle souffrait, elle ne se privait pas de crier !
On ne lui demandait pas de « se tenir » : à chaque instant
elle se rebellait, rompait, injuriait, partait, menaçait, revenait, m'égratignant au passage : je devenais « la mijaurée »,
« la vampire », « la piquée », et « on » — ce « on » qui empê-
chait l'amant chéri « de maîtriser sa vie », ce « on » qui
abusait de « l'honnêteté morale et du sens du devoir » d'un
époux exemplaire...

Allons, puisqu'il ne pouvait y avoir de doute ni sur le
scripteur (« Italia ») ni sur le destinataire (« un époux
exemplaire ») ni sur la qualité du papier (un vergé bleu, à
en-tête gravé), puisque les voyages du bel oiseau, et les
cadeaux qu'il laissait tomber de son bec généreux, permet-
taient de rattacher la plupart de ces courriers à un
semblant de calendrier, il était temps de s'attaquer au
contenu même des documents : que m'apprenaient-ils
dont nul ne m'eût encore informée ?

Des détails. Accablants, bien sûr. « Cocue », passe, mais
trompée ! Les lettres me révélaient des voyages dont je
n'avais rien soupçonné — Istanbul, Marrakech, et des
cocotiers, toujours plus de cocotiers ; elles m'informaient
aussi de l'intimité très ancienne de mon mari avec le père,
la mère, les frères de son orante (« Je suis heureux, s'exclamait le beau-père "de la main gauche", de voir enfin
notre famille se reconstituer ! » Voilà un homme qui n'était
pas regardant sur l'état civil de ses « gendres » !) Surtout,
je découvrais que l'Invisible ne nous quittait jamais. Même
quand je croyais avoir entraîné mon mari loin de Paris,
loin d'elle, elle nous suivait : visites nocturnes dans la
bastide endormie (moi aussi, hélas, endormie !), rendez-
vous amoureux dans la campagne (il partait « faire un
tour » en vélo, elle l'attendait en voiture au premier carrefour)...

Mais, alors que j'étais encore sous le choc de ces vieilles nouvelles, un mot, une broutille, ramenait malgré moi un sourire sur mes lèvres, me rendant complice de l'un, complice de l'autre, ou de l'un et l'autre : je constatais, ravie, qu'il la faisait attendre (dans les bureaux vides, les gares désertées, les cafés) non moins impitoyablement qu'il m'avait fait languir ; elle se plaignait. Radoucie par sa défaite, sa tristesse, je la plaignais aussi. Puis, elle parlait du regard de mon mari, ni bleu ni vert, de son regard changeant, ses yeux d'enfant étonné, avec autant de tendresse que j'en aurais parlé ; et de nouveau je me sentais proche d'elle, proche à la toucher. Ou bien, au contraire, elle entrait en fureur parce que, renonçant à la rejoindre, il avait décidé de m'accompagner à un dîner, de fêter Noël en famille, d'aider l'un de nos fils à terminer un devoir : ce soir-là il m'avait choisie ; et pour couvrir cette « faute », il lui mentait. Souvent il lui mentait, elle ne s'en apercevait pas toujours. Moi qui maintenant savais tout, qui voyais en même temps l'envers et l'endroit, je triomphais ! Et parce que j'avais enfin toutes les cartes en main, j'étais prête à prendre leur jeu en pitié : impostures à la petite semaine, alibis à la va-vite, mensonges au décrochez-moi-ça, certes ils avaient beaucoup triché ; mais ils avaient beaucoup souffert, il leur serait beaucoup pardonné. En puisant, une fois encore, dans le fonds d'indulgence inépuisable que je lui gardais — que je leur gardais à tous deux puisqu'ils ne formaient, paraît-il, qu'un seul être —, je m'ébahissais : comment pouvais-je, tout en jugeant mon mari avec sévérité, en le voyant tel qu'il était, me trouver toujours entraînée ? Je n'avais même plus besoin de lui pour l'aimer...

Non, ce ne sont pas ces vétilles, suppléments dérisoires à la chronique de leur passion, qui m'ont tuée. Pas même, avançant dans ma lecture, ces deux coups de poignard que je supportai sans vaciller : une lettre qu'accompagnait une photographie — l'orante seule, posant debout, souriante, en robe rouge, devant un beffroi. Légende au dos de la photo : « Ta Laura toute rouge, qui pense à toi. » Sur les clichés pris quelques années plus tôt dans mon appartement, elle était en rouge déjà : elle devait aimer les couleurs vives — forcément, une Italienne... Ce fut la lettre jointe à la photo qui m'éclaira : il l'avait, paraît-il, « vouée au rouge passion » (sic) ; pour lui obéir elle ne portait plus que des vêtements coquelicot ; même lorsqu'elle se trouvait loin de lui, elle continuait à respecter ses ordres (photos à l'appui), heureuse d'être contrainte, d'être gênée.. Cette histoire de « rouge passion » était ridicule, évidemment ; mais elle m'ouvrait des horizons nouveaux : jamais il ne m'aurait demandé pareille chose ; jamais, d'ailleurs, je ne la lui aurais accordée... Quelle était donc cette sorte d'amour inconnue qui les unissait ? Et dans ce couple rouge, qui conduisait l'attelage, qui ?

Il y eut surtout cette autre lettre, vieille de trois ou quatre ans, qu'elle lui avait adressée aux États-Unis où il suivait une OPA, aux États-Unis d'où il m'avait faxé au même moment « je n'ai pas eu le temps de te dire au revoir, ma petite Cath, mais je te couvre de baisers et de petits souffles pressés dans le cou » : « Tous les jours, lui écrivait l'orante de son côté, je me répète ces vers de Baudelaire *que j'ai appris pour toi comme tu me le demandais* (c'est moi qui souligne) : "Ton *époux* (c'est elle qui souligne) court le monde, mais ta forme immortelle / Veille près de lui quand il dort ; / Autant que toi sans doute il te sera fidèle, / Et constant jusques à la mort" »...

Son époux ? Pourquoi, s'il était son « époux », son époux à ce point-là, faisait-il encore semblant d'être marié avec moi ? Et « fidèle », à elle « fidèle » ? Accompagné en tous lieux, même dans mon lit, de « sa forme immortelle » ? Mais si c'était vrai (et ce Baudelaire, elle était bien incapable de l'inventer !), alors pourquoi, pourquoi lui et moi ? Pourquoi « les petits souffles dans le cou » ? Il ne m'avait pas fait apprendre du Baudelaire, à moi, il ne m'en avait même jamais récité ! Qui aimé-je ? Qui avais-je aimé ?

J'eus quelque peine à retrouver mon souffle après ce coup-là : l'« époux » m'était resté fiché en plein cœur. Il était dit pourtant que ce soir d'hiver, dans ma maison barricadée, cernée de pluie, de neige, de nuit, je ne mourrais pas transpercée : je mourrais empoisonnée. D'un poison lent...

À mesure que j'entrais en voyeuse dans leur intimité, l'idée que je me faisais d'elle se précisait : peu de lettres avaient l'élévation de la « lettre américaine » (encore s'agissait-il d'un envol téléguidé ! C'était, par Baudelaire interposé, mon mari qui tenait la plume, lui qui s'envoyait ses plus belles pensées) ; la plupart du temps, livrée à elle-même, sa Laura pataugeait dans la guimauve : flatteries (avait-il tant douté de lui-même qu'il eût sans cesse besoin d'être encensé ?), verbeuses analyses de sombres malentendus, promesses de midinette... J'avais devant moi (contre moi) une gourde amoureuse. Non pas gourde parce que amoureuse (ce serait banal) ; ni amoureuse parce que gourde (mon mari méritait mieux que cela). Non : gourde et amoureuse.

« Gourde », au fond, ce n'était pas une révélation... Mais « amoureuse » ? Toute épouse trompée se fait de la femme-d'en-face une certaine idée : c'est une pute, ou une intrigante. Le plus souvent, les deux. Je m'étais donc imaginé que mon mari découvrait dans les bras de son Italienne des plaisirs que ni moi ni les « blondes antérieures » ne lui avions donnés. Des plaisirs qu'à cinquante ans je ne soupçonnais même pas. Rouge passion... Quant aux manœuvres, aux manigances, il y en a peu que je ne lui aie prêtées ; au début (mais de quand datait le début ?) j'avais cru mon innocent victime des manèges d'une aventurière : la femme et le pantin — je suis restée très XIXe ! À ma décharge il faut dire que, sur la fin, tout le monde s'accordait à confirmer cette vision : certaines de ses anciennes maîtresses, effrayées, m'avaient alertée — je songe à cette « ex », partie vivre à l'étranger depuis des années, et qui, déjeunant avec mon mari entre deux avions, m'avait appelée sitôt le dessert avalé : « Méfie-toi, Catherine, celle-là n'est pas comme les autres : elle veut tout ! Et il la craint... » Le harem s'affolait.

« Harem » est le mot juste, car il s'était établi, au fil du temps, avec quelques-unes de ses « anciennes » (les plus anciennes des « anciennes », naturellement) une espèce de connivence étrange, parfois même une amitié : elles me faisaient leurs confidences, je leur contais mes chagrins... Il est vrai que certaines étaient déjà mes amies « auparavant », d'autres, les femmes de nos amis ; mais plusieurs que « l'HOMME » avait amenées du dehors, et imposées dans nos petits cercles, y étaient restées lorsqu'il les avait abandonnées. Si elles étaient sympathiques (et elles me le devenaient dès que, cessant d'être dangereuses, elles se trouvaient malheureuses), pourquoi ne les aurais-je pas « gardées » ? Je n'étais pas jalouse de rivales que j'avais vaincues ; les plus douces, les plus accommodantes de celles-là, ne me contestaient d'ailleurs aucunement mon titre de « première épouse ». Au contraire : quand Laure, soudain, se détacha du lot (mais quand elle apparut en pleine clarté, il était déjà trop tard), les concubines délaissées me rappelèrent à mes devoirs : qu'attendais-je pour reprendre la direction des opérations, remettre de l'ordre dans la volière, et replacer fermement la dernière arrivée au rang qui devait rester le sien — le dernier ?

Elles ignoraient que tant de combats, toujours recommencés, m'avaient épuisée, et que je n'avais plus qu'un désir : abdiquer... Les derniers mois, quelques-unes se donnèrent du mal, cependant, pour exciter ma combativité : une très-ancienne, heureuse en ménage depuis que mon mari l'avait quittée, alla, de sa propre initiative, jusqu'à « planquer » plusieurs jours devant « l'atelier d'artiste ». « Tu me croiras si tu veux, m'apprit-elle après enquête, mais elle n'est même pas belle ! Bon, grande, vraiment grande... Et très "show off", côté vêtements : robes de haute couture, manteaux de fourrure, et des bijoux, ma pauvre, des bijoux partout ! Pas notre genre, quoi... Seulement, souviens-toi de ce que je t'ai dit : Francis a l'air de l'aimer ! Il faut voir comme il m'en parle... Fais gaffe, Cathie : cette petite garce l'a embobiné ! Bats-toi ! »

Plus tard, quand notre rupture fut consommée, des gens qui avaient connu « la nouvelle » au temps de son premier mariage m'assurèrent que la timide orante n'était qu'une arriviste : « Calculatrice à un degré que vous ne pouvez imaginer ! Ce n'est jamais un homme qu'elle épouse, c'est son carnet d'adresses ! » Ce portrait me plaisait... Mais à mesure que je lisais, je dus le retoucher.

Ardente, licencieuse, volcanique, « la femme de mon mari » ? Pas le moins du monde : rien de torride dans ce courrier, rien même d'érotique ni de libertin. Des lettres chastes, presque enfantines, des rappels d'attentions puériles. Si l'un des deux amants avait dû apprendre quelque chose à l'autre, ç'aurait plutôt été « le monsieur »...

Et intrigante, l'était-elle au moins, intrigante ? Non. La pauvre petite n'avait pas pour deux sous de malice : certes, elle était sans principes et sans vergogne, mais méchante, rarement — sauf quand elle souffrait. Car elle aimait cet homme qui l'obligeait à « partager ». Feindre,

201

tricher, alterner la menace et le compliment, la scène et le dithyrambe, se jeter à corps perdu dans l'hyperbole et ramper aux pieds de l'élu, n'importe quelle femme peut le faire — un certain temps. Mais on ne joue pas ce jeu-là pendant... combien, au fait ? Sept ans ? Douze ans ? Non, ce n'était pas une intrigante, une intrigante aurait renoncé depuis longtemps. C'était une amoureuse. Sincère.

Elle l'aime. Je le sais, je le sens. Elle lui dit, lui répète qu'elle l'aime, j'en meurs. Elle ne l'abuse pas, ne lui ment pas, j'en meurs. Je ne lui serai plus nécessaire, il n'existe plus, je n'existe pas.

Peut-être n'avais-je besoin que de ceux qui ont besoin de moi ? J'ai eu besoin de mon mari, qui désormais se passe de mes bontés, j'ai eu besoin de mes enfants, qui sont des adultes maintenant. À présent, j'ai besoin de mes livres. Plus tard, j'aurai besoin d'un chien, dont le bonheur dépendra du mien. Puis un jour, trop fatiguée pour qu'on puisse encore compter sur moi, je n'aurai plus besoin de rien... Je serai morte, je le suis déjà.

Le coup qui m'acheva, aucune lettre en particulier ne me l'assena, mais toutes distillaient le venin qui m'emporta. Mort — goutte à goutte et phrase après phrase — l'espoir, ou ce qu'il en restait. Mort, l'homme que j'avais aimé, ce Docteur Jekyll pour qui j'avais, depuis tant d'années, supprimé chaque jour Mister Hyde. Et morte, celle qui l'avait aimé.

J'avais cru autrefois que pour sortir de mon amour, de ma vie même, il me suffirait de me rappeler notre dernier anniversaire de mariage — ce moment où mon mari avait lentement croisé devant mes yeux ses mains nues : « Il me manque quelque chose, Catherine. Devine quoi... » Son sourire froid, ses mains croisées et décroisées au ralenti, comment pourrais-je les oublier ? Mais je m'étais trompée : un an plus tard, je lui avais déjà pardonné cette sinistre comédie ! Le souvenir même s'en estompait. D'autres souvenirs, plus récents, plus aimables, le recouvraient : le « monstre » ne m'avait-il pas appelée de Londres le jour de mon anniversaire ?

J'avais, pour la circonstance, supprimé mes répondeurs : les coups de fil, un jour pareil, ne pouvaient être que brefs et amicaux. De toute façon, je trouvais maintenant d'excellents prétextes pour me raccorder au réseau En décrochant j'étais donc tombée directement sur lui, le seul dont je n'attendais ni signe ni appel : mon mari.. Oh, pas pour longtemps : vingt secondes, montre en main ! « Je t'appelle d'Heathrow. Pour te souhaiter un bon anniversaire, ma chérie, et te dire que... Oh, zut, la communication va être coupée ! Ma carte est finie. J'en rachète une autre, je te rappelle tout de... » Il n'avait jamais rappelé. Je ne m'attendais pas qu'il le fît. Il n'avait jamais d'argent (oublié) ; jamais de cartes de téléphone (périmées) ; jamais de papiers d'identité (égarés) ; jamais de lunettes (perdues)... Quant à ses promesses (« Je te rappelle tout de suite »), j'étais payée pour savoir ce qu'en valait l'aune ! N'importe : c'est l'intention qui compte ; en ce jour où sa vieille femme prenait un an de plus, un an de solitude, un an d'amertume, il avait eu l'intention d'être gentil...

Ce n'est pas par la cruauté de mon mari que je suis sortie de mon amour ; j'en suis sortie par la sincérité de sa maîtresse : on peut aimer sans être la mieux-aimée si l'on est sûre d'être la mieux-aimante... Je compris, en lisant l'Autre, que je devais renoncer à cette ultime prétention.

De quel droit, désormais, serais-je encore restée entre eux deux ? Je n'avais plus rien à y faire. Rien. J'étais morte. Dans les semaines qui suivirent, j'eus à cœur de faire part de ce décès à tout mon entourage : je voulais qu'on sût pourquoi je ne me battrais plus ; l'épouse-malgré-tout, l'amante obstinée, Pénélope au rouet, avait été anéantie, empoisonnée ; je présentais à chacun l'instrument du crime — les lettres bleues. À mes parents, ma meilleure amie, mon fils aîné, j'en lus de larges extraits ; j'avais besoin que leur sentiment vînt confirmer le mien : l'Autre l'aimait, n'est-ce pas ? Elle l'aimait vraiment ? Elle l'aimait plus que moi ? « Peut-être, convint mon père après avoir subi sans broncher deux heures de lecture et d'exégèse, peut-être, mais je n'aurais pas voulu être aimé de cette manière-là » (il est colonel retraité). « Trop de mignardises, de nigauderies ! » Personne, en tout cas, ne tenta de me mentir ni de me ranimer : las de me voir agoniser, mes « soignants » optaient pour l'euthanasie. À l'unanimité.

J'ai laissé derrière moi ma vieille dépouille. La mue est achevée. De l'au-delà je tâche de regarder les deux amants avec le détachement d'un ange : j'espère qu'ils seront heureux. Puisque j'ai trouvé, grâce au départ de l'infidèle, ce que son amour ne m'avait jamais apporté — la paix —, je lui souhaite de trouver avec son orante tout ce que je n'ai pas su lui donner : la tendresse plutôt que la passion, l'admiration plutôt que la complicité.

Le bonheur est un jardin : Dieu fasse que ces deux-là n'en soient jamais chassés parce qu'un serpent y serait entré !

Je suis morte. Vivante, mais « morte à ». Morte aux vanités peut-être, et à bien des sentiments. Je me détache des joies et des fracas du siècle, de ce que j'avais craint comme de ce que j'avais aimé. Est-ce un bienfait du malheur ? J'ai tué mes petits chagrins et mes grandes timidités. Quand on a divorcé de son mari (et avec lui, d'une famille, d'une maison, des bonheurs du passé et des rêves d'avenir), on peut divorcer de tout : de son époque, de ses amis, de ses parents, de ses lecteurs, de ses enfants, et même de son menuisier ! Nul n'est plus indispensable. Puisque je ne lui manque pas, personne ne me manque...

Seul le mal qu'il m'a fait m'appartient ; encore cette douleur est-elle en train de fondre avec le redoux, comme fond la neige au soleil ; le temps viendra où je ne comprendrai plus les lignes que je trace là, où je renierai un livre dans lequel, en toute bonne foi, je ne me reconnaîtrai pas : « Te souvient-il de notre extase ancienne ? — Pourquoi voulez-vous donc qu'il m'en souvienne ? »

Je suis morte. Morte à notre passé partagé. Mémoire hémiplégique, divisée par moitié. L'autre jour, déjeunant avec la femme-du-frère-cadet-de-mon-futur-ex-mari, je lui ai parlé de « sa belle-mère » : je n'ai pas dit « notre belle-mère », j'ai dit « ta belle-mère » comme si je parlais d'une étrangère à une étrangère... Francis n'avait-il pas raison ? Déjà je ne suis plus de sa famille, sa mère n'est plus la mienne, ses maisons me sont fermées. J'ai su que le chapitre était clos quand j'eus enfin le courage, un jour de mai, d'aller rechercher mes vieilles robes dans sa bastide de Provence, et d'affronter le moment si redouté où je pousserais pour la dernière fois le grand portail, où j'entrerais dans cet appartement que j'avais meublé, cette longue pièce blanche où nos enfants avaient appris à marcher et où je retrouverais, dans les coffres et les paniers, leurs « collections » de pommes de pin et de boules de cyprès... Cet instant où il me faudrait rejoindre un passé dont j'étais exilée, je l'avais appréhendé nuit après nuit, rêve après rêve.

Surprise : « les champs n'étaient point noirs, les cieux n'étaient pas mornes ». On n'avait pas muré ma porte, la piscine ne me fut pas interdite, et ma belle-mère ne m'annonça pas le prochain mariage de « Laure et

Francis »... Tout se passa dans la douceur et la civilité : jamais le « jardin italien » ne m'avait paru si bien taillé, les rosiers si fleuris, la brise si parfumée, et les parents de mon futur ancien mari dépensèrent des trésors d'amabilité pour me faire oublier qu'ils avaient reçu la maîtresse de leur fils quand je me trouvais encore à l'hôpital...

Dans notre ancien appartement, je pénétrai les yeux ouverts et sans pleurer. Je vis les changements de décor dont mes enfants s'étaient indignés — la nouvelle disposition des meubles, les couleurs plus vives, la vaisselle provençale, les objets d'« art local ». Tout me sembla d'assez bon goût, le goût d'une jeune personne qui lit *Maisons Côté Sud* et a les moyens de se faire offrir par son Tarzan du « Soleiado ». Les canapés neufs étaient de grande classe et d'excellente qualité : je me suis assise dessus pour les tester. On avait aussi changé les matelas.

J'eus l'impression (mais je notai le fait avec indifférence) que le nouveau couple ne couchait pas dans notre chambre, mais sur la mezzanine ; quant aux deux enfants de « l'autre lit », nouveaux « cousins » des cousins des miens, la future Madame Kelly les avait logés dans l'ancien dortoir de mes fils, dont je m'aperçus, contrariée, qu'on avait fait disparaître la courtepointe fleurie, une courtepointe qui venait de mes grands-parents et que j'avais toujours aimée. Je finis par la retrouver dans un coin, jetée en boule et tachée d'encre (une maladresse d'une des petites filles ?) Avec soin je repliai ce vieux dessus-de-lit : il avait eu sa place dans ma vie bien avant que j'aie un mari ; j'avais le droit d'y être attachée et je ne courais aucun risque sentimental à l'emporter.

Pour le reste, à part le portrait de ma grand-mère, je ne trouvai rien à garder. Des souvenirs qu'en trente années j'avais partagés avec les propriétaires de cette maison — traces de nos enfants, de nos amours —, je n'éprouvais plus le désir de m'encombrer. Je laissai même dans la penderie les robes que j'étais venue chercher : que Laure en fasse des chiffons ! Ces « bains-de-soleil », ces « dos nus », ces chemises de dentelle, ces décolletés, c'est une autre Catherine qui les avait portés ; et cette autre — Cath, Cathou, Katioucha — je l'avais enterrée.

Passant de pièce en pièce sans même ouvrir les volets, j'inspectai les lieux froidement, comme un marchand qui s'apprête à vendre ou à acheter : tiens, « ils » auraient dû repeindre cette fenêtre, il faudrait revisser ce robinet... Quand même, je constatai avec amusement que les piles de draps restaient dans l'ordre que je leur avais donné ; les étiquettes collées sur les étagères (« draps pour grand lit », « housses de couettes », « lits d'enfants », « taies de traversin ») portaient encore mon écriture — la nouvelle maîtresse de maison, toute à l'ivresse de recevoir et d'être présentée, n'avait pas eu le temps de s'occuper des placards ! À part notre grande armoire : sans étonnement je vis que le fichier des « dames du temps jadis » qui l'occupait avait disparu ; sur les rayonnages ne figuraient plus que des dossiers édifiants : reliquats d'une vie d'homme d'affaires, albums de voyages, et même un grand classeur qui portait, écrite de la main de mon mari, la mention « Souvenirs de nos enfants » ; mais les dessins et les lettres que ce classeur contenait étaient ceux des filles de l'Autre — chaque pièce sous-titrée (prénom, date) de la même plume attentive, affectueuse, qui avait tracé cet intitulé trompeur, la même plume qui légendait autrefois nos albums-photos et les « Livre de mon bébé »... Je m'en voulus de m'être laissé piéger. Ne savais-je pas que mon mari avait une autre femme, et d'autres enfants désormais ? « Nous », « nos » ne m'incluait plus.

Pour le reste, rien dans ces murs qu'une étrangère rénovait ne m'attrista. Cette visite en solitaire d'un lieu où j'avais vécu tant d'étés « accompagnée » n'éveillait aucun écho, nulle émotion. Le passé se détachait de moi comme une peau morte : on craint encore de souffrir en l'arrachant, mais quand les ciseaux l'entaillent, on ne sent rien.

Mon sang, mes larmes, je les avais versés deux ans plus tôt, quand nous avions passé ici, en famille, nos dernières vacances conjugales. Depuis quelques années, chaque fois que je revenais dans le Midi, je découvrais la trace des séjours clandestins que l'Autre y effectuait ; peu à peu elle s'enhardissait, faisant son nid à l'intérieur du mien — je découvrais une nouvelle table, une nappe, des coussins : elle me signifiait, sans aménité, qu'il était temps de déguerpir... Aux dernières vacances j'avais pleuré sur chaque objet : la commode de nos enfants, leur « boîte à dents de lait », leurs petits jouets. Comme si je pressentais que je voyais chaque pierre, chaque arbre pour la dernière fois.

Je me trompais : ce n'était que l'avant-dernière. La dernière fois, je tins mon rôle avec plus de dignité : je l'avais répété ; et je le jouais d'autant mieux qu'il avait cessé de me toucher... Je voulus tout revisiter : les granges, la pinède, les tours, les terrasses, le champ de lavande, l'oliveraie, et l'appartement de chacune de mes belles-sœurs ; j'eus à cœur de ne rien m'épargner. Pas une porte que je n'aie poussée pour prendre congé de ma jeunesse et de nos belles années. Mais rien de ce que je mis sous mes yeux ne parvint à ranimer la femme que j'avais été : je me promenai dans le passé d'une autre.

Remerciant « la grand-mère de mes enfants » de son charmant accueil, et du week-end délicieux que je venais de passer (je ne mentais pas), je quittai la Provence le cœur et le bagage légers.

J'ai jeté mon deuil aux orties. Ce n'est plus comme si j'avais perdu mon mari, c'est comme s'il n'avait pas existé.

Il n'occupe plus mes pensées, ne hante pas mon sommeil : du jour où j'eus visité « leur » bastide, lu leurs lettres, reconnu enfin qu'elle l'aimait et qu'ensemble ils seraient heureux, je cessai de rêver à cet étranger qui m'avait promis sa vie par erreur. Plus jamais mon feu follet ne m'apparut dans la nuit : finis les gares, les poursuites, les attentes, les départs...

Lui-même d'ailleurs, maintenant que la procédure tire à sa fin, que le divorce va être prononcé et notre mariage rayé d'un trait de plume sur ce « livret de famille » qu'on nous avait remis avec tant de solennité, il n'essaie plus de me joindre, de m'écrire, de m'appeler — pas même pour mon anniversaire, pas même pour la nouvelle année... « Tu verras, m'avait dit une "ex" déjà rodée, au début ils ont des remords, ils téléphonent tout le temps. Et puis, après... » Nous sommes déjà dans « l'après ».

Je suis morte à son amour. Et à tout amour désormais... D'ailleurs, la solitude a ses charmes, son confort : est-ce que je ne dors pas bien, maintenant qu'il n'occupe plus mes rêves, est-ce que je ne dors pas bien dans ce lit double où je dors seule ? « Dans le mitan du lit, la rivière est profonde » : je m'y coule, m'y baigne, j'y flotte d'un sommeil large, lourd et blanc. Je dors d'un sommeil de neige.

Dehors le vent caresse la glace, on suit les bêtes à la trace. Le silence grouille de mouvements, que la neige révélera au matin — une vie s'agite, invisible, qu'avant l'hiver je ne devinais même pas. Voici le néant repeuplé de tout ce que l'été nous cachait : aux marques qu'ils ont laissées sur le perron (qu'ils gravissent comme une colline) je reconnais la fouine, le renard, l'hermine, parfois même un chevreuil. Pourtant il n'y a rien à manger ici, on dirait qu'ils viennent seulement chercher le long des murs la chaleur de la maison. Et puisque je ne fais aucun bruit (je lis, je dors, j'hiberne), ils se chauffent jusqu'à l'aurore à mon foyer mort et s'évanouissent au premier rayon : ma seule compagnie diurne est le souvenir, presque imperceptible, que laissent sur mon sol des êtres que je ne vois jamais...

J'ai aussi, sur le répondeur, les voix de mes amies, ces voix qui s'approchent timidement, à la tombée de la nuit, et ne s'éloignent qu'après avoir laissé la trace de leur passage ; pour se rappeler à moi, la place ne leur manque pas : l'amour, quand il se retire, libère la ligne et vide les mémoires saturées ; il abandonne le cœur entier, le cœur et tous les répondeurs, à l'amitié.

D'abord il y a le gynécée, le club des « veuves », la grande fraternité des répudiées : quand je me sens plus nostalgique qu'un vieil air de Cole Porter, quand je rabâche mon passé comme un « vinyle » rayé, je trouve toujours au bout du fil une « quinqua » requinquée, plus ancienne et déjà réparée, une divorcée prête à me chanter qu'après la trahison, le viol, l'assassinat, « y a de la joie ! » Mariage, malheur — à peine si elles se souviennent d'avoir habité cette peau-là... Au-delà de ce cercle d'initiées, je distingue aussi, dans la neige piétinée, la ronde plus vaste des femmes-mères, celles que leurs maris ont gardées parce qu'elles ont su garder leurs maris, amies de la Méditerranée au sein généreux, aux yeux de gazelle, toujours prêtes à nourrir, à bercer : « Le meilleur des hommes, il ne vaut rien, va ! Allez, ma fille, demain je t'apporte le couscous, on fait la fête ! » Non : pour le couscous, c'est prématuré ; l'anticyclone vous empêcherait d'arriver jusqu'à mon igloo ; mais cette fête, je vous promets qu'on la fera. Demain, après-demain, bientôt... La neige m'a découvert que vous m'aimiez plus que je ne croyais ; et je devine, aux traces entrecroisées que vous multipliez aux abords de mes murailles, aux alentours de ma vie, que vous êtes plus nombreuses à m'aider que la petite loucheuse des cours de « récré » n'aurait pu l'imaginer.

Avec vous je rentrerai dans la ronde, je me remettrai dans la chaîne, je danserai, danserai, danserai. J'aimais tant danser ! Attendez-moi : je viens ! Il me faut du temps, je reviens de loin, mais je viens. Désormais je sais où aller : depuis qu'il a neigé, une empreinte géante se dessine sous mes yeux — plus vaste que le jardin, que le lac, que la colline : au vide qu'a laissé son absence je mesure la grandeur de Dieu. Il est resté, sur la neige, un trou immense, un gouffre à sa taille, à sa forme, qu'il ne reviendra pas combler ; car il est comme l'hermine ou le chevreuil, si prudent qu'il ne prend pas deux fois le même chemin, si vif qu'il faut le suivre sans jamais l'apercevoir, sans pouvoir le rattraper.

À chaque croyant que je croiserai, dorénavant je demanderai ma route ; je m'enquerrai des signes que de plus chanceux ont relevés : « Il a passé par ici ; Il repassera par là... » À chaque croyant je dirai : « Convertis-moi », comme le renard du conte dit à l'enfant : « Apprivoise-moi. »

En plein cœur de l'hiver je me remets en marche. Je viens. « Sur le seuil de sa maison, le Seigneur t'attend » : aurai-je le temps d'aller jusqu'à lui ? Il est tard pour se mettre en route, sans guide, sans plan ; surtout quand on ne marche pas droit : ce livre, tenez, ce livre n'est qu'un écart de plus, un détour, une impasse, une méchante voie ; je le sais ; mais Dieu est patient, dans la gare des rendez-vous manqués c'est toujours lui qui m'attend.

J'avance sur la neige gelée, à l'aveuglette. La route ne me précède pas : elle me suit. Devant moi je n'entends que le bruit de mon pas — craquement du couteau qui entame la croûte glacée d'un gâteau. Plus de solution de continuité entre la terre et l'eau, entre le ciel et la terre : ne suis-je pas, une fois encore, en train de m'égarer ? Le monde n'a plus ni sens ni bornes. Dans cette plaine sans congères ni fossés, où j'ose enfin m'aventurer, peut-être suis-je déjà, sans le savoir, au milieu des eaux : qu'adviendra-t-il si la glace vient à céder ?

Je vais à tâtons, je vais pour aller. Pourtant, je ne m'arrêterai pas : quand la route est difficile, quand la plupart ne comprennent ni où l'on va ni pourquoi, c'est le signe qu'on ne se trompe pas — on marche vers soi.

Je suis en deuil, je suis perdue, je suis aveugle, je suis brisée, je suis salie, je suis brûlée, je suis gelée, je suis nue, je suis morte. Je suis.

Vieille, et pourtant neuve, je suis.

Les papillons de nuit laissent aux doigts de la poudre d'or : aussi terne qu'une noctuelle, j'ai de l'or au bout des ailes. Je suis poussière, mais poussière d'or pour tous ceux qui m'auront touchée, pour ceux qui m'auront aimée. Riche de ce qu'il me reste à donner.

Dépositaire d'un bien précaire (un mètre carré de peau fanée, dix hectares de neige qui fondent au soleil), comment pourrais-je mettre sous clé des bonheurs qui s'évaporent ? Comment conserver — dans quel coffre, sous quel globe ? — le miracle d'un arc-en-ciel ou d'une goutte de rosée ? Puisqu'on ne peut rien prolonger, rien épargner, je veux, avant qu'il soit trop tard, partager. Donner à aimer les merveilles qui m'ont été prêtées — ce givre sur les vitres, ces paillettes de soleil, ces écheveaux de fumées, et le ciel écumeux, les lacs de brume, les nuits laiteuses, les aubes nacrées. Aux clairvoyants je veux dévoiler les beautés fragiles que mes yeux d'aveugle m'ont révélées, prodiguer l'impalpable, le fugace, toute cette poudre d'or dont ie m'étais crue privée. Amis, enfants, souffrants, tous ceux qui n'ont plus de coquille, je leur ouvrirai ma maison de Combrailles, si chaude en hiver, si fraîche en été ; aux errants, aux mal-aimés, j'offrirai mes lits de plume légère, mon jardin d'herbes folles où est enclos, entre la rose et le cyprès, entre l'hiver et l'été, un moment d'éternité, et puis je leur donnerai mon cœur, ce cœur, Francis, que tu disais glacé. Vois, j'ouvre mes portes, j'ouvre mon toit : à ciel ouvert ma forteresse n'est qu'un berceau ; ma citadelle, une barque de roseaux.

Avant de reprendre ma route solitaire vers des pays que je ne connais pas, je veux rassembler dans mon abri les plus faibles, les plus cassées de ces voix familières qui m'ont soutenue, au-delà de leurs propres forces, pendant plus de deux années : l'amie qui se bat contre un cancer et celle qui lutte contre l'alcool, le voisin dont le fils s'est suicidé, la photographe que son mari a larguée, le copain au chômage, le vieil oncle veuf, et la petite cousine orpheline.

« Le veuf et l'orpheline, riche idée ! Si tu crois que c'est avec eux que tu vas te remonter ! » Depuis que mon mari divorce, mes parents s'inquiètent ; ils me traitent en enfant malade ; chaque soir, ils viennent du village de l'autre côté de la colline, avec le pain frais et la soupe, qu'ils transportent dans un tupperware ; malgré la nuit, le froid, ils quittent leur maison pour s'assoupir devant ma télévision, et, entre deux sommes, me bourrent de chocolat. « Reprends-en un peu, dit ma mère, tu es si maigre, tu ne manges rien, reprends-en. » Ils m'aiment, et leur amour me tient chaud ; mais moi aussi, Maman, je peux aimer, je suis grande : j'ai cinquante ans... Il est vrai que j'ai beaucoup maigri, et peut-être ne suis-je pas assez forte encore pour regarder sans tristesse les gens heureux, assez forte pour rire à gorge déployée ; mais, déjà, je peux protéger, soulager, caresser.

« Tu sors à peine d'une dépression, gronde ma mère, et te voilà en train d'organiser pour Noël un réveillon d'éclo-

214

pés ! Pire : à vouloir faire de "l'accompagnement de mourants"! Là, c'est le bouquet! Aïcha m'a tout dit, figure-toi : mais qu'est-ce que c'est cette idée qu'elle t'a fourrée dans la tête, ta copine ? "Unité de soins palliatifs", tu parles d'un programme ! Mais c'est toi, ma pauvre petite, qui as besoin de soins... Qui te fait croire que tu seras capable d'aider des malheureux à passer de l'autre côté ? Hein ? » Ce qui me le fait croire ? C'est que je suis déjà morte. Seule. Et que je vais mourir encore. Seule. Je veux donner à d'autres ce que j'aurais aimé recevoir. Je peux au moins tenir une main.

Nous avons réveillonné. Dans la maison dont les fenêtres étaient allumées, j'avais réuni des malheurs de tous âges et de toute espèce ; et l'addition de ces peines faisait une joie bien ronde, bien rouge — une pomme d'api ! Sur la neige la maison, parée de guirlandes d'or et de boules de houx, brillait comme une lanterne ; elle pétillait de toutes ses flambées, et les fours exhalaient des odeurs d'oie grasse, de marrons chauds, de pithiviers... Oh, dites-moi que cette maison, cette chaleur, ce corps, cette âme sont à vous, que je suis des vôtres ! Je suis aux autres ; j'aime, je peux aimer : demander, accepter, et donner.

Et même donner à lui, mon mari. Ce livre, le premier qu'il ne lira pas avant tout le monde, est une lettre d'amour. Sans doute aurais-je dû la cacheter ; mais elle aurait fini dans « le fichier »... Cette lettre-là, épaisse, brochée, reliée, ne logera pas dans son cartonnier : il devra, bon gré mal gré, lui faire un sort particulier. Unique. Enfin unique !

Cette dernière lettre qu'il m'a fallu sans cesse protéger, défendre des violences de son destinataire. abriter comme un enfant chétif, j'ai dû, pour l'écrire, me hâter : j'avais peur de ne pouvoir nourrir assez longtemps cet amour mourant, peur que la cruauté de l'homme de ma vie ne me prenne de vitesse et ne me détache de lui avant que j'aie fini de lui dire que je l'aimais.. Pied à pied, j'ai combattu pour faire passer mon amour devant ma haine, des vérités éternelles avant des sentiments changeants, et cherché, vaille que vaille, à reprendre de la hauteur chaque fois que l'infidèle me blessait, que ses coups m'atteignaient.

Je me souviens de notre première convocation chez le juge (après deux ans de disputes et de marchandages) : on nous avait lu « l'ordonnance de non-conciliation », nous quittions le tribunal par de longs corridors ; mon mari, mari en sursis — encore trois mois de mariage, neuf au mieux —, s'est penché vers moi pour me dire au revoir ; je lui tendais la main, il m'a embrassé la joue ; alors, profitant de ce que nos avocats, occupés à se raconter des histoires d'avocats, ne nous regardaient pas (j'avais peur de nous faire gronder), j'ai posé doucement mes lèvres sur les siennes ; puis, à un carrefour de couloirs, nous nous sommes séparés sans un mot, chacun s'éloignant sous la garde de son défenseur ; j'ai entendu, sans me retourner, décroître sous la voûte le bruit de ses pas... Aucune raison que je revoie « la partie adverse » avant la prochaine audience — dans cent jours, deux cents, trois cents peut-être ; mais voilà qu'ayant suivi dans le labyrinthe du Palais des chemins différents nous nous sommes soudain retrouvés sur le même trottoir. Nous avions perdu nos avocats, la nuit tombait, les brasseries allumaient leurs terrasses, il faisait doux, je me suis entendue lui proposer : « Veux-tu que nous dînions ensemble ? — Je regrette, m'a-t-il répondu poliment (il se tenait à un mètre de moi), mais je ne peux pas te voir seul. Tu comprends, je ne voudrais pas la faire souffrir... »

Bien sûr ! Où avais-je la tête ? Après les sept années de partage qu'il m'avait imposées, ces années de tortures si précisément programmées (à elle les mardis, les jeudis, les samedis, le tiers des déjeuners, un week-end sur deux et la moitié des vacances), sept années de souffrances organisées, planifiées, comment aurais-je pu ne pas le louer de sa délicatesse, ne pas m'émerveiller de ses nouveaux procédés ? Avec quel soin il l'épargnait ! Avec quelle férocité il me piétinait ! Déjà, craignant de n'avoir pas été assez clair, il ajoutait : « Je ne veux pas lui faire supporter des situations qui t'ont tellement peinée. J'ai compris. Et je suis décidé à changer. » Seigneur, quel abîme !... Mais cette nouvelle rebuffade, je l'avais bien cherchée : pourquoi toujours quémander ? Le soir même, je m'obligeai à reprendre mon stylo, à reparler de lui avec tendresse dans mes cahiers, à me remettre à bonne distance de ma douleur pour ne pas être aspirée par la médiocrité. Je devais apprendre à ne plus rien attendre, rien exiger de lui. À n'espérer survivre que dans son souvenir, comme une morte. L'ultime supplication de Didon, son dernier chant : « Remember me »...

Non, ce peu était encore trop : de quel droit m'introduirais-je de force dans son avenir, même changée en ombre ? Il me fallait m'astreindre à l'aimer dans un passé clos, un passé sans issue, à n'avoir de futur qu'antérieur, m'exercer à le chérir en pure perte, le chérir pour le donner à une autre, l'aimer pour l'avoir donné. Comme une première épouse : il paraît que dans les pays d'Orient certaines président elles-mêmes au choix de leurs rivales, parent de leurs mains les jeunes concubines de leur mari, bénissent ces nouvelles noces et leur déchéance, massent les pieds de l'élue et torchent, le cœur content, les nouveaux enfants. Consentant à leur propre effacement, elles ne gardent d'autre avantage que celui de l'antériorité, d'autre « bénéfice » que le bénéfice de l'âge...

Mais voilà où le bât blesse : je n'étais même pas sa première épouse ! Tout au plus la première ex-aequo... Il y a vingt-six ans, il avait demandé deux femmes en mariage le même jour. Un lundi matin, accompagné de ses parents, il avait rencontré les miens — dans son milieu les choses se faisaient dans les formes ; tous ensemble, nous avions fixé la date de nos fiançailles et celle du mariage. Puis chacun avait rejoint son bureau pour la journée ; le soir quand mon fiancé est rentré chez nous pour le dîner (nous partagions déjà le même appartement, en dépit des convenances et des « gants beurre frais »), il n'avait pas l'air d'avoir enterré sa vie de garçon, mais sa famille au complet ! « Katioucha, murmura-t-il accablé, j'ai une mauvaise nouvelle à t'annoncer... »

Je redoutai le pire, et ce fut le pire qui suivit en effet, mais pas celui que j'attendais : « Une très mauvaise nouvelle, ma pauvre Cathou : j'épouse Irène... — Irène ? Mais vous aviez rompu depuis un an ! — Euh... non, pas tout à fait... — Ah bon ? Bon, mais ce n'est pas une raison pour l'épouser ! — Elle attend un enfant... — Irène ? Tu m'avais dit qu'elle était stérile ! — Elle attend un enfant quand même. Alors je suis obligé... Mais je veux te garder, mon petit chou, c'est toi que j'aime. Je vais épouser Irène, je viens de voir ses parents, je ne peux plus reculer ; mais toi, tu resteras ma maîtresse, tu resteras ma chérie ; entre nous il n'y aura rien de changé... »

Rien de changé ? Ah, il a vu s'il n'y aurait « rien de changé » ! J'ai attrapé sa valise dans le placard, y ai fourré en vrac ses chemises et son pyjama, bouclé le tout, et déposé sur le palier le bagage et son propriétaire. Puis j'ai pleuré toute la nuit ; pour la première fois je me rappelai cette vieille chanson de mon enfance que j'avais espéré oublier : « Entre les deux mon cœur balance, je ne sais pas laquelle aimer des deux... » J'ai pleuré, mais sans révolte, sans panique ; je n'ai appelé à la rescousse aucun ami : je ne comprenais rien à cette histoire, je n'arrivais même pas à y croire. J'avais raison car le lendemain soir Francis est revenu, avec sa petite valise : « J'ai rompu avec Irène.

— Et son enfant ? — Elle me mentait. J'ai revu son père à midi : j'ai tout annulé... Pardon, mon amour, pardon du mal que je t'ai fait. » Il était déjà dans mes bras, et déjà pardonné. Je ne cherchai même pas, sur le moment, à tirer cette affaire au clair : je crus à une invention, un mauvais prétexte — l'ultime échappatoire d'un garçon indécis confronté à un engagement définitif. Une fois de plus, je minimisai...

Plus tard, bien après notre mariage, je fis la connaissance d'Irène ; nous devînmes amies ; elle était blonde, enjouée, et heureuse avec un autre ; elle avait aimé mon mari avec sincérité mais ne cherchait plus à me l'enlever : elle fit partie du « harem » — maîtresses, ex-maîtresses, futures maîtresses... Je déjeunais parfois avec elle en tête à tête, mais jamais, pendant quinze ans, je n'osai aborder la question du « double mariage » qui nous avait été proposé.

Du reste, j'étais à peu près sûre que Francis m'avait menti, qu'il n'était jamais allé jusqu'à vouloir l'épouser ; je gardais donc sur cet incident, qui finirait par se perdre dans la nuit des temps, un silence prudent. Ce fut Irène qui, un jour, aborda le sujet, non sans panache : « Est-ce que tu sais, Cath, que ton mari m'a fait vivre les vingt-quatre heures les plus éprouvantes de ma vie ? C'était en 70. Un lundi, à six heures du soir, il a enfin accepté de voir mes parents et, de but en blanc, il leur a demandé ma main ! Moi, j'étais aux anges, tu penses ! Nous avons passé toute la nuit, ma mère et moi, à discuter de la cérémonie... Mais le lendemain matin, catastrophe : Francis revient à la maison, blanc comme un linge, il s'excuse auprès de mon père — il s'était trompé, voilà ; tout était rompu, c'est toi qu'il épousait... »

Je n'ai pas cherché à lui poser de questions, à savoir ce qu'elle avait pu dire à notre fiancé commun pour le décider à « voir enfin » ses parents et à rétracter le lundi soir la promesse qu'il m'avait faite le lundi matin. À quoi bon remuer le fer dans la plaie ? Ne croyais-je pas avoir compris ? Quand Irène avait appris que mon amant lui échappait, elle avait tout tenté pour le retenir : comme une condamnée à mort, elle s'était prétendue enceinte pour gagner quelques jours, quelques heures avant le couperet... J'eus pitié d'elle et crus l'épargner en changeant de sujet.

Ce fut au cours d'un autre déjeuner, bien des années plus tard, quand Francis m'eut quittée pour Laure, que nous revînmes, Irène et moi, sur cette « bigamie de vingt-quatre heures » dont le souvenir vague, troublant, restait présent entre nous sans que nous en parlions jamais. Et pour la première fois (vingt-six ans après les faits !), j'osai interroger ma « vieille rivale » : « Pour décider Francis à rompre ses fiançailles avec moi, tu lui avais bien dit que tu étais enceinte, non ?

— Enceinte ? Mais, Cath, il n'aurait jamais gobé une histoire pareille ! Je ne peux pas avoir d'enfant, à vingt-cinq ans je savais déjà que je n'en aurais pas. Francis était au courant. Il ne t'en a jamais parlé ? C'est même pour cette raison qu'il ne voulait pas m'épouser : tu penses, un Irlandais sans postérité ! C'est pour cette raison qu'il m'a lâchée, pour cette raison qu'il t'a préférée. »

Ainsi, il m'avait menti en me laissant croire qu'elle l'avait trompé... Mensonge à double détente, chef-d'œuvre du trompe-l'œil ! Personne ne savait mieux que lui bâtir de fausses perspectives, donner l'illusion de la profondeur et du relief, mais, derrière, il n'y avait rien — ou quelqu'un de si bien caché qu'on ne le découvrirait jamais. De tous ces décors, ces faux-semblants, n'émergeait qu'une vérité : mon ventre. J'étais le premier ventre, pas la première épouse. Le bénéfice de l'antériorité, c'est Irène qui l'avait.

Pas pour longtemps d'ailleurs. Six mois après notre conversation, je pus lui annoncer qu'elle était rétrogradée. Mon mari venait de m'envoyer de grands cartons pour que je lui réexpédie les dossiers qu'il avait laissés dans ma maison de Combrailles — manuscrits des ouvrages financiers qu'il a publiés, agendas de ces dernières années, vœux de nouvel an que ses amis lui avaient adressés : quinze ans de cartes de vœux dans de grandes chemises beiges ! Cet homme-là garde tout... sauf « la femme de sa jeunesse » !

Pour remettre de l'ordre dans ces archives rarement étiquetées, je les feuilletai d'un geste rapide, m'étonnant d'ailleurs qu'il eût conservé tant de papiers dépourvus d'intérêt, qu'il ne se fût jamais résolu à trier, à sacrifier. Et c'est ainsi qu'entre une analyse du Dow Jones et une courbe du Nikkei je tombai sur un brouillon de lettre où je reconnus son écriture, celle d'autrefois — plus large, plus lente, plus ornée, une écriture que j'aime, que j'ai toujours aimée, et que je ne peux pas voir, même après tant d'années, sans avoir le cœur serré. Cette lettre était une demande en mariage, très argumentée : la femme qu'il voulait convaincre s'appelait Sophie, il lui assurait qu'il allait changer, qu'il avait mûri, il était enchaîné pour de bon cette fois-ci, et il le prouverait en étant pour elle le plus fidèle, le plus passionné des maris...

Je me rappelais vaguement l'existence de cette Sophie que je n'avais jamais rencontrée ; elle devait avoir vingt ans quand j'en avais vingt-deux ; une blonde aux yeux bleus, m'avait-il dit, demi-Russe je crois. Il m'avait parlé d'elle en 68 ou 69, le jour, en tout cas, où il avait posé ma main brune sur sa main blanche : « Ce mélange de sangs, pouah ! Il n'en sortirait rien de bon ! Tandis que si, par exemple, j'épousais une fille du Nord, comme Sophie, nous serions sûrs de réussir nos enfants... » Jamais, au grand jamais, je n'avais imaginé qu'il pût aimer cette petite Slave, l'aimer au point de vouloir lui consacrer sa vie ! Elle, heureusement, se montrait plus raisonnable que son prétendant : dans la réponse qu'elle lui adressait, et qu'il avait épinglée à son brouillon, elle déclinait la proposition, qu'elle mettait, fine mouche, sur le compte d'« un état passager d'exaltation » ; cette réponse datait de juin 70 — deux mois avant que « l'exalté » ne vînt demander ma main, et celle d'Irène, à nos deux pères, dans une même journée...

Je ne pus m'empêcher d'avertir ma co-fiancée : « Irène, en 70, quand il voulait nous épouser, nous n'étions pas seules ! » Et à l'intention du « prétendant » je collai sur le carton du déménageur un petit billet : « Pourquoi ne m'as-tu pas dit qu'en 70 tu comptais devenir *aussi* le mari de Sophie ? » Il répondit à ma question quinze jours après, sur une carte de visite négligemment glissée dans une facture qu'il me réexpédiait : « Je ne me souviens pas d'avoir voulu épouser Sophie » (apparemment, il n'avait pas encore défait ses paquets), « mais de toute façon c'était sans importance : un amour de tête ! »

Don Juan. Don Juan, l'épouseur à toutes mains ! Et c'est ce séducteur que personne ne peut fixer, ce rebelle pour qui les mots, les serments, les écrits, les contrats, les lois, les jugements, n'ont ni valeur ni portée, c'est lui que la petite noiraude avait prétendu s'attacher !

« La première année que je fus mariée, mon mari m'fit marcher sur des épines plantées », chantaient autrefois les « maumariées ». Je n'ai pas l'excuse de ces filles qu'on cédait contre leur gré : les épines, j'avais eu bien des occasions d'en tâter avant de passer devant le maire et le curé ! Pourquoi ne me suis-je pas enfuie ? Quelle rage, quel orgueil, quel mépris de ma vie m'ont forcée à prétendre que je « m'habituerais » ? Mon mari cachait à peine son jeu : il ne m'a jamais fait passer du septième ciel au treizième sous-sol, il m'a laissé tout le temps de visiter les étages intermédiaires, et même souvent, car il n'est pas méchant, celui de remonter ; il ne m'a pas trompée ; et je doute de m'être moi-même abusée : les écailles, qui aujourd'hui me tombent des yeux, ne me cachaient pas ce qu'il était ; tout juste m'empêchaient-elles de reconnaître que je savais qui j'épousais... Pour quelle raison n'ai-je pas accepté de regarder ma peur en face ? Quelle sorte d'amoureuse étais-je pour me jeter dans la souffrance de propos délibéré ? Comment, par quelle aberration, ai-je pu aimer celui qui ne m'aimait plus, qui, peut-être, ne m'avait jamais aimée ?

Comment ? Mais c'est tout simple : à cause du « peut-être » justement ! Il n'y a pas de douleur qui ne se nourrisse d'espérance. Pour espérer et souffrir, un rien me suffit : par exemple il m'envoie un fax pour accuser réception des certificats de scolarité des enfants (trois mois que je n'avais vu une ligne de sa main !) et il termine son message par « SVV ». Formule cryptée que l'Autre ignore sans doute, mais que je connais par lui, par Rome, par Pompéi. Il sait que je la connais, il sait aussi que, depuis qu'il me l'a apprise (SVBEV), je l'ai condensée pour la rendre plus passionnée : SVV, « Si vales, valeo » — si tu vas bien, je vais bien aussi... Cette tournure rituelle dont j'ai fait une déclaration d'amour, je ne peux pas l'avoir oubliée, il le sait ; c'est donc pour moi, pour moi seule qu'il l'écrit, et soudain me voilà submergée de tendresse, bouleversée de reconnaissance, prête à tous les pardons, toutes les complicités : je songe à la promesse sacramentelle du mariage romain — « Ubi tu Gaius, ego Gaia », où tu seras Gaius, je serai Gaia... Oh, Francis, où tu étais Kelly, j'étais Kelly moi aussi ! Est-il possible que désormais, que plus jamais... ?

Pas de désespoir qui ne se nourrisse d'espérance : aujourd'hui encore je ne suis pas sûre que Francis ne m'ait pas aimée, pas sûre qu'il ne m'aime plus. Il me faut éternellement vérifier, éternellement « y retourner »...

Je suis. Qui suis-je ?
Les derniers rayons du jour filtrent à travers les persiennes fermées de ma chambre et tissent de fils d'or le

nylon blanc des voilages. Étendue sur le grand lit, lovée sous l'édredon tiède, je découvre ma joie dans les petites choses d'ici-bas.

Je nais. Chaque matin je nais avec le bol brûlant que je prends entre mes mains, avec la biscotte qui craque dans ma bouche, la pomme rouge que je croque à pleines dents. À chaque seconde de chaque journée je nais à la douceur, à la beauté : le baiser du vent sur mes lèvres mouillées ; une longue écharpe de soie qui caresse mon cou ; de petits nuages roses que la pointe des sapins effiloche comme de la laine cardée ; la lune gelée glissant sur l'étang dans un halo d'argent ; un pull-over de mohair contre lequel je frotte ma joue ; et ces scones chauds, nappés de beurre fondu et de marmelade amère, que je savourerai avec une tasse d'Earl Grey à l'heure où tomberont la pluie, le froid, la nuit... Trop mièvre, ce bonheur-là, sirupeux, « féminin » ? Est-ce ma faute si nos peines d'amour, à nous, s'achèvent toujours en motif de broderie, en recette de cuisine ? Si nous noyons nos chagrins dans la bouilloire, si nous étouffons nos tristesses sous des montagnes de coussins ? Si nous nous débauchons dans les pâtisseries, si nos bordels sont des salons de thé ?

« Mieux vaut, disait ma grand-mère, un bon reste qu'une méchante part ! » Eh bien, je vole à la vie ses meilleurs restes — ceux du moins qui sont encore à ma portée ! Le paradis est parmi nous : en fragments qu'il faut ramasser, en éclats brisés qu'il suffit de rassembler. Je collectionne des débris de joie, je me repais d'épluchures. Les soldes, tiens... La fin de l'hiver est la saison des invendus, profitons-en, profitons. À la ville je « fais » toutes les boutiques : la robe rouge me va, mais la beige m'allait aussi — j'achète les deux ! Moi non plus, je ne veux pas choisir : je prends les chemisiers par trois, je m'offre huit paires de chaussures le même jour ! Je paierai à la fin du mois. Avec quoi ? Je ne sais pas. Qu'importe : tout est devenu si précaire ! Je vis en touriste, j'attrape le plaisir en passant. Je ne prépare rien ; je ne cultive plus ; je cueille. Je goûte chaque seconde de la vie, dévore ou recrache, jette ou engloutis ; mais je consomme sans regret et, surtout, sans semer. Je me gorge d'éphémère — odeur fanée des pommes qui sèchent au grenier ; vapeur des draps fraîchement lavés que j'étends sur le fil ; vol de chauves-souris dans la lune claire ; blanc poudroiement d'une comète qui descend, majestueuse, dans la nuit, et, porteuse de tous les malheurs, toutes les beautés, ne reparaîtra plus avant deux mille années.

Je me donne des fêtes de cinq minutes : un soir où la maison est bien rangée, je verse du jasmin dans les brûle-parfum, j'allume les lampes de toutes les pièces, j'allume même les grands chandeliers d'argent comme si j'allais recevoir à dîner, puis je m'assieds au fond du canapé, un verre à la main, et je ne reçois personne...

Je peux enfin faire du bien à quelqu'un qui va l'apprécier : moi-même. Jusqu'à présent je n'ai vécu qu'en vivant pour mon mari, ou en vivant malgré lui. Quand il était au loin, je me reprochais les joies qu'il ne partageait pas, les pensées que je ne lui dédiais pas, et j'écrivais, j'écrivais, j'écrivais pour qu'il me lise, qu'il me regarde à travers mes mots et me trouve belle, enfin. Mais dès qu'il revenait près de moi, je me demandais comment il allait accepter le peu que je pouvais lui donner, comment il allait prendre mes avances ou mes dérobades, mes défaites, mes succès, mes tristesses, mes gaietés (« Tu parles trop fort, Catherine, tu ris trop ! »), comment il allait vivre — et me laisser vivre — ce que je vivrais. En société, au premier compliment qu'on me faisait je sortais mes épines, de peur qu'il n'eût pas sa part du plaisir qu'on m'offrait : toujours je craignais d'en faire trop, ou qu'on en fît trop pour moi. Je me bridais, m'effaçais, je me désavouais.

Maintenant qu'il m'a quittée, j'existe, je vis, je m'étire et je me remplis. Finis les remords ! Je suis. Que leur petit couple se garde les marchés de Provence et les boîtes de nuit, Roland-Garros et l'Opéra, qu'il se garde même cette Italie que j'aimais tant ; je me contenterai du rebut — tout ce que je pouvais donner et qu'il rejetait. Qu'étais-je capable de faire, à part écrire des livres, élever des enfants, planter des arbres, et danser ? Tenir une maison ? Mais le travail que j'y accomplissais, il le méprisait ! Les appartements bien choisis, joliment meublés, les maisons douillettes, accueillantes, ces maisons dont j'étais fière, le nomade s'en moquait (« Tu sais parfaitement que je peux vivre entre deux caisses ! »). Tant pis : ces maisons douces, je vais les goûter !

Les parquets qui sentent bon la cire, les frigidaires toujours pleins, les nappes brodées, les bouquets de fleurs renouvelés, le linge parfumé, tout ce dont il se fichait, qu'il ne remarquait même pas (« Je constate seulement qu'il manque un bouton à ma chemise ! Que fait ta femme de ménage ? »), je vais m'en régaler et en réjouir tous ceux qui m'aiment, ceux qui savent dire « merci », ceux qui m'ont rendu les mains que mon mari avait coupées. Des mains avec lesquelles je redécouvre enfin le besoin et la joie de toucher — tenir un vieillard par l'épaule, caresser la joue d'un bébé, essuyer les pleurs d'une amie, prendre un malade dans mes bras et le serrer. Toucher du bout du doigt, du dos de la main, de la paume ouverte. Effleurer, attraper, étreindre... Je vis à ciel ouvert dans une maison fermée.

Je suis. J'ai du bonheur à sentir mon cœur battre, mon sang circuler, du bonheur à m'endormir, du bonheur à me réveiller. Je suis — mais qui ?

Plus une épouse, en tout cas. À cet égard nous arrivons au terme du parcours : saisi de notre « demande réitérée », le juge nous a convoqués pour l'ultime entrevue ; la convention définitive est conclue, l'indivision, rompue, la maison de Neuilly, vendue. Nous sommes allés signer l'acte de vente chez un notaire de banlieue — Catherine Lalande, Francis Kelly. J'étais venue par le métro, il a proposé de me raccompagner en voiture. Pendant que nous roulions — moi assise à ses côtés comme autrefois, comme plus jamais —, j'essayai, pour détendre l'atmosphère, de tirer de nos trente ans d'union un bilan « globalement positif ». N'était-ce pas le moment ou jamais ? Nous avions tout liquidé ! Je le remerciai pour ce qu'il m'avait fait découvrir : les glaciers et les lagons, Apollinaire, le ski, les charmes discrets de la bourgeoisie, le latin, Venise et l'astronomie. Les noms de la nuit, la Chevelure de Bérénice, et Rigel, et Betelgeuse, c'est lui qui me les avait appris : « Oh, Francis, disais-je émerveillée, j'ai repéré la Grande Ourse... et Mars ! — Cathie, ma Cateau, tu n'y connais rien : Mars n'est pas une étoile, c'est une planète ! — Quelle différence ? — Catherine, voyons ! Les étoiles sont des soleils ! » Les étoiles sont des soleils... Francis Kelly a mis des soleils dans mes nuits, je l'en remerciai. Je le remerciai d'avoir été un amant poète, attentif, inventif, et si tendre ; je le remerciai pour ses cheveux rouges, ses yeux bleus, son humeur légère, sa fantaisie... Et soudain il m'a interrompue ; avec cette diction lente, exagérément posée, que je ne lui connais que depuis un an ou deux, il m'a parlé comme s'il s'adressait à une débile, une grande malade, comme s'il était mon juge ou mon médecin et que j'étais condamnée : « Ne me dis pas ce que je t'ai apporté » (il détachait chaque syllabe : a-por-té), « demande-toi plutôt ce que *tu* m'as apporté. Tu te tais parce que tu ne m'as rien apporté, Catherine. En trente ans, rien... Si, tout de même » (une pause), « tu m'as donné de beaux enfants. » Moi, la voix nouée : « Je les ai bien élevés, non ? » J'abattais ma dernière carte. « Bien élevés ? Pas tellement ! Mes sœurs se sont mieux débrouillées : au bac, pas un de leurs fils qui n'ait eu la mention bien. »

Mon mari m'a faite et il me défait. C'est ma faute aussi : pourquoi sans cesse revenir vers lui pour m'assurer, encore et encore, qu'il ne peut plus m'aimer ? J'espère toujours un mot qui ne vient jamais...

J'agissais de même avec mon père. Enfant déjà, je mendiais. Dès que le capitaine (commandant, colonel) rentrait de mission, dès qu'il poussait la porte de notre maison, sans même lui laisser le temps de quitter l'uniforme, de déposer ses armes, d'ôter ses masques et son képi, je me précipitais dans ses jambes — pour lui faire admirer ma nouvelle robe ou lui montrer mes bonnes notes, lui porter mon cochon d'Inde à soigner ou ma poupée à réparer... Je courais au-devant de ses refus ; j'avais le don de l'agacer.

Un talent inné : je l'ai agacé dès mon premier cri. Il n'avait pas vingt ans, pas de situation, il faisait « son régiment », et voilà qu'on lui téléphone du fin fond de la Combrailles pour l'informer que sa « fiancée », une gamine elle aussi, venait d'accoucher : était-ce un garçon au moins, un futur joueur de foot, un défenseur de la patrie ? Non, « une pisseuse », dut confesser le piou-piou honteux, en reposant le combiné. Mais, dès sa première permission, il vint, plein d'espoir, admirer sa rejetonne ; il m'apportait un hochet ; ma mère, intimidée, a poussé vers lui le berceau que mon grand-père avait fabriqué ; le militaire s'est penché, et aussitôt il a reculé, surpris : « Bon Dieu, qu'elle est laide ! Et noire ! On dirait un singe ! » J'étais très brune, j'avais trop de cheveux, je louchais, et je criais ; même la nuit. « Et vous supportez ça, vous autres ? » a grondé le permissionnaire devant mes grands-parents interdits. « Eh bien, pas moi ! Je vais le mettre au pas, ce petit pruneau ! Je vous garantis qu'elle va la boucler ! » Et il a relégué mon berceau dans la pièce du fond, refermé toutes les portes, et défendu « aux femmes » de bouger. Au bout de quinze jours il avait gagné : j'avais cessé d'appeler. J'étais un bébé exemplaire ; je « faisais mes nuits »

De ce coup d'éclat, le guerrier n'a jamais cessé de se vanter : depuis cinquante ans, chaque fois qu'il voit un nouveau-né, il nous raconte son exploit... Mis à part cette faute fièrement revendiquée, ce tout jeune homme, si peu préparé au rôle que je l'obligeais à endosser, ne fut pas un mauvais père : il épousa ma mère, et reconnut cet « enfant de l'amour » dans lequel il ne se reconnaissait guère ; il lui fit même un petit frère (parfaitement blond, lui, une réussite !). Six mois après ma naissance en tout cas, mon père m'a donné son nom, Lalande. Un nom « bien de chez nous ». Reconnaissance légale : notaire, mairie, livret de famille. Pour le reste — la reconnaissance du cœur —, cela lui prit un peu plus de temps : une quarantaine d'années. Quarante ans pour que je sache qu'il m'aimait, pour qu'il en convienne lui-même. C'est quand je n'ai plus rien attendu, plus rien demandé, qu'il m'a tout donné.

Mieux : l'autre jour, comme j'accueillais mon frère et mes parents vêtue d'un long peignoir couleur de prunier rouge et d'azalée, mes cheveux crêpelés (que je n'avais pas eu le temps de sécher) noués à la manière antillaise dans un turban pourpre, mon père m'a dit en m'embrassant : « Tu es ravissante ! » Ravissante, à près de cinquante ans ! Mais c'était la première fois qu'il me le disait... Et je me suis regardée dans la glace, et j'ai trouvé qu'il disait vrai : à condition qu'on ne me déguise pas en tailleur Chanel et foulard Hermès, qu'on me laisse vivre en robe créole, sari, jupe gitane, qu'on m'autorise à porter de grands chapeaux de paille et à enfiler des dizaines de bracelets qui tintinnabulent à chaque mouvement et chantent dès que je me mets à danser, je suis belle en effet... Mais il est tard.

Longtemps j'ai poussé sur un rocher, sans beaucoup

d'eau ni beaucoup de baisers — « tiens-toi ! » ; j'avais tant à me faire pardonner, pardonner d'être née (« une bâtarde »), d'être née femme (« une pisseuse »), d'être née laide (« un singe »), pardonner d'être la première-née, puis la première de la classe, puis la première épouse, d'être « bourgeoisement mariée », d'être « à l'aise », d'être « connue », pardonner d'être. Aujourd'hui que je suis enfin réconciliée avec mon reflet, je ne veux plus être punie pour un mal que je n'ai pas fait.

Voilà pourquoi je me crois capable de plaider aussi la cause de mon mari, la cause que ce maladroit, trop occupé à m'accuser, ne plaide jamais. Je voudrais dire, à sa place, qu'il n'était peut-être pas facile de partager les jours et les nuits d'une petite fille habituée à vivre dans le désert et qui cherche le désert pour vivre. Pas facile non plus pour un petit garçon de se conduire en homme quand le père qu'on doit admirer — un héros du maquis, un armateur estimé, un gaéliste distingué — redevient, sitôt qu'il quitte ses bureaux de Marseille, l'ogre irlandais qu'il a toujours été : un déséquilibré qui tire sur les chats du voisinage pour se désennuyer et menace ses fils (« les nains », « les pygmées ») du même sort s'ils ne sont pas partout les plus forts, les plus brutaux ; un excentrique qui, dès qu'il abuse du whisky, chante toute la nuit en pyjama « Molly Malone » et « The Wild Rover » ; un détraqué qui installe chaque été, dans sa bastide fortifiée, sa maîtresse avec sa femme, mélange les deux familles, et fiance les enfants de l'une aux enfants de l'autre... « Où est le problème ? » : double vie, double personnalité, mais, par-dessus, le couvercle des convenances — bouche cousue, genoux serrés, et récitation du Bénédicité.

« Les pères ont mangé les raisins verts, les fils en ont eu les dents agacées »... Deux amants se parlent d'abord de leur enfance ; nous ne pouvions rien dire de la nôtre, ou si peu. Il m'a presque tout caché, je lui ai tu l'essentiel.

230

Pourtant nos deux passés — la petite loucheuse et le petit rouquin, la fille naturelle et le fils du « fada » — nous destinaient à nous rencontrer, à nous aimer, à nous blesser ; nos deux malaises étaient faits pour s'emboîter, comme nos anneaux s'emboîtent dans leur cercueil de verre... Nous sommes-nous aidés ? Nous sommes-nous détruits ? Il est heureux. Je suis en vie.

Je suis. Mais qui ? Plus une epouse. Pas même une mère. L'autre jour poussant le caddie d'une de mes cousines au supermarché, j'essayais de doubler, dans la même travée, une jeune maman qui tentait de garer son chariot : ses trois bambins, déchaînés, l'en empêchaient. L'aîné — sept ou huit ans — faisait dégringoler les boîtes de conserve et piétinait les paquets de chips, tout en poussant des hurlements de Sioux qui couvraient les protestations de la mère débordée. Il mettait le rayon au pillage ; plus moyen d'avancer ni de reculer ; en attendant que « ça passe » j'ai soupiré : « Je suis bien contente de ne plus être mère ! »

Ma cousine m'a regardée, interloquée. Je me suis reprise, étonnée moi-même des mots que j'avais prononcés : « Je veux dire... Contente de ne plus avoir à élever de jeunes enfants ! Évidemment. » Mais le lapsus était révélateur : mes enfants ne sont pas mon avenir, ils sont mes souvenirs déjà...

Mes fils s'éloignent — une affaire d'âge (ils sont « grands »), une affaire de divorce aussi : quand une famille chavire, c'est le sauve-qui-peut des passagers. Sous prétexte de se rapprocher de leurs facs respectives les trois aînés ont pris leur indépendance, ils ne rentrent que le week-end, me rapportent leur linge à laver. Seul le plus jeune, encore mineur, est resté. De toute façon, depuis le départ de leur père, je ne leur suis plus bonne à grand-chose : de quel droit leur donnerais-je des conseils ?

Quand je contemple mon passé, je ne me sens guère qualifiée... Et puis il m'est devenu difficile de faire face à une attaque extérieure, une tuile, un imprévu — fuite d'eau, maladie, rappel d'impôts, je m'effondre ; j'ai déjà engagé toutes mes réserves sur un autre front. Les enfants le sentent et m'épargnent de leur mieux : ils me déchargent de leurs problèmes, minimisent leurs soucis ; ils m'entourent de leurs grands bras protecteurs et m'appellent « Petite maman »...

Petite maman... Il faut dire qu'ils sont immenses, ces fils d'Irlandais ! Tous les quatre portent la marque des Kelly, ils sont « signés » ! Au physique comme au moral : l'un perd tout, cherche ses valises au terminus des lignes de chemin de fer et son attaché-case aux « objets trouvés » ; l'autre arrive toujours en retard ; le troisième est sans cesse « fauché », et le quatrième laisse déborder le lait... Ces défauts, et les qualités qui vont de pair (le sens de « la débrouille », le don des langues, le goût des voyages, la curiosité d'esprit), ce n'est pas de moi qu'ils les tiennent : leur « différence » m'étonne et m'éblouit. À mesure que les mois passent, je comprends mieux ce « Tu m'as donné de beaux enfants » dont j'avais cru qu'il me rabaissait : quoique nous ayons, Francis et moi, peu de responsabilités dans la réussite du « mélange », il est heureux que nous ayons pris ensemble ces quatre billets gagnants à la loterie de la vie.

Heureux pour moi en tout cas, puisque je ne rejouerai pas. Pour lui, c'est différent : taureau du troupeau, reproducteur de qualité (il a fait ses preuves), il sent encore grouiller en lui des millions de petits veaux virtuels qui ne demandent qu'à s'incarner ; mais les espoirs qu'il met dans sa nouvelle compagne viennent d'être cruellement déçus ; ce sont mes fils qui me l'ont appris. Ils voient maintenant à intervalles réguliers celle qu'ils ont baptisée « Chantal Goya » : « Elle s'habille tellement "petite fille", tellement nunuche, si tu savais ! » Non, je ne tiens pas à savoir... Elle les a invités à la tutoyer : « Je suis jeune, moi aussi. Alors pas de "vous" entre nous ! D'ailleurs, même si vous ne vous en souvenez pas, je vous ai connus tout petits. » En effet... Elle ne veut pas qu'ils lui disent « Madame » : « Appelez-moi Laure, tout simplement. » Elle ne leur a pas demandé de l'appeler « Maman ».

Vu son âge, il est peu probable qu'elle y tienne... Pourtant, dans mes cauchemars nous y sommes déjà : l'autre soir, une de mes anciennes belles-sœurs a invité mes fils à la réception qu'elle donnait pour l'anniversaire de son mari ; il y aurait une foule d'amis, et Laure forcément, avec ses deux filles du premier lit, « je sais bien que votre divorce n'est pas encore prononcé, mais je suppose que tu ne vois pas d'inconvénients à ce que tes fils... » Non, bien sûr : je ne vais pas interdire à mes fils de fêter leur oncle, fût-ce en mauvaise compagnie, pas leur interdire de s'afficher dans tout Paris avec celle qui fut, qui reste mon ennemie. Je me fais violence avant qu'on ne me viole : j'ai donné, sans marchander, ce consentement dont on pouvait se passer ; puis j'ai pris un livre, un somnifère, et tandis que mes garçons allaient souffler les bougies, je me suis endormie ; mais aussitôt, malgré moi, me voilà transportée parmi eux : on fait cercle autour du gâteau, et c'est elle, l'Autre, qui l'apporte ; sur la génoise on a même dessiné, à la crème, une « dédicace » — « de la part de Laure Casale et de ses six enfants »... Je pousse un cri qui me tire du lit.

Ah, j'ai beau dire, j'ai beau faire, je supporte mal, c'est vrai, que mes « petits » la rencontrent ! Et plus mal encore qu'ils voient leur père dans ses bras, qu'ils les regardent joindre leurs lèvres, joindre leurs corps : « Laure et Papa ne se tiennent pas bien devant moi, s'est plaint mon plus jeune fils, ils n'arrêtent pas de se peloter ! » En riant j'ai dit : « C'est que Papa veut te prouver qu'il est très jeune ! », mais j'ai pensé (excès d'orgueil ? excès d'espoir ?) que ces scènes m'étaient d'abord destinées — par messagers interposés. Toujours, chez l'infidèle, cet étrange désir de revanche ; on dirait que le « cocu » c'est lui.

J'ai demandé à nos enfants de ne plus me raconter ce qu'ils voient et entendent « là-bas » ; je préfère ignorer où ils vont, et combien de fois par mois ils dînent dans ce grand appartement du Champ-de-Mars que je ne connaîtrai pas, ou chez des « amis » qui ne m'ont pas choisie, des parents « qui ne sont plus de ma famille ». Aveugle volontaire (comme je l'étais autrefois avec leur père), j'aime mieux qu'ils me mentent — au moins par omission. Mais ce silence aussi m'éloigne d'eux. Ils ont leur vie comme on dit, et de cette vie je m'efface peu à peu...

Quelquefois j'éprouve, fugitivement, le désir qu'ils me soutiennent, l'envie qu'ils me comprennent, j'ai besoin de m'appuyer sur leur amour. Aussitôt je me reprends : j'essaie de me faire plus légère, de ne pas peser sur eux. Je ne veux pas être leur enfant. Mais je ne suis plus leur mère.

Je suis. Qui suis-je ? Ni épouse, ni mère ; pas davantage un écrivain. Puisque je ne puis désormais écrire que sur un couple, Laure et Francis. Écrire pour lui. Pour elle aussi : lui donner à contempler l'autre moitié des années que nous avons « partagées », l'obliger à découvrir la face cachée de sa propre vie et de son futur mari — le revers de sa médaille. Je voudrais la mettre en garde : vous aimez, Laure ; vous aimez un homme aimable, un homme aimé (par ses amis, ses collègues, ses femmes, et même ses syndicats !), mais un homme dangereux. Parce que vous l'aimez, le danger ne vous effraie pas ; au contraire : vous trouvez délicieux d'être effrayée. Je sais, je suis passée par là. Mais quand plus tard vous souffrirez, ne dites pas qu'on ne vous avait pas prévenue ; interrogez donc « le harem », interrogez-le dès maintenant : vous saurez, jeune, jolie Laure, que vous n'avez encore jamais été la seule dans sa vie — jamais sa seule femme puisque j'étais là, ni même sa seule maîtresse...

Il lit avec vous, penché sur votre épaule tandis que vous tournez mes pages : « Tu ne vas pas prendre au sérieux toutes ces conneries ? Catherine en rajoute, elle invente. Elle a une imagination débordante ! Un brin mytho, si tu veux mon avis ! Enfin, quoi, une romancière ! » Et il referme le livre d'autorité, il referme mon livre avec mépris. Il le jette sous votre lit ou, peut-être, dans la corbeille à papiers. Mais vous, Laure, vous savez bien que je n'invente rien. Pas même vos lettres : vous les avez reconnues, n'est-ce pas ? Je ne suis plus capable d'inventer. Plus capable de m'intéresser à d'autres destins que le mien. Finis, les feuilletons ! Morte, la conteuse ! Après dix mille et une nuits, Schéhérazade a cessé de charmer le maître du harem, et le maître l'a tuée.

« Sûr que tu ne peux pas faire un livre sur ton divorce », opinent mes grands-tantes (depuis que mon mari est parti, que ma belle-famille s'est évanouie, que mes fils s'éloignent, j'essaie de renouer avec mon enfance, mon pays, ma « famille élargie » — ces vieilles cousines de campagne qui m'offrent, sur un coin de toile cirée, une tasse de chicorée avec du faux sucre et des biscuits ramollis) « Note bien, ma cocotte, que tu as raison d'écrire quand même : ça calme, ça distrait... J'ai bien rempli tout un cahier, moi, quand mon Edmond a "passé" ! Ah le pauvre cher homme, en a-t-il vu ! En a-t-il vu pour s'en aller ! Hein, Mélie, tu te rappelles ? Hé, bourrique, je te cause ! Elle devient dure d'oreille, la Mélie ; elle me force à crier, et ça me fatigue. Ça me fatigue, si tu savais ! Moi qui n'ai plus qu'un poumon !... Tiens, reprends un petit gâteau. Mais si ! Tu es jeune, ma cocotte bleue, à ton âge faut manger... Hein, Mélie, c'est ton avis aussi, que ça peut l'aider, la petite, d'écrire ses ennuis ? Ça lui fera un genre de pansement, comment qu'ils appellent ce machin à la télé ? Une thérapie. » Dans la bouche de ces nonagénaires le mot me sidère : je ne pensais pas que la psychanalyse avait fait des ravages jusqu'en Combrailles, et même dans le quatrième âge ! Plus un village où l'on n'ait un avis sur le complexe d'Œdipe, le surmoi, et les bienfaits de « l'analyse » !

Ma mère, qui n'a jamais lu Freud, appuie le point de vue médical de ses deux tantes : « Je ne vois pas quel plaisir tu peux trouver à parler de ton mari... Mais enfin, si ça te permet de "sublimer" ! En fin de compte vous avez de la chance, vous, les romanciers : chagrins, complexes, le papier éponge tout ! Vous pouvez évacuer le pire, toute la saleté, vous soulager ! » Inspiration ? Non, expectoration. Du roman comme crachoir, de l'art en tant qu'exutoire, mouchoir, lavement, chasse d'eau...

Comment faire comprendre aux autres que la peinture, la musique, l'écriture, ne peuvent purger que ceux qui ne sont ni peintres, ni musiciens, ni écrivains ? Consacrer un livre à mon mari me fait du bien non parce que je m'y plains, mais parce que je l'écris : je travaille, me bats contre les mots, lutte avec l'Ange toute la nuit — ce n'est pas le cri, c'est le style qui guérit.

Donc je ne suis plus un écrivain — je me « soulage » —, plus une mère — je ne les ai pas « bien élevés » —, plus une épouse. Qui suis-je ? Une femme peut-être, mais pour si peu de temps ! Plutôt déjà un être asexué, amnésique, qui ne garde que par éclairs le souvenir confus de ses vies antérieures ; un être que je reconnais mal, mais qui me semble, soudain, étrangement apte au bonheur.

J'ai tout changé et changé de tout : une femme nouvelle. D'abord, j'ai changé d'odeur. Pendant vingt-cinq ans mon mari m'a imposé « Fidji » — un parfum d'il y a vingt-cinq ans. Désir de me marquer de son empreinte ? Ou, une fois encore, peur de vieillir ? Peu importe : depuis qu'il est parti, j'ai choisi un autre parfum, moins vert, plus capiteux ; je le respire sur mes poignets ; je le sens dans mon cou, sur mon col, je le recueille entre mes seins, j'en imprègne la maille de mes chandails ; il est mien — je m'y enfouis, je m'y prélasse ; et tous les hommes, quand ils s'approchent de moi, quand je passe près d'eux, tombent en arrêt : « Oh, vous avez changé de parfum ! C'est délicieux, qu'est-ce que c'est ? » Je laisse derrière moi un sillage de désir qui ne ment pas.

J'ai changé de goût. Changé de saveur : plus sucrée, plus fraîche au toucher — ni pêche ni prune : un brugnon. Et changé de préférences aussi : le soleil bleu dans des ciels calmes, le « turron » au miel, les roses trémières, les robes indiennes, les couleurs claires. J'ai changé de tout — racheté des assiettes de faïence, des verres neufs, des torchons fleuris, laissé pousser mes cheveux mousseux, adopté un maquillage plus léger, des vêtements plus fluides ; et j'ai changé du tout au tout : d'économe, je suis devenue dépensière (comme lui) ; de sédentaire, sportive (comme lui) ; de couche-tard, lève-tôt (comme lui). C'est étrange : pendant vingt-six ans nos rythmes de vie nous ont opposés matin et soir — je gémissais quand, jaillissant du lit avant l'aube, il se précipitait sous la douche et m'éveillait dans un bruit de cataracte ; et il me suppliait d'avoir pitié quand, à minuit passé, un livre à la main, je laissais la lumière de la lampe glisser sous ses paupières fermées... Boules Quies pour moi, eye-mask pour lui : la cohabitation d'un couple uni !

Aujourd'hui il serait surpris : j'éteins à onze heures et m'éveille au chant du coq ! On dirait que je me rapproche de lui depuis qu'il est parti, que je me l'assimile, que je me l'approprie. Parfum excepté. Encore que la nouvelle eau de toilette dont je m'enivre soit — pure coïncidence — une eau d'Hermès... J'étais la moitié d'un couple ; je suis devenue, à moi seule, le couple entier. J'ai tant communié avec son souvenir que je suis deux. Parfois je me demande ce qui, hors de moi, peut bien rester de lui ! Dieu qui est tout entier dans l'hostie est tout ailleurs aussi ; mais Francis ?

Je suis. Je vis. Je me trouve et me perds. Je le trouve et le perds.

Il ne fait plus dans ma nouvelle existence — ma « bulle » — que de fugaces apparitions, comme un songe oublié. Ainsi une couleur, un son, brusquement rencontrés dans la réalité, nous ramènent-ils parfois vers un rêve effacé dont nous croyons nous rappeler qu'il avait cette même couleur singulière, résonnait des mêmes bruits ; mais nous ne parvenons pas à retrouver le décor, l'intrigue, le tout d'où ce fragment insolite semble s'être détaché ; jamais nous ne pourrons lui rendre un sens, ni renouer le fil rompu pour ramener au jour la vaste, l'enchanteresse vision perdue. Des chimères de la nuit ne reste qu'une impression qui, à peine ressaisie, s'évanouit. Pas même un souvenir : l'illusion d'un souvenir.

N'est-ce pas ce sentiment-là que j'éprouve quand, du fond de mon brouillard, j'aperçois un grand roux au bout de la rue ? Sans même que j'aie eu conscience d'enregistrer l'information, déjà mon cœur bat, je presse le pas : myope, je cours vers un inconnu, mais le mirage se dissipe à mesure que je me rapproche... Une chevelure à peine entrevue, une silhouette mal imitée, suffisent à me rendre un instant la mémoire vive d'un bonheur mort ; et il me faut bien moins encore — une phrase, une chanson — pour me replonger tout éveillée dans les cauchemars du passé.

L'autre jour, l'occasion de la rechute fut une biographie de Victor Hugo. À première vue, rien que d'anodin. Mais l'auteur y avait cité quelques lettres de Juliette Drouet, la favorite du sérail. Bon, « Juju », on la connaît depuis le lycée, on la trouve gentille, pas du genre à inquiéter... Mais si ! Car dans le fatras de sentiments que la pauvrette étalait, je retrouvais brusquement les mots, tous les mots que Laura employait : depuis « mon superbe » (souligné), « mon preux chevalier », « mon sublime messie », jusqu'à « ta petite fille qui t'adore », en passant par les « quand je te vois, tu m'éblouis », « tu es le soleil lui-même », « je me prosterne devant tes pieds divins », etc. À croire que ma rivale l'avait recopiée in extenso, cette correspondance amoureuse dont le biographe ne donnait que des extraits ! Pour prouver le plagiat, j'irais demain à la Bibliothèque Nationale, compléter, vérifier... Car si les originaux des lettres que Laure signait avaient bien été adressés au roi du romantisme, je comprenais enfin les compliments extravagants dont elle chargeait le financier ! Ces « tu es le génie de ton siècle », « le phare de ta génération », et surtout : « mon grand auteur »... Ce « grand auteur » qui m'avait laissée plus que perplexe — ahurie — s'imposait, en effet, s'il s'agissait de Victor Hugo !

C'était clair, tout concordait, il fallait prévenir Francis et le prévenir sans tarder : sa maîtresse avait recopié les lettres de Juliette Drouet ! Oui, d'accord, elles sont touchantes, les lettres de Juliette Drouet ; niaises parfois, mais sincères et désarmantes, d'accord ; seulement, si sa « Casalé » a recopié les lettres de Juliette Drouet, c'est qu'elle n'est pas Juliette Drouet ! Si elle a recopié les lettres d'une grande amoureuse pour donner à croire qu'elle est une amoureuse, elle n'est qu'une intrigante ! CQFD... Il faut le faire savoir à Francis, l'alerter avant qu'il ne l'ait épousée, lui ouvrir les yeux ! Vite !

Ah, mon Dieu, je ne sais ni qui elle est, ni qui elle aime, ni comment il peut l'aimer !... Et voilà que cette biographie d'Hugo m'a brusquement ramenée à la lettre de 84 — cette lettre de rupture que Laure avait envoyée à mon mari à une époque où ils ne se connaissaient pas. Mystère d'une séparation survenue des années avant qu'ils ne se soient rencontrés ! Cette fameuse lettre qui ne quitte plus mon sac, je la lis à mon amie Aïcha : toujours cette rage à faire part de mon décès — mais avec elle, c'est différent, elle accompagne des mourants, elle est la championne du soin palliatif et du sourire calmant, et j'espère de sa bonté un peu de morphine et beaucoup d'amour pour « en finir », en finir avec ce passé qui réapparaît n'importe quand, n'importe où, en pleine rue, en plein jour, en finir avec ce moi ancien qui revient hanter la femme nouvelle au nouveau parfum.

Aïcha écoute la lettre en silence, puis elle demande à la voir, la relit posément, change même de lunettes : « J'ai l'explication, dit-elle enfin. Ce signe derrière le 8 n'est sans doute pas un chiffre. On pourrait y voir une lettre, un "h" par exemple... Oui, un "h" mal tracé et placé à la va-vite sur la même ligne que le 8. Il ne faudrait pas lire "16 juillet 84", mais "16 juillet 8 heures". » Je reprends la lettre, la scrute : Aïcha a raison. Peut-être... Voilà une bonne nouvelle : leur liaison n'a pas treize ans ; neuf seulement ! « 16 juillet 8 heures »... 16 juillet ? Mais alors, de quelle année ? Si Aïcha ne se trompe pas, de quand datent cette lettre et leur amour ? Dois-je soumettre ce papier au carbone 14 pour en avoir le cœur net ? Non, 84 ou 8 heures, qu'importe ! Sa Laure transforme les années en heures — impossible de savoir depuis quand il vit dans son ombre : auprès d'elle, il ne voit pas le temps passer. Sur leur passion, même les siècles n'ont pas de prise...

Allons, je dois profiter de la présence d'Aïcha dans ma campagne pour achever d'effacer les traces du disparu, faire le vide ; jusque-là j'avais laissé subsister — dans les petits coins, les endroits cachés, les combles, les caves — des nids où « l'oiseau » pourrait revenir loger (vieilles pantoufles, vide-poches, robe de chambre, boîte à cirage, plumier). Nids à poussière désormais... Ainsi, au grenier, ces jeux de stratégie dont il avait déployé les cartes (près de vingt mètres carrés !) sur trois grandes tables que je n'ai jamais osé bouger, jamais rangées, jamais essuyées : « War in Russia », « Balkan Front », « Empires in arms », les pions sont restés à la place exacte qu'ils occupaient au jour de son départ : l'infanterie allemande marche éternellement vers Leningrad, et Napoléon est, depuis deux ans et demi, sur le point de vaincre à Waterloo... Une couche grise dissimule les mers et les plaines, des araignées courent entre les blindés. Tout s'est figé. Parfois, la nuit, je monte contempler ces batailles endormies et chaque fois j'éprouve le même étonnement, la même incrédulité que lorsqu'il m'arrive de me reporter à mon agenda de la même année : un premier semestre surchargé, puis, à partir de la fin juin (Francis est parti en juin), un semestre blanc. Hôpitaux, opérations, plâtres, rééducation... Quelques rendez-vous rayés (début juillet), puis six mois de pages blanches — le vide, le trou, comme après un accident d'auto, une crise cardiaque, une mort en pleine vie. Cet agenda, brusquement coupé en deux (un semestre avec lui, l'autre sans), je l'ai gardé : il me rappelle la « chanson d'Hermine » — « Quand tu serras mes doigts, mon anneau d'or cassa, tu en pris la moitié... »

Pour les jeux militaires, c'est autre chose : j'ai cru que les garçons allaient les poursuivre entre eux... Ils n'ont jamais repris la partie : ils n'aimaient pas la stratégie, ils aimaient leur père.

Aïcha m'a aidée à déblayer. Nous avons soigneusement replié les cartes, ôté les tables et les tréteaux, jeté les tabourets de « l'état-major », et balayé les débris de divisions égarées sur le plancher entre les épingles à linge et les pièges à rats. Une fois libéré des armées qui l'encombraient, le grenier semblait aussi vaste qu'une salle de bal : nous nous sommes mises à danser. J'ai branché mon vieux

241

lecteur de cassettes, j'ai couru chercher l'oncle veuf qui terminait une « patience » dans la salle à manger, je lui ai passé une valse de Strauss (l'une de celles par lesquelles on commence les mariages), et nous avons valsé tous deux, valsé jusqu'à perdre haleine. Puis j'ai téléphoné à mes parents, à mes voisins, et nous avons poursuivi la soirée à vingt dans mon grenier autour d'un punch antillais, en faisant alterner la « techno » et les bourrées. À la fin, j'ai dansé seule sur des rythmes exotiques, et j'étais heureuse, jeune, brune, dorée, et je riais aux éclats.

Je suis. Je veux être. Bien être aujourd'hui, et être bien demain. Certes, il serait plus noble d'intervertir les priorités : commencer par devenir « quelqu'un de bien », puis chercher son bonheur dans ce bien. En l'état actuel des choses, ce serait présumer de mes forces : compassion bien ordonnée commence par soi-même ; je compte sur mon bonheur pour me rendre bonne.

Pas à pas, dans la neige, dans le froid, au-delà des pages blanches de l'agenda, je retourne vers la vie. À mesure que j'avance, l'hiver cède du terrain. Je parcours les saisons à l'envers ; il me semble que je remonte vers l'automne. Sans doute, à mon âge, n'aurai-je pas le temps d'atteindre le printemps... Tant pis : l'automne est une saison où j'aurai du plaisir à m'installer. Peut-être même, en marchant bien, parviendrai-je jusqu'en septembre ? J'aimerais tant revoir septembre en Combrailles, respirer encore une fois cet air jaune et léger qui tourne la tête comme du champagne. Peut-être, sous la serre, les raisins ont-ils fini par mûrir ?

Remonter au moins jusqu'au 1er octobre. Avant, il n'y a rien à regretter : trop poignants, le basculement du 15 août, la fin de l'été ! Mais le plein de l'automne est somptueux : odeur de mousse qui monte des forêts, feuillages qui flamboient, et ce soleil qui fond comme du miel au pied des haies. Les premières gelées ont détruit les ronces et les orties, les landes redeviennent accessibles, on redécouvre les ruisseaux. Des canards sauvages se posent sur les étangs noirs, les marais redevenus miroirs ; la cascade chante : c'est la pleine eau et le plain du temps — tout regorge, tout déborde.

Ampleur des formes, fête des sens. Saison où l'on goûte : poires juteuses, châtaignes rôties, girolles, cidre doux. Saison où l'on sent : le bois brûlé, les champignons, la terre mouillée. Saison où l'on entend : les feuilles sèches qui craquent sous le pied, le souffle rauque des effraies, la pluie qui frappe au carreau, le vent, les meutes, les trompes de chasse, et les loirs qui roulent leurs provisions dans le grenier. Saison où l'on voit, où même les myopes voient, car tout s'épure et se colore à la fois : jaunes la feuille des tilleuls, les fruits du cognassier, la ligne des peupliers, et la camionnette du facteur dans la vallée ; rouges les pommes et les tracteurs ; bleues les bruyères, les routes bitumées ; gris les nuages, les éteules, les perdrix ; roux les hêtres, les labours, les faisans, et le souvenir des hommes enfuis...

Je veux revenir, dans un dernier effort, jusqu'à l'entrée de l'automne, puis lentement me laisser glisser jusqu'au bout de l'année, jusqu'au fond de l'hiver, me laisser « décliner » sans plus jamais quitter ce pays qui m'a aimée.

Le départ de mon mari m'a rendue à ma première passion. « S'il te faut repartir, dit le poète, prends appui contre une maison » : pour vivre, revivre, vivre encore, j'ai retrouvé ma maison-mère, ma sève, mon bourgeon. Que je touche seulement cette terre, et je me relève ! Sitôt que par la vitre du train, fuyant Paris, j'aperçois sur le sommet d'une crête un bouquet de châtaigniers, ou, dans une vallée, un ruisseau qui serpente entre les bouleaux, j'ai envie d'entonner des alléluias ! Pour me faire patienter jusqu'à la gare, jusqu'au village, jusqu'au lac, je m'accorde cinq minutes de « lunettes » : malgré la défense des oculistes, je m'autorise à revoir ma terre comme je la voyais enfant, avant la myopie — du temps où les arbres avaient encore des feuilles, où l'herbe avait des brins, du temps où mes yeux se croisaient (mais de cette « coquetterie », Dieu merci, ni les lapins ni les piverts ne se souciaient ! Tout mon pays m'aimait, et il m'aimait tout entière).

J'ai épousé un homme inconstant et un pays fidèle ; si loin que je sois partie, aussi longtemps que je l'aie quitté, je le retrouve comme je l'avais laissé : je suis la femme d'un pays qui ne change jamais.

Petite fille, je craignais qu'en mon absence la Combrailles ne disparaisse, ou que je ne m'efface si l'on nous séparait : je n'étais sûre ni de ma permanence ni de sa réalité ; ne suffit-il pas d'un instant d'inattention pour que l'enfant se retrouve dans « la chambre du fond », sans mémoire et sans nom ? Chaque départ vers ces villes de garnison où les affectations de mon père nous obligeaient à le rejoindre, chaque départ était un arrachement : dans la panique, je courais enlacer le tronc du grand chêne, frotter mon corps à son écorce, je mangeais de la terre pour communier, mâchais la feuille des frênes, la tige des genêts... Quand il m'a fallu m'éloigner pour de bon — études, mariage, enfants, métier —, j'ai cru que je devenais raisonnable, et qu'il était temps de m'exiler d'un amour qui m'isolait. Mais, en secret, n'était-ce pas pour revenir « au pays » que j'écrivais ? Le ruisseau a rejoint le lac ; mon premier amour sera le dernier.

Si fort que j'aie aimé mon mari, je ne l'ai pas aimé autant, ni si longtemps, que j'ai aimé ma terre : je comprends qu'il se soit cru dupé. Depuis le premier moment et à chaque instant, je l'ai trompé avec le souvenir des rivières et l'ombre des noisetiers. Je l'ai trompé en plein Paris, au milieu des cocktails, des dîners, quand je m'imaginais froissant les fougères ou caressant, au milieu des eaux, le ventre blanc des gardons...

Aujourd'hui je n'ai qu'un regret : ne pas pouvoir associer Francis aux joies que l'automne me promet. Depuis quelques mois déjà je ne songe plus aux plaisirs que son départ me fait manquer, ni même à ce que nous manquons ensemble. Mais quand je vois un vol d'oies sauvages, des feuilles rouillées qu'emporte l'eau du ruisseau, ou que, le soir, fermant mes volets, j'entends au loin la cascade couler, je pense à ce qu'il manque : j'ai l'impression de le priver de tous les bonheurs qu'il m'a laissés. J'éprouve à ne pas les partager avec lui, avec lui seul, une tristesse que n'efface pas la reconnaissance, douce et sincère, des amis qui viennent dans ma campagne pour se « ressourcer », des convalescents qui s'y refont une santé... Puis je me console : je me dis que ces beautés modestes ne seraient pas du goût d'une Laure Casale, ni de l'homme qui l'a choisie.

Combien d'automnes me reste-t-il ainsi à goûter ? Vingt ? Trente ? C'est peu. Peu pour en jouir, et peu pour remercier. Je n'ai plus le temps de « m'éloigner de mon arbre » : il me faut vivre au plus près de ma vérité et faire de chaque minute une action de grâces.

Je veux que ma maison, mon âme, ne soient plus qu'une « boîte à mercis ». Cette « Thank you box » que des Anglais ont inventée, une amie m'en a fait cadeau l'autre jour avant de s'en aller : c'est un coffret décoré de tournesols et de violettes, un coffret en forme de boîte à lettres, dans lequel on peut glisser des dizaines de petits billets ; et sur chacun d'eux mon amie avait écrit, de sa belle écriture bleue, un remerciement différent : « merci beaucoup », « merci cent fois », « merci pour tout », « merci encore », « mille mercis », « merci-bisou », « merci tout court » ; et quand les mots lui avaient manqué, elle avait dessiné sur les bouts de papier tout ce qu'elle avait découvert ou aimé à mes côtés — une chouette, un héron, un cèpe, un étang...

Je veux remplir, moi aussi, ma « boîte à mercis » et que chacun y trouve un billet pour lui. Merci à ma mère, qui continue à mettre un petit morceau de son cœur, comme une fève, dans chacun des plats qu'elle prépare pour moi. Merci à mon père qui, pour rattraper le temps perdu à me fuir et me manquer, répare les pieds de toutes mes tables, retapisse mes canapés, repeint mes murs, cultive mon jardin, et m'assure que je suis « ravissante » quand je ne suis même pas coiffée... Merci à mes fils qui se sont ouverts comme des fleurs, ont poussé comme des palmiers, et protègent maintenant cette « petite maman » qui ne peut plus les protéger. Merci à mon frère, à mes amis, qui ont parlé aux répondeurs quand seuls les répondeurs leur répondaient. Merci au Dieu qui m'a portée quand je ne pouvais plus marcher. Et merci à mon mari auquel je dois, en dépit de ses blondes amies, quinze ans de printemps, et assez de souvenirs d'été pour pouvoir traverser l'hiver déshabillée.

Comme dans ces génériques de fin où l'on fait défiler le nom de tous les participants, je voudrais n'oublier personne. J'ai cité les premiers rôles, je crains d'omettre les figurants, toutes ces Kim inconnues, anonymes, ignorées, qui m'ont aidée à continuer... Du reste, pour ne pas lasser mes bienfaiteurs, il faudrait être capable de varier le ton, de changer de manière : à l'instar de mon amie, je dessinerai moi aussi — d'autres paysages, d'autres histoires. Noirs ou roses, tous mes romans seront des remerciements, adressés à ceux dont je ne me souviens pas, à ceux que je connais à peine, à ceux que je ne connais même pas, mais auxquels je suis reconnaissante d'être encore là.

Je suis. Je suis mieux. Pour m'en persuader, il me suffit de relire ce manuscrit : d'une douleur commune à tant d'autres j'ai progressé, au fil des pages, vers un chagrin particulier ; et je remonte à la lumière à mesure que je m'enfonce dans mon passé. Je suis mieux.

Mes rêves, que je lis comme des contes écrits dans une langue étrangère, mes rêves même redeviennent heureux. L'un, surtout, m'est familier désormais : je rêve que, revenant à « la bastide », descendant dans ma cave en Combrailles, montant au grenier chez mes parents, déplaçant un meuble dans mon petit appartement, je découvre brusquement — derrière, au-delà, en dessous, au-dessus — une suite de pièces que je ne connaissais pas : de vastes bibliothèques, des garde-robes luxueusement aménagées, des salles immenses, des espaces vierges, inemployés, dont je ne me savais pas propriétaire. Joie ! Les enfants vont avoir chacun leur chambre en Provence ; à Paris, je disposerai d'un bureau, d'une chambre d'amis ; partout, j'ai de la place pour accueillir, dormir, écrire, aimer ! Parfois, c'est dans un « quatre étoiles » que me conduit ce rêve obstiné ; l'hôtel est complet, on ne peut me louer qu'un cagibi ; mais au fond de ce réduit, une porte ; et quand je la pousse, quand j'ose la pousser, cette porte s'ouvre sur « la suite royale » : des salons capitonnés, un jardin d'hiver, du velours, du marbre, des fontaines — un palais qui m'attendait... Nuit après nuit, ma vie s'ouvre sur des chambres inconnues. Je n'avais parcouru jusqu'ici qu'une partie de mon domaine. Me voilà riche de dépendances que je ne soupçonnais pas.

Je suis mieux. N'est-il pas temps de devenir « bien » ? De chercher ailleurs qu'en moi-même ce que je veux, d'accepter de me laisser conduire ? Vers cette dernière chambre, peut-être, que dans mon rêve je n'atteins jamais ? Toujours, je m'éveille avant d'y arriver. J'ignore si elle est vide, ou si quelqu'un m'attend là-bas, au fond du couloir, au bout du songe... N'est-il pas temps d'y aller voir, de progresser ?

J'ai ressorti l'une de mes photos d'enfant. Je dois avoir une dizaine d'années, le photographe a cadré mon visage de tout près. Par chance, sur ce cliché-là, je ne louche pas. Quelquefois, c'est vrai, mon œil ne « tournait » pas : tout dépendait de l'emplacement de l'objectif, de la distance à laquelle s'était installé l'opérateur, de la direction de mon regard ; surtout, il ne fallait pas me recommander de fixer « le petit oiseau », car des oiseaux, j'en voyais deux ! Un photographe habile arrivait parfois à me tirer un portrait flatté ; ma mère le faisait aussitôt encadrer. C'est ainsi que j'ai hérité de cette belle photo où je ne suis pas telle que j'étais, mais telle que j'aurais dû être... Une très jolie petite fille, finalement : les traits fins, la peau sombre, et les yeux noirs — immenses et graves — d'un portrait du Fayoum. Le regard d'une ombre. J'ai appuyé la photo contre mon pot à crayons : j'écris les dernières pages de ce livre sous le regard pensif d'une petite fille que je ne veux pas trahir.

Que l'enfant soit, comme on l'a dit, le père de l'homme, je n'ai plus, ni pour moi ni pour les miens, à m'en soucier. C'est l'adulte qui doit devenir le père, le bon père, de l'enfant qu'il a été — consoler cet enfant inconsolable, le bercer, le protéger, l'accompagner. Je ne suis plus la mère de mes enfants, mais je puis être encore la mère de cette petite fille solitaire. En tout cas, lui rester fidèle... Si je publie demain le livre que j'achève ici, ce n'est pas le « qu'en-dira-t-on » que je crains, mais le « qu'en dira-t-elle ».

Sans doute ne m'assènera-t-elle jamais les conseils de prudence que mon beau-père me prodigue depuis qu'il a eu vent de mon projet ; l'ogre vieilli joue les pères nobles : « Bien chère Catherine, m'écrit-il, ce n'est pas à moi, l'Irlandais, de vous rappeler la maxime des rois d'Angleterre : "Never explain, never complain"... Je me permets seulement d'insister sur ce qui prime dans nos familles : la dignité ; à cet égard le livre que vous préparez risque de ne pas vous attirer, chez nos amis, autant de sympathies que vous le pensez... » Croit-il donc que je compte me faire plaindre en me plaignant ? J'ai déjà, en étalant ma souffrance, engrangé ma récompense ! Quant à mourir avant la parution (le rêve de tous les auteurs — ne plus répondre de leurs œuvres, écrire « d'ailleurs » — et l'espoir des familles effarouchées) je devine que mon beau-père m'y engage, mais je suis navrée, navrée pour lui, pour le clan des Irlandais et pour toute la bonne société : je ne prendrai pas sur moi de l'exaucer. La semonce de son vieil époux, ma belle-mère l'a radoucie d'un post-scriptum : « Ma petite fille, n'oubliez pas que notre Francis a toujours éprouvé pour vous une grande affection » (elle n'ose risquer le mot « amour »), « ne vous privez pas de la chance de voir un jour se transformer votre passion douloureuse en sincère amitié ». D'où, de quel courrier du cœur, cette femme que son mari a torturée tire-t-elle, à quatre-vingts ans, la sotte illusion que l'amitié peut succéder à la passion ? L'amitié ne succède qu'à l'amitié ; l'amour meurt sans héritier...

Ces reproches et ces promesses, la petite fille d'autrefois me les épargnera. Je n'ai pas peur non plus qu'elle réagisse comme mon mari, si mon mari me parlait : « Tout ça, c'est ta version ! — Non, c'est ma douleur. » Et nous en resterions là, lui et moi, car, en fait de vérités, il n'y aurait rien à ajouter.

Alors que dira-t-elle, l'écolière de la photographie ? Que dira-t-elle si, avec mes mots de grande personne, j'essaie, pour la désarmer, de lui expliquer que je ne peux pas toujours décrire ce que je ne vois jamais ? Va-t-elle m'inviter à faire mon examen de conscience ? Je prends les devants : « Pour ce qui est de ma conscience, Cathie, j'aime mieux te prévenir : j'ai décidé de la traiter en bon camarade ! Elle devra, par son silence et sa bonne humeur, me prouver son amitié... » Catastrophe ! Son œil gauche — « l'œil de Caïn » ! — a tourné de quarante-cinq degrés :

l'indignation le fait toujours dévier. La pupille braque brutalement, se bloque dans l'angle interne ; plus d'espoir de la ramener « dans l'axe » avant longtemps... Je me souviendrai qu'à l'époque de la photo la brunette voulait être religieuse ; sainte même, si l'occasion se présentait ! J'ai d'elle, l'année d'après, de jolis portraits en communiante, elle aurait fait une carmélite charmante. Quelquefois, elle entendait des voix. Il ne lui manquait que les visions. Mais est-ce qu'elle ne voyait pas double déjà ?

Allons, je me donnerais au Diable pour croire en Dieu comme elle y croit... Je vais lui dire « Viens dans mes bras », et j'ajouterai, pour l'apaiser, que mon chemin est celui qu'un autre a choisi pour moi et qu'il Lui appartient désormais de décider si la route difficile par laquelle Il me conduit passe par le livre que j'écris... Inutile de lui préciser que, pour ce qui est du « chemin », sœur Anne ne voit toujours rien ! De loin en loin un panneau indicateur, un signe, mais pas de route. Pourtant la neige s'est retirée. C'est ma myopie qui a tout dévoré. Un brouillard épais. De mon œil louche je voyais Dieu ; de mes yeux myopes je ne vois que la page blanche. Qu'importe, puisque j'avance quand même. Je m'égare, je tâtonne, mais j'avance. Je marche, et je veux marcher désormais sans m'arrêter — vers la dernière chambre et la plus belle saison.

Rassurée par ma confiance, la brunette se blottira contre moi, posera sa tête sur mon épaule (c'est un geste qu'elle aime bien, il lui évite d'avoir à regarder en face), et elle me glissera dans l'oreille, à mi-voix, ce que j'ai glissé à Francis la dernière fois qu'il m'a téléphoné (pour m'annoncer son remariage et me demander de ne pas empêcher nos fils d'assister aux festivités) : « Fais comme tu voudras, mais... dis-moi que tu m'aimes. »

Depuis ce dernier coup de fil (« Ma petite chérie, il faut que je te dise : je me remarie. Samedi »), je pense souvent au passage des Évangiles où les sadducéens demandent au Christ ce qu'il adviendra, dans l'au-delà, de la veuve aux sept maris : avec lequel partagera-t-elle la vie éternelle ? S'il y a une vie après la mort, que deviendra l'homme aux deux épouses ?

Je le sais, je le sais déjà : Laure marchera près du vieux monsieur aux cheveux blancs, et moi, je porterai dans ma mémoire et dans mes bras l'enfant rouge du « Victory », de l'Australie, le jeune homme timide d'autrefois. Et, pour le réveiller, je chanterai doucement, comme dans la voiture lorsque la nuit, en conduisant, il me demandait soudain : « Chante, Cathie, chante ! Si je m'endors, à cette vitesse-là c'est le sommeil éternel ! Chante ! » Je chante, ne t'inquiète pas, conduis-moi, je chante et je caresse ton épaule, ton visage : « T'en souviens-tu, Francis, quand nous étions tous deux ? Tu me serras les doigts, mon anneau d'or cassa, tu en eus la moitié, l'autre moitié la v'là... » Prends l'anneau, la main, la vie, et garde-les. Garde-les cette fois. N'aie pas peur, tiens-moi, nous roulons vers ce qui est obscur, je suis aveugle, je te conduis, chante.

Chante ! La voiture a dérapé, nous sommes rentrés dans le décor, le klaxon hurle, les débris fument, chante ! Je chante bien, moi ! Hier encore j'ai chanté. Pas fredonné : chanté à tue-tête.

J'étais à Paris pour quelques jours. J'avais passé l'année à faire le va-et-vient entre la ville et mes montagnes ; maintenant, c'est terminé : le dernier de nos fils, qui vivait encore dans l'appartement de la République et m'accompagnait en Combrailles aux vacances, vient de partir. Je l'ai conduit à l'aéroport : trois ans d'études en Amérique, et, s'il revient en France, ce ne sera pas pour rentrer au bercail (quel bercail ?) mais pour s'installer, comme ses frères, dans un studio « indépendant ». Je vais résilier mon bail, quitter cette ville aux rues sombres où l'on marche entre deux falaises grises, ces rues sans ciel et sans oiseaux : les enfants viendront me voir à la campagne comme mes amis le font déjà — pour un week-end, un pont, un réveillon.

En rentrant de Roissy après avoir vu mon « plus petit » passer cette barrière au-delà de laquelle il n'est plus permis d'accompagner celui qui s'en va, après l'avoir regardé (avec mes lunettes) disparaître dans la foule des voyageurs — ses cheveux blonds, sa nuque claire, et le blouson de daim bleu que je lui ai acheté —, j'ai demandé au taxi de me déposer au Palais-Royal ; j'avais envie de faire des courses, de m'aérer, de colorier mes idées noires avant de rentrer dans l'appartement déserté.

En traversant le jardin, j'ai découvert que c'était jour de fête — la fête de la Musique. La dernière à laquelle j'avais voulu participer remontait à... mon Dieu, trois ans seulement ! Nous vivions encore à Neuilly, tous les six. Ce soir-là, les enfants m'avaient proposé de les rejoindre boulevard Saint-Germain ; mais mon mari est rentré à l'improviste, il voulait m'emmener au cinéma, je venais de découvrir un nouveau mensonge, j'ai piétiné ses cravates... et j'ai fini la Nuit de la Musique à l'hôpital. C'est cette nuit-là que je suis morte pour la première fois : juste avant, il y avait une famille ; après, il n'y en avait plus.

Plus encore que de ma séparation d'avec Francis, je souffre de la dispersion de nos fils. Non pas de leur départ : de leur séparation. Ils ne sont pas seulement partis plus tôt que ne le font ceux de leur génération, ils se sont éloignés séparément. Éparpillés... Peut-être ne formions-nous plus un couple, leur père et moi, mais tous ensemble nous formions un même anneau, autour de la table, autour du lit quand les garçons, déjà grands, venaient s'allonger entre nous deux, s'asseoir sur le couvre-pied, sur la moquette, nous encercler de leurs corps et de leur amour. L'anneau s'est brisé, les enfants « se cassent »...

Souvenirs de bonheur, douloureux à jamais. La fête de

la Musique les a balayés : le présent reprenait sa place ; les galeries endimanchées, les jets d'eau bavards, les ménagères qui musardaient sous les tilleuls des allées, les bébés arrêtés dans leurs poussettes, tout respirait l'allégresse De chaque coin du jardin montaient des sons différents — une joyeuse cacophonie : accordéons, balalaïkas, fifres, tambourins...

Passant d'un orchestre-musette à un chœur de l'armée russe, je parvins jusqu'à une chorale canadienne qui m'avait attirée par de vieilles ritournelles d'Acadie. Mais chantant sans micro et « a capella », les demoiselles du Québec avaient du mal à couvrir les baffles d'un groupe d'« Afro-Américains » en robes safran qui, installés cinq mètres plus loin, venaient d'attaquer des spirituals en frappant dans leurs mains. « Il y a longtemps que je t'aime », se plaignaient les petites filles du Québec, « Let my people go ! » clamaient les robes safran, « Jamais je ne t'oublierai », gémissaient les voix frêles, « Let my people go ! » grondaient les barytons... Dans le match inégal qui les opposait, le cantique de l'espoir mit K.O., en trois couplets, le chant de la nostalgie !

Moi-même, en reprenant le métro (ce jour-là, une fois de plus, je me suis retrouvée à Austerlitz — vade retro !), en parcourant la ligne dans tous les sens, je continuais intérieurement à marteler l'hymne vainqueur. « Tu es libre, libre, libre ! » scandaient, comme en imitation, les roues du wagon. Emportée par la chanson, libre, libre, libre, je fis successivement Bastille-Austerlitz, Austerlitz-Odéon, Austerlitz-Saint-Michel, Austerlitz-Italie... En ouvrant enfin la porte de mon petit appartement (« Let my people go ! »), j'avais la Terre Promise devant moi ! Je lançai à pleine voix le psaume libérateur ; j'en fis profiter chacune de mes pièces, ce matin-là plus tristes que jamais : en partant pour l'aéroport nous n'avions même pas pris le temps, mon fils et moi, d'ouvrir les volets. Je fis les lits avec énergie, « Let

253

my people go ! », je rangeai fermement la vaisselle, « Let my people go ! », et entrepris, avec le même entrain, de dépoussiérer mon bureau. Mes yeux tombèrent sur mon manuscrit, que la secrétaire m'avait rapporté la veille

Ce livre   Ce livre n'était pas un « tombeau », comme je l'avais voulu   C'était bien une tombe : mon testament d'amoureuse et leur prison. La prison des « jeunes mariés ». Car désormais la boucle est bouclee   le livre se referme sur lui-même — conséquence de leur amour, il en devient la cause. Ils n'ont pas voulu m'entendre ? Ils me liront ; et quand ils m'auront lue, ils ne seront plus jamais libres de leurs sentiments et de leurs actions : à cause du mal qu'ils m'ont fait, les voici contraints d'éprouver l'un pour l'autre la plus grande passion du monde et de persévérer. À mesure que passeront les années, personne ne saura plus s'ils s'aiment encore ou si, forçats rivés à la même chaîne, ils sont tenus de jouer jusqu'au bout la comédie de l'amour parfait. Leur amour, né malgré moi, ne durera qu'à cause de moi.

J'ai repris le contrôle de la situation. À mon détriment, mais qu'importe : ce que je ne puis empêcher, je l'ordonne. Je les condamne à s'aimer ; c'est ma seule vengeance ; mais s'ils s'aiment vraiment — et ils s'aiment, n'est-ce pas ? — la punition leur sera douce...

Bon, il est temps de ranger ces papiers et de classer ces émotions désordonnées ! Si Dieu n'est pas venu pour sauver les justes mais les pécheurs, avec moi il aura de l'ouvrage !... Je ferme, sans désir de le rouvrir jamais, le carnet à spirales sur lequel j'ai noté parfois un état d'âme, une citation — les coulisses du livre. Et, pour la première fois, je regarde de près les autocollants dont j'avais décoré la couverture de ce petit cahier — des reproductions de découpis 1900, roses victoriennes aux couleurs fanées : parmi elles une main de femme qui tend une lettre dans un bouquet, et sur la lettre, en caractères si minuscules que je ne m'étais pas donné la peine de les déchiffrer : « Wherever you may chance to be, always kindly remember me »... « Remember me », la dernière, et si tragique, requête de Didon. Mais celle du carnet est plus douce, plus humble, déjà passée, presque éteinte : « always kindly remember me » — souviens-toi de moi gentiment, souviens-t'en avec tendresse, affection, penses-y entre deux trains, penses-y si tu as le temps...

Sur le mur du salon, j'ai fixé un grand « poster » qui représente mon ex-mari à vingt-cinq ou trente ans. Cette affiche, je l'ai retrouvée quand nous avons déménagé la maison de Neuilly ; auparavant, je ne l'avais jamais vue. J'ignore quand il l'a fait tirer, je ne sais même pas où la photo fut prise : il est jeune là-dessus, les cheveux très rouges ; il porte une chemise longue, étroite, à la mode de ces années-là, et ses bas de pantalon sont d'une ampleur démesurée... Souriant, il pose devant la porte sombre d'un bâtiment inondé de soleil, trop éclairé pour qu'on puisse en distinguer l'architecture : on devine seulement quelque chose d'exotique — un temple ? une mosquée ? Peut-être s'agit-il d'un monument indien ou d'une tombe égyptienne ? Seule la silhouette claire du jeune homme se détache sur le rectangle noir de la porte ; il fait mine de vouloir la franchir, de s'être brusquement retourné, et, en riant, adresse au photographe invisible — à moi désormais — un grand geste de la main. Sur le seuil du sanctuaire, du mausolée ou du sépulcre, il nous lance un ultime adieu. Un adieu ? Non, il sourit trop largement : ce n'est qu'une feinte, on sent qu'il va revenir...

Maintenant que j'ai accroché cette grande affiche sur mon mur, j'ai l'impression que la porte sous laquelle il s'engage donne directement sur la rue, qu'il passe à travers la muraille comme il le fit tant de fois pour me rejoindre quand nous étions séparés. Mais cette fois-ci, il n'entre pas, il sort... Il sort, et je n'en meurs pas.

Achevé d'imprimer sur presse Cameron
*dans les ateliers de **Bussière Camedan Imprimeries***
à Saint-Amand-Montrond (Cher)
en août 1998

N° d'édition : 322. N° d'impression : 983835/4.
Premier dépôt légal : avril 1998.
Dépôt légal : août 1998.

Imprimé en France